小岛西岸
的来信

Quote
me

Lori Nelson Spielman

[德] 洛丽·施皮尔曼——著

张琳璐——译

CTS 湖南文艺出版社
HUNAN LITERATURE AND ART PUBLISHING HOUSE

博集天卷
CS-BOOKY

目录

Contents

Quote Me

第一部分

Q u o t e   M e

悲剧降临

憋回去，不许哭，洪水岂能漫过堤围。

第一章
爱莉卡

"心有踌躇，不如先停下脚步"，这听起来很像母亲会说的话。我闻见烤法式吐司的焦香，听见杯盘碗筷碰撞后发出的叮当声，可一看时间，还不到六点。克丽丝汀显然又是一晚上没合眼，尽管这也算不得什么新鲜事了。

如果此刻真要说遵从内心，我就该立刻抄起电话打给我的前夫。不过想了一下，我决定还是抄个近道，先从门厅拐进餐厅瞧瞧状况。

晨光倾照进室内，融化在米白色的墙上，从厨房中漏出的一束，恰巧照亮了边桌。克丽丝汀的挎包懒洋洋地敞开着摊在桌上，钱夹和薄荷糖蹦出来躺在外面，还有一张没收好的身份证，不小心泄露了某位艾迪逊或者麦迪逊的名字——简直了，克丽丝汀，冒用别人的证件也就算了，至少挑个好听点的名字啊！我犹豫着要不要把那张身份证直接拽出来，转念一想还是放下了。劝自己想开点，大可不必大惊小怪——这年头的大学生，谁还没有张假证行个方便、偶尔玩得过火的时候。何苦为了唠叨这点小事毁了与她们共度暑假的最后一天？

于是，我决定无视桌上林林总总的物品，完全没料到一抬头又看到了厨房中杯盘狼藉的景象：昨天擦得干干净净的大理石台面，摆满了锅碗瓢盆坛坛罐罐，不仅如此，边上还有黄油包装纸和碎鸡蛋壳，再看地上，深棕色木地板上的糖霜格外显眼，即便站这么远，我依旧能看到不锈钢炉灶上斑斑点点的污渍，不用多想，罪魁祸首一定是旁边的铜钵里那坨刚刚打散的奶油。

至于我最最亲爱的克丽丝汀，此刻正站在厨房正中的岛台前，努力把花生酱涂在厚厚的吐司切片上。一身黄色的连衣裙明显还是昨晚的夜行装，漫不经心的马尾松松地绾在脑后，头发一多半散在外面，赤着一双小脚好像炫耀着紫罗兰色的趾甲盖，从她不太着调的哼唱中我只能勉强推测，今天早上蹲在那对无线耳机里的多半又是某个最近蹿红的嘻哈新痞。

我有一种扑上去紧紧抱住她的冲动，或者说，想把这个捣蛋鬼干脆扼死在怀中。

"早啊，宝贝儿。"

克丽丝汀自顾自地在花生酱外面又涂了层蜂蜜，舔舔手指尖，这才舍得把那片吐司丢进锅中，而另一边，黄油早已在热锅里吹起了泡泡。

看着她用额头点着节拍，跟随音乐完成上述一连串律动，我不得不走过去，直接拍了拍她瘦削的肩膀。

"呀，妈妈！"她毫无防备，吓了一跳，脸上的笑容旋即消失，扯掉耳机，鼓点在她按下手机暂停键的那一刻戛然而止。"准备好吃早饭了吗？马上就要开餐咯！"晨光也忍不住在她湛蓝色的眼眸中雀跃，然而我在克丽丝汀的眼神中除了看到兴奋，似乎还看出了一丝滞涩，这多半是失眠少睡的缘故吧。

"这么早，怎么不在床上多懒一会儿？宝贝儿，你昨晚睡觉了吗？"

"婴儿和老人才需要睡眠，"她抬了抬手中的咖啡，耸耸肩说，"快来看我做了什么！"

我拍了拍她粉红色的脸颊，心里默默打定主意，还是得抽空给布莱恩打个电话。很多时候，你会发现，十九岁少女的情绪就像她们手机里的播放列表，无时无刻不在更新。而每当这种时候，我就会感恩生活给了我一个前夫，而且这位前夫还是个医生。"我想……你在出门之前会把这些都收拾干净的，是吧……"我环顾四周，一条贴在橱柜柜门上的手绘横幅忽然吸引了我的注意：

"拜拜，妈咪！想你，吻你！"

顾不上她黏腻腻的脏手，我一把将她揽在胸前，自己也近乎要溺亡在蜂蜜、黄油混杂着维果罗夫香水的花香气中："谢谢，宝贝儿。你可真是个甜心。"

克丽丝汀挣脱出来，退了两步，指着不慎留在我前襟上的手印说："这……我可不是故意的。"然后，她一转身从水龙头边上拿了块湿淋淋的抹布，想亲手帮我擦去手印。"话说，老妈，不过是开车送我们回学校，搞这么身行头太小题大做了吧。"还没等我向她坦白情况有变，她已经把抹布还给了水槽，重新凝神对付内容丰富的煎锅。"不管怎么说，既然是道别早餐，总得像点样子。"

"像点样子的道别"，又是我母亲会说的话。可今天这句话显然应该是我的台词。不，不仅这一句台词，包括亲手做"道别"早餐这件事本身，也应该在我的那个剧本上，整出戏都不应该是现在的样子。要怪只能怪那个什么王先生，大清早的一通电话搅乱了我今天的全盘计划。

克丽丝汀丢下锅铲，把我领到餐桌前，三个人的餐位早已预先摆好了，餐桌正中还放着一扎柳橙汁，并列一旁的花瓶里挤着一大簇繁星花，粉红色的一朵朵，我审慎地怀疑就是安妮春天刚栽在阳台上的那些。

她在身后为我拉开椅子，又雀跃着跳到门厅里："听见了吗，安妮？快从被窝里滚出来……"

"小点声，克丽丝汀，算我求你了。大清早的，想把整幢楼里的人都吵起来吗？"

"别埋怨我啦！"克丽丝汀边笑边说，"快来尝尝！花生酱配香蕉法式吐司，绝对吃到你尖叫，吃到你爽爆！"

对于年轻人的这种措辞，我只能摇摇头表示抗议。说话间，我的另一个十九岁的宝贝女儿安妮也已经入席。安妮一头长长的深色自来卷头发，因为暑假里的骄阳和与生俱来的拉丁血统，一张漂亮的圆脸蛋现如今焕发着饱满的古铜色光泽。尽管我的小安妮眼看就快超过一米七八了，可在我眼里，她还是那个穿着条纹睡衣、趿拉着毛绒拖鞋的小姑娘，我的永远的小姑娘。

"早安，甜心！"我欠身吻了吻她。

"她又折腾了一晚上没睡是吗？"安妮小声求证，说话间不自觉地把两条胳膊抱在胸前。为遮掩提前发育的胸部，她在三年级的时候发明了这个谦逊的动作，从那时起直到现在，一天也没丢下。

"她给我们做了早餐呢。"我边说边奉上微笑，意图安抚。

一定是发现了瓶子里的繁星花，安妮叹了口气，走进厨房。克丽丝汀把另一片涂满了黄油和花生酱的三明治也丢进了噼里啪啦的油锅里。安妮从她的发梢上将下一团奶油：

"瞧你，都干了什么，小克丽丝，被奶油炸弹袭击了吗？"安妮柔声问她，仿佛面对一个纤弱的婴孩。

"不过准备了一顿道别早餐而已。"克丽丝汀在锅铲和手指的协作下，把第一块法式吐司成功装盘，"这可是我特地为你和妈妈做的。"

"你是想说为妈妈吧。"安妮强调。

克丽丝汀看了看安妮，又看了看我。"哦，也对。"她舔舔手指，"那就当是我们俩的道别早餐好了，反正你我今天都要走……一起走。"

"怎么了，姑娘们？有谁想在家多赖几天吗？"我转头问安妮，"不会是你吧？"

"当——然——不——会——"她拖着长音表达对我的不满。所有人都知道安妮喜欢宅在家里。我猜是被我说中了，还没出门，她就已经开始想家了，我没再出声，打算放她一马。

克丽丝汀往煎好的吐司三明治上舀了一勺糖浆，最后再舀一坨生奶油。

"大功告成！"她捧着盘子郑重如神殿前双手奉上祭品。她把盘子传给安妮："烦请递给妈妈。"

克丽丝汀利用烹制第二块吐司的时间带领我们尽可能详尽地回顾了昨晚与朋友们的小聚，她丝毫不吝惜笑声，并不时辅以夸张的手势。难以想象，仅仅一星期前，她还把自己关在卧室里试图绝食。我猜，这表示她和她那个分分合合的男朋友韦斯又不计前嫌、重修于好了。为了不败坏她的兴致，我想我最好对此保持缄默。

"我一直在跳舞，一直跳，跳了有三小时！"她攥着第三个盘子，边说着边以华尔兹舞步从厨房滑向餐桌，扑通一声坐在我旁边，问："咱们今天几点出发？"

话题急转，我一时不知道该怎么回答她，对于自己接下来的答案连辩解的底气都没有。本来嘛，当初选择入这一行，还不就是为了多争取点时间陪两个孩子，自此别再错过陪她们听音乐会、看演出、参加球赛，以及，譬如今天，开车送她们开学返校。要怪就怪王先生吧，还有卡特，还有那个什么行业竞赛和业绩排行。

"说起这个……"我还在想怎么说得婉转点，就被克丽丝汀无情打断。

"真开心有你送，我俩就不用挤火车了！"她边说边拿起叉子对付盘子里的香蕉，"午饭在哪儿吃好呢？白驹咖啡馆怎么样？或者波西塔诺意大利餐厅也不错。"

我简直想要遁地而逃："呃，不如……我们想想晚饭一起吃点什么怎么样？"我偷偷瞄了瞄这个，又瞄了瞄那个，"我也是刚刚才得知有个客户今天上午非要看房，我是说，我们一时半刻还不能出发，得等我……"

安妮的叉子与餐盘协奏出刺耳的声响："恐怕不行。小克丽丝今天下午有个会要参加。"

"翘了呗。"克丽丝汀耸耸肩，"又没什么大不了。"

"不，你得按时去！"

"这样好了，你俩轻装上阵，坐上午的火车。"我自己打圆场，"明天我再开车把行李载过去。"

"也许，可以让爸爸开车送我们？"克丽丝汀否定了我的提议，"他星期五不是照例休息吗？"

安妮翻了个白眼："是啊。不过这个人就算休息，也不见得有空。且不说他有多少重要的事情要分神，健身啦、网球啦、撩妹啦……"

"安妮！"我扬起下巴制止她再说下去。我的宝贝女儿们深知我一向不许她们当面诋毁布莱恩。爸爸真的很想很想跟我们一起来，不过，你们也知道他的工作有多重要，那么多人等着他救命呢。这种话以前用来替布莱恩开脱再容易不过。至于现在，有了社交网络，她们的爸爸闲暇时间到底在干什么，可不是我一句话就能瞒得住的。事实上，的确没有那么多人时刻等着他前去救命。

"抱歉，不过我说的都是事实，"安妮两手作揖，一双眼睛楚楚可怜，"求你了，妈妈，还是你开车送我们好吗？"

"怎么了你？你以前可不讨厌坐火车。"我说。

"看来业绩冲顶比对我们的承诺重要多了。"她叹了口气，附送又一个白眼。

她可不能真这么想。"这不公平，安妮。"我半调侃地摇晃着她的胳膊，翻出手机，"罢了，当我没说。让我给王先生打个电话，告诉他这单生意我不做了总行了吧？"

克丽丝汀从桌子对面探身过来按住了手机："别啊。我们坐火车走当然没问题，对吧，安妮？"她瞪了安妮一眼，回过头继续问我，"妈咪这个星期业绩如何？难道还没有跻身前五十吗？"

我舒了口气，深感欣慰，至少还有一个女儿是站在我这边的。"不晓得啊，目前也就能排到曼哈顿的第六十三四名吧。"我承认，我在说这句话的时候有点自鸣得意，"不过下星期马上还有两单签约。"

"太帅了，老妈！你赢定了！"

我摆摆手，假装并不在意输赢，与此同时深刻怀疑我的这点虚伪早已被她看穿。她们当然知道，年度行业竞赛对我的意义非同小可，不过她们不知道的是，我之所以报名参赛，完全是自己那点隐匿的嫉妒心在作祟，满心想的都是有朝一日也要在艾米丽·兰格面前摆一摆"让你看我不爽又干不掉我"的胜利者姿态。要知道，九年前，我的事业生涯可是险些断送在这位前辈手上。

"距离明年四月三十日还有八个月呢，现在还说不好究竟最后鹿死谁手。"我嘴上虽然这么说，私底下真的觉得自己相当有戏。说起来，这还都多亏了洛克伍德房地产公司某位同行及时让贤。去年，两个女儿双双离开家，开始了她们的大学生活，这让我的行事历、我的生活，乃至我的内心，一瞬间怅然若失。就在这个时候，这位仁兄忽然宣布辞职，我的客户名单以及随之而来的销售业绩因此扶摇直上。毫不谦虚地说，所有因缘际会发生得恰是时候。

电话铃声突然响起，还是王先生找我。我把手机屏幕朝下，扣在餐桌上。

"快接啊！"克丽丝汀直嚷嚷，"前五十在向你招手——"

我想的却是该不该推了王先生的预约，胃里翻江倒海，要是让卡特知道我就这么轻易把一单上千万的生意拱手相交，他一定会气疯。我想起布莱恩常劝我的话，两个女儿都已经不是小孩子了，不要事事不肯撒手。这话要是搁在一年前，恐怕还得另说，不过既然她们过了今天就是大学二年级的学生了，偶尔挤个火车，我想应该也没什么大不了的。

我把手搭在安妮膝盖上问："你的意见呢，宝贝儿？"

"随便，"她向她亲爱的妹妹努努嘴，"我的少数票从来都是被忽略不计的。"

克丽丝汀哈哈大笑起来："不然你能怎么办，亲爱的姐姐！"接着，又嘱咐起我来，"好啦，妈咪，既然今天你要放我们鸽子，那就最好理由充分点——答应我，拿下王先生，挺进前五十。等到明年你成了地产界的红人，再敢有什么王先生、李先生的妄图破坏咱们仨的约会，你就可以大大方方地让他滚蛋……"

我赶紧举手打断："行了行了，我会尽力的，我保证！不过现在，你妈我毕竟还只是洛克伍德名不见经传的小雇员，还得接着给卡特卖命。今天的事先记我账上好嘛。"

"快去吧，"克丽丝汀说，"哦，还有，你能不能给我打点钱？"

"又要钱？我星期一给你存的那笔呢？"

她迅速沉下脑袋，抬起眼皮小心看着我，脸上一副"我真说了你可千万别骂我"的表情："那天……我在街上，遇见一个老头儿，牵着一条狗。狗狗又瘦又小又可怜……"

"快别，克丽丝汀，"我连连摇头，眼看着她昨晚就是穿着那双新款汤丽柏琦凉鞋出的门，细细的绑带刚好招展着新做的脚指甲。可转念一想，我工作上这么拼，不也就是想让她们能享受到我以前没机会享受的小奢侈嘛，算了，还是暂时别戳穿她了。我从座椅上站起身，说："下午我会给你的账户转钱。不过有言在先，只做生活开销，不能接济小狗，明白吗？"

她抿着嘴笑着也站起来："遵命。"

我亲吻她的面颊："早餐很赞，谢谢，爱你，宝贝儿。"安妮也凑过来，我用一只胳膊抱着她，另一只手抱着克丽丝汀。"要乖，"我在两人额头上各印上一个吻，"要加油哦。"

我惯用的道别方式，也是我的母亲曾经跟我道别的方式。我转身要走，发现安妮跟了出来：

"我送送你。"这是我最不想听见的一句。

我在心里叹了口气，表面上强打精神，不知道这位向来严于律己的宝贝女儿今天又给我准备了什么样的说教。

安妮约莫着走出了克丽丝汀的听力范围，立刻抓住我的胳膊。"妈！"她刻意压低声音，"刚刚你都瞧见了？克丽丝汀，她，很是反常！"

我揽着她的肩膀："看到啦，看到啦。她又开心起来了，不是吗？"

"但是……开心得似乎有点失控，像坐跷跷板似的，情绪忽高忽低。又让我想起去年春天学期末的那几个星期……你说，她是不是又有点……疯？"

"呃……"我含糊不语，安妮叹了口气。她知道那是一个在这个家中没有人愿意轻易碰触的形容词。她抬起两只手，显然有点恼火。

"好吧，我们权且说她只是表现得有点喜怒无常好了。不过，说真的，老妈，你真能放心她去坐火车吗？"

"首先，"我说，"谁也没疯。"我拽拽她的头发，想让她放轻松点，虽然我对于自己当下的措辞丝毫不敢大意，"其次，少男少女时而情绪有个波动是相当正常的。好了，我知道你在担心什么。我答应你，我会让爸爸给她推荐一个心理医生的。可能她最近压力比较大吧，你也知道，学校的事啊，女生联谊会啊，还有之前和韦斯闹别扭什么的。"

"多给她点时间吧，说不定她一回到学校，就什么都好了。"我说着伸手去拿钥匙，意图伺机逃过安妮长篇累牍的说教。"不过，"话已至此，我也不得不压低了声量，"她搞了个假身份证，我猜她昨晚八成跑出去喝酒了。"

安妮不知道是点头还是摇头："所以，你是想告诉我，她今天早上的种种反常不过是因为昨天喝多了？"

"要么是昨晚的酒劲儿还没过，要么是今天早上的咖啡因。"

安妮皱起眉头："真的吗？你觉得她最大的问题就是不小心多喝了几杯咖啡？"

我报之以尽可能的耐心："我说过了，我会给你们爸爸打电话，闲下来就打。至于你，不要太操心了，陪着她就行，她会自己消停下来的。"

安妮面色一沉，我的心也随之一紧，慌忙腾出一只手轻轻拍了拍她的脸蛋："今天的事真的真的是万分抱歉，宝贝儿，你们亲妈我分身乏术，万望理解，行吗……唉，王先生真的真的是一个很重要很重要的客户，这可是单大生意。"

她耷拉着脑袋，眼睛盯着拖鞋尖，点点头，并没看我，两条胳膊始终抱在胸前。

"劳动节那个周末回家来吧，我们一块儿去伊斯顿转转。"

我知道我多愁善感的大女儿，不过是习惯性地充当着妹妹的保护伞。听我这么说，安妮才勉强展颜："说不定这次去，还会停电呢。"

我俩相视一笑，我猜她一定也想起了去年秋天切萨皮克湾的休假之旅。我们冒着倾盆大雨回到位于盖茨港的住处，却发现因为暴风雨的缘故，房子断电了，屋内一片漆黑。

我在壁炉里生起火，三个人在房间里点起十几支蜡烛，然后窝进沙发和毛毯之中，安妮、克丽丝汀，一左一右依偎在我身畔。就着一盏灯笼的微光，我大声朗读《小妇人》——她们童年的最爱。两颗小脑袋静静地栖在我的臂弯中，让我感受到她们身体的温度。我读着，读着，声音越来越轻，几近呢喃，直到凌晨三点，生怕稍一停下来，她们就会醒。而我，望着怀中的女儿，她们已亭亭玉立，却稚气未脱，我只愿这一刻时间永驻，只想尽可能久地把这世上我最爱的两个人留在怀中。

天晓得如果今天三个人一起结伴出行，会不会又收获一段无价的回忆。我瞥了眼手机，仍在犹豫要不要给王先生发个短信……

"你该出门了，"安妮像是替我下了决心，"至于我，我得去看紧小克丽丝，她闹不好又在做蛋奶酥了！"

我笑着掬起她的脸："那就拜托你出门前帮我把厨房收拾干净咯！"

安妮拍拍肚皮："你懂的，能吃不浪费。"

比起瘦削的克丽丝汀，安妮的臀腿比例和傲人的胸脯尽显丰腴之美。这样的身段如果不是在纽约而是在别的地方，一定相当吃香，可惜放眼望去，大街小巷尽是瘦骨嶙峋的高街模特，仅以身材论，安妮显然有违奉瘦为美的舆论导向和细腿幼胸的审美主张。好在青春期还没过，安妮就已经泰然接纳了自己的角色定位——就像红花必然缺不了绿叶陪衬，金发高妹身边也总得跟着一个半个"矮黑圆"——说的就是安妮，这辈子都只能给克丽丝汀当跟班的安妮。尽管我百般尝试，迄今没能让她放下成见，或者说，让她看到她在我眼里从心灵到外在浑然天成散发自然之美的样子。时至今日，我始终觉得她的美令我无法抗拒，甚至于，抛开血缘，她才怎么看怎么像是我亲生的。

"就羡慕你这种不但人美胃口还好的！"我顺势又在她脸上掐了一把。她想闪，却被我硬扯入怀中："留心看着点你妹妹。到费城之后，记得给我发个消息。"

我从衣帽钩上摘下皮包，最后叮嘱说："记住，要乖哦。"

我合上身后的门，走廊内一如往常，清冷而安静。我抬脚往电梯方向，不料脚底拌蒜，差点跌倒，对，就是那种奔波了一天之后拖着两条腿勉强往家挪的感觉，丝毫没有每天早上神采飞扬的精气神，仿佛有道黑漆漆的影子重重地拖在耳后，随时有可能扑上来将我吞噬。这大概就是每一位职业母亲都不得不面对的内疚感吧。

我用拳头狠狠凿亮电梯按钮，尽管我知道，我真正该做的是现在就给王先生打电话取消上午的预约，是现在就转身回家留下来开车送孩子们去上学。直到后来我才知道，这正是生活暗暗提醒我心有踌躇，不如先停下脚步的一刻。

可是电梯门很快开了。我抬脚迈了进去。

第二章
安妮

　　门内，安妮倚在门框上按捺住自己内心的咆哮，她的全盘算计至此宣告流产。按照原来的计划，她打算挨到小克丽丝和妈妈出发前的最后一刻再向她们摊牌，昭告天下自己被哈弗福德停学一年。这样一来，至少给了妈妈一整天的时间慢慢消化这则爆炸性新闻，而且克丽丝汀正好能陪着她。现在倒好，一会儿小克丽丝一走，安妮失去了唯一的精神支持，简直不知今晚要如何独自面对下班回家的妈妈。

　　安妮掩面叹息，如果她真如妈妈说的那么"乖"，就应该在她刚刚出门前主动招供。这样，就算妈妈心再大，也不可能在得知安妮不能同行的情况下，放小克丽丝自己去坐火车，何况妹妹今早如此反常。然而，她始终没勇气开口，直到现在都没有。

　　安妮慢吞吞地回到厨房，从灶上拎起那只油腻腻的平底锅。克丽丝汀的手机落在台案上，电池已然耗尽。从隔壁房间传来歇斯底里的大笑声，安妮不知道她在电视上看见了什么。

　　安妮放下锅。善后清洁不妨等一等，眼下的要务是想办法让她的宝贝妹妹尽快平复下来，穿上衣服，按时返校。坚决不能让小克丽丝一个人去坐火车，哪怕妈妈不反对，安妮也不能同意。

一个钟头之后，安妮终于用尽千方百计把妹妹塞进了浴室，还腾出手给她的短途旅行背包里塞了几件衣服，应该够她穿几天了。此刻，她正站在凳子上，面对着衣橱架子上克丽丝汀乱七八糟的凉鞋和靴子，试图侦破家传格言剪贴簿的藏匿地点。安妮十分怀疑小克丽丝没了她，一个人在费城能不能活下去。她跳下凳子，地板因一时不堪重负而吱呀怪叫，这让安妮咬牙切齿，悔不该把刚刚那一大块法式吐司吃了个精光。

"没在柜子里。"她边向屋里走，边冲克丽丝汀高喊。

"早就和你说了，"克丽丝汀翘着一只脚，踏着床垫，摇摇晃晃地在脑瓜顶的书架上翻翻检检。"哦吼！快来啊，安妮，一起跳起来！"看来她已经放弃寻找，而玩起蹦床了。

"快别闹了，小克丽丝，赶紧找找。不会没有的，肯定就在这间屋子里。"

"你怎么那么不解风情呢！"克丽丝汀闻言还是顺从地下了床——落地无声，优雅如体操运动员的满分下马动作。"我得走了。找到再寄给我吧。"

安妮坚持在妹妹书桌上寻宝，说话间已经拉开了第一个抽屉。家传格言剪贴簿是六岁那年妈妈送的圣诞礼物，姐妹俩一人一本。安妮的一本外面包着银色封皮，克丽丝汀的是金色的。妈妈在里面摘抄了不少她们外祖母和曾祖母的醒世名言，但要说安妮最喜欢的，还是妈妈自己创作的那些。就这样，三代人的处世哲学成了安妮从小到大的安全港湾。

她使劲儿摇了摇克丽丝汀的脑袋："拜托快想想放哪儿了，小克丽丝。我们的火车还有不到一个钟头就要开了。"

"我们的火车？"

"对啊，我和你，一起走。"

"你干吗要走？"

"没关系的，我先送你去参加联谊会的聚会，然后……"

"我不用你送。"

安妮把注意力转向另一个半敞着的抽屉，无意在克丽丝汀不清醒的情况下与她过多纠缠："就该让妈妈留下来开车送你。你怎么也不坚持坚持？她一向最听你的。"

"你这么大火气，还不是因为事情没按你的计划来？就知道数落我，你真有本事的话，倒是自己跟她说啊！"

安妮连连摇头："我开不了口啊，她一定会很失望的。"她从抽屉里扯出一件运动衫，"究竟放哪儿了？我们要来不及了。"

"算了。那我改十点整的火车好了。"

"不行，时间太紧，你会迟到的。"

克丽丝汀把自己扔在床上："说老实话，我根本就不在乎那个什么屁会，也不在乎几点能到学校……前提是我真的能到的话。"

安妮想尖叫。要是小克丽丝知道安妮为了她能重返宾夕法尼亚做了多大牺牲，就不会这么说了。不过，当然，她不可能知道，安妮也不可能让她知道："说什么呢你，什么在乎不在乎的？你不是说很喜欢宾大的吗？"

"现在说这些有什么用。也许我该退学，然后转学去新罕布什尔。"克丽丝汀笑得很轻率，有点心灰意冷的意思。

新罕布什尔……还汉诺威呢，她不如直接说达特茅斯学院，别以为别人不知道她前任男友在那儿。安妮心里一沉："是韦斯出的烂主意吗？"

"韦斯现在根本无法容忍我靠近他半步，"她坐起身，"我知道我得想办法补救，可我总是词不达意，不知道该说什么话。"

与有情人说有义话，与薄情人懒得说话——安妮觉得是时候搬出曾祖母她老人家的尚方宝剑了。韦斯·戴文，克丽丝汀坎坷情路上一朵还没开败的烂桃花，典型的风流浪子，为了取悦所爱的人什么事都干得出来。不过可惜，克丽丝汀要到后来才会发现，韦斯·戴文真正爱的人只有他自己。

她们每年都会去麦基诺岛和姨妈、外祖父共度暑假。六月里，刚到麦基诺还没出两天，她和小克丽丝就撞上了韦斯。接下来的一整个夏天，另外的两个人像连体婴儿一样时时刻刻腻在一处。可是等她们搬回纽约，韦斯也回了达特茅斯，这个人忽然销声匿迹了。

"永远别对不走心的人掏心掏肺。"安妮最终还是选了妈妈的名句。

"说人话！"

"我说让你忘了他，他可配不上你。"

克丽丝汀走到窗前，前额抵着窗玻璃，喃喃自语："我得再找他好好谈一次才是。"

安妮牵起妹妹的手："不。你得回到宾大然后忘了那个浑蛋才是。想想看，再有三年，你就毕业了，你就是下一个乔布斯——女乔布斯……嗯，美女乔布斯。"她竖起一根手指，"不过现在，我们得先找到你的剪贴簿。出门不带剪贴簿是会走霉运的。"

克丽丝汀嗔笑她："剪贴簿就剪贴簿，又不是转运水晶。"她向后倒在床上，这次干脆把安妮也拉到身边一起躺着，"听着，安妮，我有件事得告诉你。你听了别不信。"

安妮看看表——大事不妙——八点已过！她现在可没心思细听克丽丝汀把《韦斯、克丽丝汀之爱侣传奇》第五卷第一百二十一回从头道来："快说什么事？"

小克丽丝咬着嘴唇迟疑了片刻："还是算了。你肯定会告诉妈妈。"

"不，我保证。"

"不过话又说回来了，你可真不能一天到晚这么妈妈长妈妈短的。学着独立点好不好？"

"呃，要不要我提醒提醒你，是谁去年一整个夏天都待在哈弗福德学院，是谁在外地独立生活了那么久？"

"是你，是你，都是你。可你敢说这期间没给妈妈打电话？少说也是一天一通。"

"才没有呢，"安妮把目光收到一旁，嘀咕道，"有的时候就只发发短信。"

克丽丝汀赶紧举手投降。的确，连安妮都忍不住笑了出来。

"这回好了，让你凭空多出一整年的时间，"克丽丝汀说，"出去转转吧……走远点，去个好玩点的地方，比如巴黎什么的。"

"但是妈妈她……"

"不用管妈妈。你既不需要她，也不需要我，自己就可以活得很好。你能出去闯闯，妈妈肯定也高兴。你难道没看出来，她现在也有了自己的生活，再不像以前那样时时刻刻围着我们转了。"

也许在安妮看来，所有人，除了她，现如今都过上了自己的生活。孤独隐隐来袭，像一个关系时好时坏时而不请自来的朋友，让安妮甚至怀疑自己究竟是真的孤独寂寞，还是自己格格不入？仅仅一年之前，她还是哈弗福德学院前途最被看好的青年诗人（至少她的英文教授是这么认为的），小克丽丝还是坐一站火车就能见到面的妹妹，妈妈还是不吐不快、无话不谈的闺密。可再看现在……

"嘿，"克丽丝汀安慰她，"我这么说可不是想惹你不高兴。我只是觉得你应该出去闯闯。等到明年八月你再回家，我也回家的时候，"克丽丝汀顿了一下，把一缕头发拨到安妮耳后，"我们还可以像现在这样，在这张床上肩并肩坐着，分享彼此这一年的冒险之旅。"

安妮努力挤出一个笑脸："那好吧。"

克丽丝汀用力抱住她，抱得她几乎喘不上气来："知道吗，你是这个世界上最棒的姐姐，”她松了手，直盯盯地看着安妮的眼睛，“记住我的话，不论发生什么，好吗？”

克丽丝汀说这句话时紧张而郑重的语气和呆滞而恍然的神情把安妮吓了一跳，她用力拍了拍妹妹的胳膊，想让妹妹放轻松点：“至于你，你是我永远的捣蛋鬼，这你可改变不了。”安妮边说边从床上爬起来，“在这儿等着，我去拿我的那本剪贴簿给你。等你找到你的了，再还给我。”

“别找了，我这就走。”克丽丝汀跳下床，一把抄起背包。

“别，等一下，”安妮说，“我马上就回来。我跟你一块儿出门。”

安妮奔向走廊一端自己的房间，迅速套上一条瑜伽裤，又罩了件 T 恤，然后抓起床头柜上那本银色的剪贴簿就往回冲：“那些写在边边角角上的肉麻话，你当没看见就成。我知道这话说起来有点丢人，不过我有的时候就是忍不住评论两句，”安妮放大音量生怕克丽丝汀听不见，“这回可别弄丢了，否则，哼哼，唯你是问！……克丽丝汀……”可是她左看右看，小克丽丝的房间里早就没人了。

人去床空。安妮把剪贴簿往克丽丝汀床上一扔，转身就往外跑：“克丽丝汀——”妈的！她发现妹妹甩下她独自走了，把她和幸运剪贴簿一起扔在了家里。

安妮冲向门廊，猛地拉开门，可是哪儿还有小克丽丝的影子。安妮急得团团转，忍不住挠头。有望追上吗？她拉开壁柜，给自己找了双运动鞋，可是该死的鞋带偏偏这个时候搅在了一起。

“妈的！”安妮只得把鞋子丢在墙角，冲回自己的房间，企图从衣柜最下层抓拉出一双人字拖，“妈的！妈的！妈的！”

她咆哮着，瘫倒在一堆乱七八糟的衣服中间。反正现在无论干什么都于事无补了，她妹妹终于得偿所愿，成功地甩了她。返校日的宾大车站永远人山人海，她怕是永远也不可能找到她了。况且，显然，克丽丝汀根本就没打算让她找到。

安妮径直走进厨房，平底锅里的黄油已经重新凝结成块，还剩下最后一片吐司。她跳过香蕉，舀了点糖浆，把碗钵里的生奶油一点不剩刮了个干净，然后撒了一把糖，这才拿起叉子。

当你怀疑日子已经糟糕得没法再过下去了的时候，只管放开肚量大吃一通，保证吃饱之后你就会打消刚刚的怀疑，毕竟，现在才是又肥又悔，糟糕得真快过不下去了。

第三章
爱莉卡

才星期五中午十二点三十分，我已经坐在无花果和橄榄枝酒吧吧台的高脚凳上啜起了红酒，庆祝刚刚又落纸成交一套公寓，位置可是毗邻时代广场的标志性建筑。我抽空给姑娘们追发了一条短信，询问她们是不是已经顺利回到了学校。全程，吧台另一侧的那个男人一直在看我，我放下手机，忍不住看了回去。他忽然眼睛一亮：

"爱莉卡·布莱尔！"他叫出声来，"我就猜到是你！"

我打量着眼前这个颇有魅力的男人，银灰色的杂发，活像是我在麦迪逊二十一世纪地产公司前同事的中年版。我也笑出来："约翰·斯隆？"

他端着酒杯换到我旁边："天哪，真不敢相信。我在附近开会，学习了一上午的新税法和社交技巧，下午想出来放松一下。谁承想，这么巧，在这儿撞上你了！"

"好久不见啦。快请坐。"

他在挨着我的吧凳上坐下来，接下来的二十几分钟，我们都在追忆似水年华。从他那儿，我听说了不少前同事的近况，还有他自己的：他还留在原来的事务所，只不过已经转行做起了商业地产销售，他的独子即将从威斯康星大学毕业。还有，他和太太三年前离了婚。

"洛克伍德房地产公司，"他把我递上的名片念了一遍，"我还以为你早就注册了自己的地产公司了。这是你的事业梦想，对吧？"

"有句话怎么说的来着：梦想很丰满，现实很骨感……"我尴尬地笑了笑。如果他现在翻开我的钱夹，还会发现那张一直没被丢掉的名片，上面写着"布莱尔地产公司"几个花体字的来自克丽丝汀中学美术课的设计作品。

也许是酒精作祟，这么多年以来头一次，我有点怀念往昔那破败而潮湿的味道。那是两个女儿十一岁那年，我在布鲁克林租下的一间办公室的味道。在整整四个月的租期里，我每天不停地打各种电话，最大的收获不过是那些所谓潜在客户挂机后的忙音，或者直截了当的拒绝。时至今日，我仍然无法忘怀关门歇业那天心痛的感觉。我拖着狼狈又疲惫的自己，一边在心里盘算着如何应付下一期房租，一边从地铁站向家的方向吃力跋涉。快到家门口的时候，我老远看见克丽丝汀和安妮双双坐在台阶上，分享着一串葡萄——那串葡萄原本是我打算留给她们第二天中午做午餐的。我忍无可忍，疯了似的大踏步走上前去一把夺下空碗："想什么呢，你们俩？不是说过了每天放学每人最多只能吃六粒葡萄么！"

安妮仰头看着我，我永远也忘不了那张伤心的小脸。更可怕的是克丽丝汀，眼神中甚至透着嫌恶。

第二天，我就给卡特·洛克伍德打了电话。我需要的是一份工作，一份定期支付的薪水，去他妈的梦想和自由。

可我对身边的约翰说："供职于大公司所能获得的经济保障令人难以抗拒，不是吗？何况我还是个单身妈妈。"我被自己堂而皇之的托词吓了一跳，手指捏着高脚杯暗暗加力。事实上，布莱尔公司被我卖出去抵了债。幸好这一点谁都没说破，彼此心照不宣。

"你前夫离婚的时候什么都没留给你？"

"也不是。我们那个时候几乎没什么积蓄。布莱恩那几年一直在清还他读医学院的学费贷款。"

约翰点了点头，又问："你还是专攻首次置业的客户群？"

我摇了摇头："我现在更多关注海外市场，确切说，是亚洲投资人。为此，我还学了几句中文，很是奏效。这类客户通常会委派代理人飞来美国停留二十四小时，最多不过四十八小时。我负责提供五六个满足要求的备选房源。差不多就是这样，可以说是我们在替他们选房子，就好比房地产市场的恋爱速配。"

"就好比房地产市场的盲眼相亲，"他拧着眉毛，似乎被我的职业路径搞得有点云里雾里。这我毫不意外，的确，我已经磕磕绊绊地偏离了入行时的初衷，并且可以说已经偏出甚远了。距离布莱尔地产公司成立（以及倒闭）已经八年有余。现在，我有了自己的积蓄，等于说一对女儿的未来也有了保障。近几年的市场行情一片欣欣向荣，我为什么没想过为了自己的梦想再做一次尝试呢？

我像是提出了一个自己也无法回答的问题。

"你的那对双胞胎千金最近怎么样？"他问。

我很高兴我们终于能换个话题。很多人都会自然而然地把我那两个宝贝女儿当成双胞胎，谁叫她们虽然长得一点也不像，但是年龄相仿，彼此只差了五个月。我并没有纠正他的错误，顺着说下去：

"今年已经大学二年级了，"说到这儿，我拿起手机又检查了一遍新消息列表，"现在大概已经分别回到学校了吧。克丽丝汀进了宾夕法尼亚大学，还是那个时刻让人操心的小捣蛋鬼，朋友遍天下，整天嘻嘻哈哈。"一想到她，我就要笑，我用一根手指在酒杯沿上转过一圈，"安妮呢，全然另一副样子，钟情于和她的妈妈、妹妹共享家庭时光。心思细腻，懂得为他人着想，却总是对自己吹毛求疵。哦，对了，尽管她自己不肯承认，她的诗歌写得好极了，现在可以说是整个哈弗福德学院瞩目的文坛新星。她挑来挑去去了哈弗福德，当然也是为了能跟妹妹一起待在费城……"我忍不住又瞟了眼手机，"我在等她们的消息。"

"为人父母，"他说，"形单影只是对其中成功者的诅咒，也是嘉许。"

"说的就是啊。"我有一点被他这句话打动。

他从西装口袋里掏出钢笔，抽了张纸巾一块儿递给我："别不好意思，大可记下来好了。我记得你以前就很喜欢到处收集这种名言警句。"

我眨了眨眼睛："可不是，写就写。"我把他刚刚的一句誊在了酒馆的纸巾上。

"摸着良心告诉你，"他说，"这句话其实不是我说的。原创作者系本人前妻。"

我被他逗乐了，把纸巾推到一边："我怎么一点也不意外？"

他也轻轻笑出了声："对了，你吃过午饭没？"

我瞟了瞟旁边银色的空碗："你是说除了那几片椒盐饼干之外的午饭？"

他向前一步，脸上闪烁着大男孩般的热情："我们换张桌子，机会难得，我得正正经经好好请你吃顿午饭。"

我再次看看手机，新消息栏依旧空空如也。本来除了陪姑娘们吃饭也没别的打算，现在好了，下午左右没事。

"那感情好啊！"我满口答应，带着一点恶作剧式的兴奋。

"那就这么定了，"他示意酒保结账，"我得告诉鲍勃·博伊德瞧瞧我遇见了谁！知道吗，他对你一直很是倾心——该死的，我们谁又不是呢？每次看桑德拉·布洛克的电影，我都会把她想成你。"

我两颊发烫。尽管我知道，桑德拉·布洛克几乎可以拿来作为对每一个棕色头发女孩的恭维，只要你碰巧稍微爱笑一点。不过，再牵强的恭维，听的人也乐得欣然笑纳。

"说真的，你比以前看起来更美了。"他含笑看着我。

"说得像真的似的。"我甩甩手，不让他再说下去。但是不得不说，此刻的我有一点受宠若惊，有一点意乱情迷，有一点飘然欲醉，这大概还是这么多年以来的头一次。

约翰从身后帮我拉出凳子。"别忘了这个。"他递上那张纸巾。

"哦对，我的警句摘抄。"

我把那张纸巾塞进手包，下意识地瞥了眼吧台上方的电视。电视上，CNN 正在插播一则突发新闻。

也许是直觉使然，我在电视机前停了下来。画面切回现场，浓烟滚滚，到处是碎片残骸，依稀能辨认出背景应该是城郊的某处。

标题赫然写着：本日上午费城城郊火车脱轨。

我怔住了，一只手捂住喉咙，醉意全消：

"孩子们，"我感到自己随时可能晕倒，"我的两个女儿都在那趟列车上……"

第四章
安妮

安妮在厨房岛台前支着手提电脑，屁股坐在皮质的旋转高脚凳上扭来扭去，眼睛虽然没离开屏幕，心思和手早却已伸向了一边——又抓了一大把薯片。要的就是这种感觉，所有的情感被小心地编排成简短的句子，再组合成精练的段落，自带停顿和语气。可是，写作，一直以来唯一让她引以为豪的事情，有朝一日竟成了令她停学的肇事元凶，现实对生活其中的人真是极尽挖苦，无所不用其极。

安妮又从头至尾读了一遍，把"倘使我回到哈弗福德"修订为"如果我回到哈弗福德"，然后用打印机把这封长达两页的告解信变成了白纸黑字。

安妮打算把这封信就搁在厨房岛台上，由妈妈下班回来自行发现。届时，她应该已经身在爸爸家，向爸爸当面解释清楚整件事的原委了。

安妮挑剔地看了看自己一小时前才又涂了一遍的紫色指甲油。如果换作平日，涂一次指甲油，至少能坚持看一个晚上，可今天不行，还不到中午，她就已经把十枚指甲盖上的指甲油抠了个精光。

与此同时，她已经为父母可能提出的一系列问题做了充分的预案，至少在她看来如此。她会在接下来一年的停学期中，去星巴克或者斯特兰打打工。

明年秋天她就将重返哈弗福德，就如院长佩卡姆允诺的那样。

手机响了，安妮看了眼来电提醒——惨了，妈妈这回没发短信，而是直接把电话打过来了！该接吗，接起来该骗她说已经回到学校了吗？不行，行不通，她一向不善扯谎。要不还是等着电话自动转进语音留言信箱好了。可那样会不会又显得太没种？一个花了整个夏天东躲西藏的傻妞，现在还要继续躲着妈妈的电话？

"喂，老妈。"她把耳朵贴上听筒，用手抠掉指甲盖上最后残存的一点紫漆。

"哦，上帝！哦，宝贝儿！吓死我了。"

安妮坐直了身子："吓……吓死你了？"

"是的，宝贝儿。是的！你没事就好。我还以为你……克丽丝汀……"电话另一端的妈妈听起来呼吸困难，声音艰涩，"她没接电话。让我想得特别坏……"

"别着急，慢慢说。小克丽丝的手机没电了。你在哪儿？"

她亲爱的妈妈压低了声音，听上去颇难为情似的："我正准备去赴午餐邀约，安妮。难以置信吧？可我刚才听说火车出事了，该死，我竟然不往好处想……"

安妮感到心跳加速。她把自己倚在橱柜上，尽力稳住身体："什么火车？什么事故？妈你在说什么？"

"阿西乐特快，在快到费城的途中出了事。太可怕了，安妮！竟然和一辆油罐车撞在了一起。感谢上帝，幸好你们没在车上。"

安妮膝盖一软，身体不由自主地滑倒在地，木质地板的凉意直沁心脾。

"小克丽丝她……"她紧紧按压太阳穴，听见自己失真的声音，"哦，上帝啊，克丽丝汀！"

第五章
爱莉卡

　　我像丢了魂，身体被别的什么人牵引着，进入了一个完全无色无味的世界。我坐在汽车后排座椅上，呆呆地望着窗外布莱恩的 SUV，好像什么也看不清，却又什么都能听见。一个刺耳的声音，反复倒带，不停重放：千错万错都是你错。如果你能守约，克丽丝汀就不会死。

　　我感到眼睛酸涨，紧咬牙关，记起父亲在母亲离世后反复会说的话：憋回去，不许哭，洪水岂能漫过堤围！十一岁的我忠实地践行着父亲的指令，每每觉察到自己下巴抽搐、喉咙发紧、眼睛酸涩的危险信号，我就会用尽全身力气一股脑把眼泪统统憋回去，在眼前筑起一座更高的水坝，憋住泪水，憋住悲痛。今时今日，感谢父亲，我终于成了现在的我，永远捍守双眼，永远不会放任眼泪洪水漫堤。

　　到达费城慈爱医院时，一位女士在大厅内接待了我们。她是突发事故伤情分诊组的成员，我们跟在她后面进了电梯，穿过长长的走廊，我已经准备好了接下来可能发生的一切：荒僻的停尸间，冰冷的金属台，女儿温度无存的尸骨……然而，这些画面并没有成真，而是来了一位名叫乔安娜的非裔创伤心理咨询师，把我们引进了一间小小的办公室，关上了门。布莱恩和我分坐左右，正中椅子上是安妮，三个人对面只坐了一个人，乔安娜，以近乎平静的语气表达了对我们痛失挚爱的惋惜，并表示，我们将得到充分的时间来辨认女儿的骸骨。

"一切都会在这间屋子中进行，通过照片。"

"不！"我瞪着乔安娜，又转向布莱恩，"我要亲眼见到我的女儿！"

"抱歉，布莱尔女士。鉴于肇事卡车司机潜在的犯罪动机，在尸体剖检完成以前，验尸官恐怕不能允许其他人随意查视受害者尸首。"她指了指放在膝盖上的档案夹，接着说，"等我们这里的工作进行完毕，您可以自行决定是否需要索要牙齿鉴定或指纹记录，或者放弃该项权利。"

"求你了！"我说，"让我见见她！"

"待尸检结束后，您会有机会的。"她放慢了语速，重复了刚刚的说法。

"可……"

"我们对此表示理解。"布莱恩突然发声打断了我。

乔安娜从夹子上取下第一张照片："我会首先向诸位解释您将在图片中看到的内容，然后再把图片翻过来。"她看着我的眼睛，"您的女儿给我们的工作行了很大的方便。在她身穿的牛仔裤后袋中装有她本人的身份证，我们因此相对肯定地确认了死者身份，确定为克丽丝汀·布莱尔。"

她说着递来贴着克丽丝汀照片的身份证。我接在手中，凝视着照片中的女孩，手指滑过她的笑靥。我的甜心，我的宝贝儿，你看起来是那么无忧无虑，那么天真烂漫，浑然不知命运对你下了怎样的判语。我抬起手捂住嘴，却没能及时掩住喉咙中的咆哮。我感到如鲠在喉，一丝清冽的空气钻进嗓子，仿佛大厦之将倾，反而更令人窒息。

"对不起……"我试图找回呼吸。

乔安娜的一只手搭在我的胳膊上："我能理解。"

我有种想朝着那张脸尖叫的冲动，想质问她，她凭什么敢说她能理解我此时此刻的感受？她凭什么敢说能理解一个母亲，当听说她的孩子、她孩子的生命、一切梦想、希望和心愿一瞬间化为乌有是什么感受？她凭什么……凭什么敢说能理解这位母亲从此再无法触碰她孩子的脸颊、听到她的声音、看见她的笑容是什么滋味……

"还好吗？"布莱恩倾身问我。

我点点头，攥紧了安妮的手。为了安妮，我得振作。我得感激上帝，让安妮忘了带手机，半路折回家而错过了那趟该死的列车，才幸免于难。但是，此刻，我无法对上帝说出任何感激的话……不，我不能。我感到怒火中烧。上帝啊，你为何不放过克丽丝汀？你的仁慈呢？你的英明呢？

"你们将看到的第一张照片，是她的右脚，"乔安娜的声音，"我不得不再次提醒诸位，她的身体在撞击中遭受了严重的外伤，你们将不得不面对创伤和淤肿的画面。我知道这很难接受，但是还是希望你们能从中找到便于确认身份的信息，譬如胎记、痣、文身或以前留下的疤痕。"

她把第一张照片翻转了过来。我只看见一只苍白而臃肿的脚丫，与印象中的女儿相去甚远。但我确实看见了上面淡紫色的指甲盖。我揪着脖子，感到世界再次分崩离析、支离破碎。

乔安娜一张接着一张翻开女儿的照片，她的脚踝、她的腿、她的躯干。即使带着淤肿，依旧不难辨识出她略显扁平的胸腔，她微微隆起的小腹。我亲吻照片。"我的宝贝儿，"我呢喃，"我好端端的孩子啊……"

乔安娜直到我再次慢慢镇定下来，才接着说："接下来的照片恐怕会更为艰难，她的上半身在爆炸中遭受了严重灼伤。"

安妮闻声呜咽，我伸出一只手环住她，奢望缓解她万分之一的苦痛："亲爱的，我们可以不看了。"

"不，"她挣扎着，坚持着，"我可以的。"

她仿佛一下子长大了好几岁。她当然可以的。命运以最残酷的方式将她推入成年世界，她和她一样，别无他选。

乔安娜翻开手中的照片。安妮哽住了。我本能地将她揽入怀中，不想让她再多看哪怕一眼。我强迫自己飞速扫过那张照片，然后腾地站起来：

"我想，我们不需要再看下去了。"我说，唯愿克丽丝汀留在我们心中的永远是不败的笑靥，而不是眼前这团模糊的焦炭。我摩挲着安妮的头发，由她在我的怀中低声哭泣。"布莱恩，后面交给你行吗？"

他用手抹了把脸，终于还是应下了。我知道他会在心里怨我，怎么能把这种事情全抛给他，我不怪他。但是眼下，安妮更需要我。

"收下这个，"乔安娜递来一张名片，"任何时候都可以打给我。如果需要的话，我也可以给您推荐一位曼哈顿的创后心理咨询师。任何时候、任何问题，都可以打给我。"

我感到血压飙升，瞪着她："我确有一问——那个天杀的司机是谁？为什么能把车开到铁轨上？"

"妈——"安妮惊愕的声音。

"是火车司机没发现前方有车吗？还是该怪克丽丝汀没发现？！"我不依不饶。

"爱莉卡，"布莱恩再次出声制止，"我们是来认尸的。"

"联邦调查局正在与当地警方通力合作，"乔安娜似乎是在向我保证，"一定会对事件进行详尽而彻底的调查。"

"是吗？那么敢问，他们所谓详尽而彻底的调查可否告诉我，我的女儿在最后一刻有没有害怕？有没有痛苦？她在想什么？她生前的最后一句话是什么？！"

"别说了。"安妮把我拉出房间，关上门，然而布莱恩的声音还是从门缝中钻了出来：

"是的，"他确认了乔安娜的说法，"是她，是我们的克丽丝汀。"

卫生间在走廊尽头，安妮离开的片刻，我留在医院走廊内的长椅上，盯着克丽丝汀的身份证呆呆出神。我不敢抬头，努力让自己在安妮回来前镇定下来。憋回去，不许哭，洪水岂能漫过堤围。

为了安妮，我得坚强，我得振作起来，我得令我们相信，我们能过这一关。然而，内心深处，我担心自己随时会被她戳穿。睿智如她，怎会不知道，那个美满而幸福的家已随克丽丝汀的逝去而一去不复返，再也不可能回来。而这一切，归根结底，都是因为我没能信守诺言。

第二部分

Quote Me

启程巴黎

即使生活抽走了软绵绵的地毯，
你依旧可以赤着脚纵情舞蹈。

第六章
安妮

安妮把医院卫生间水龙头中冰凉的自来水拍在脸上，始终不自知地咕哝着："是我不好，小克丽丝，都是我不好……是我不好，是我的错……"她抽了一张纸巾擦了擦脸。是她不好，是她的错。小克丽丝本来就没赶着走，也说了想等十点钟的那班列车，但是安妮不肯。虽然安妮看出来小克丽丝今天从早上开始就表现得怪怪的，还是放她走了，而且是她一个人走的。也就是说，如果不是安妮，小克丽丝根本不会死——她觉得爸妈应该知道这些。

她试图在来医院的路上就开口解释，但是最终还是告尿，还编了套蹩脚的谎话，说什么没有陪在克丽丝汀身边是因为落了手机不得不折回家去取。

她把手放在卫生间的门把上，深呼吸三次，感受到胸腔中不安分的心跳，拉开门，慢吞吞地挪开了步子。

走廊另一端，她的妈妈端坐在木质长椅上，宛如高贵的伯爵夫人。然而，远远地，安妮依旧能看见她眼中的漠然，像是被什么人抽走了其中所有的欢愉。她深深地知道，那个什么人无疑就是她，安妮。

"她本来不想坐那趟火车的。"

"什么？"

"是真的。"安妮剥着右手拇指上的指甲油,鼓起勇气开口说,"妈,我们需要好好聊聊昨天早上发生的一切。"

妈妈的脸上渐渐失去了血色,她把头别向另一边:"晚点再说好吗,安妮?求你了。"

安妮挨着她身旁坐下:"小克丽丝她本来是不想坐那趟车的。就是你……"

妈妈跳起来:"别说了。我们去外面等你父亲。"

妈妈已经换回了惯常说一不二的语调,明确传达出"谈话到此为止"的信号。可她为什么不肯听自己解释呢?安妮感到胃里翻江倒海,亟须一吐为快……然后方能请她,不,求得她妈妈原谅。

"你也看到她的样子了,不是吗,妈妈?你知道我在说什么。她昨天早上就很不对头。你一定看出来了。"

"住嘴!"

"不!你得听我说。求你了,你必须让我把话说完。她本来是不想坐那趟车的,我本该帮她……"

"够了!"她意识到妈妈脸上的愤怒——或者说,惊恐?——"求你了,安妮,别再跟我提那件事了。"

"但是那件事让我生不如死,"安妮努力让自己的声音尽量听上去和缓一点,"我必须把话说出来,我一直试图告诉你的是……"

"行了!"妈妈脸上青筋暴起,"我知道你想说、必须说!可你觉得说了就有什么用吗?"

安妮的泪水夺眶而出,妈妈不愿接受她的告解。甚至,也许妈妈一辈子都不会原谅她了。是她不好,是她的错,可错的是她,死的却是两个女儿中漂亮的那个。

第七章
爱莉卡

布莱恩把车停在公寓楼下的马路边。安妮第一时间冲下车，冲进房间，重重地摔上门。"你俩怎么了？"布莱恩扭头问我。

我摇摇头："我……我有点失控。我知道她生我的气了，可我真的不想听她指责，至少现在不想。"

他也摇头："生你的气？爱莉卡，这一切都不是你的错。"

可这一切明明就是。改天吧，改天我再告诉他，我是为什么放了孩子们的鸽子，又是怎么没能信守承诺而爽了约，安妮是怎么竭力提醒我克丽丝汀的反常表现，而我又是怎么熟视无睹、强迫两个孩子去坐火车的。改天吧，改天再说，反正不能是现在。我觉得我快受不住了。

"尸体剖检结束后，医院会再来电话的，"布莱恩说，"那时候，我们再一起去看她。"

"不，我情愿只记得她美好的样子。"

他点点头："我会去搞定许可，把尸体从宾夕法尼亚带回纽约。"

"好的。"我望着车窗外出神。

"你是想由我安排火葬，还是你还想……"

"你。拜托了。"我想遮住脸,手却被布莱恩抓住。

"嘿,没关系的,想哭就哭吧,哭出来就没事了。"

我抽出手,转身欲走。十一年的婚姻生活中,布莱恩从不曾见我落泪,甚至在两个人关系彻底分崩离析的时候,他还以此为由,在我头上多算了一笔。

"哭出来舒服些,爱莉卡。"

我摇摇头。一旦哭出来,就再也不能憋回去,可我要怎么说才能让他明白呢?

整个下午,太阳从窗前侧身而过。窗外,中央公园依旧熙攘。对着手机喋喋不休的人、遛狗的人……没有人意识到世界已经终结。我放下百叶窗,钻进被窝,渴望死神临幸,或者渴望睡意垂青。然而什么都没有。只有安妮的声音,在耳中,倒带,回放:她本来是不想坐那趟车的。我本该帮她……

这一次,在一片死寂的卧室中,我让耳朵里的安妮说完了她想说的话:我本该帮她留住你。是你答应了开车送她,可是你听都没听我的话。就是因为你,我的妹妹死了。

接下来的三天,我除了喝水和上厕所,再没离开过卧室。中间有一次,我瞥见安妮坐在厨房里。另一次,我发现她一直盯着电脑屏幕出神。还有一次,她是躺在床上。而每一次,只要她发现我在看她,她就马上背过身去。我一直在悄声道歉,对不起,是我不好,可我不知道她能不能听见。

　　我想折回房间，却在安妮的卧室外停下脚，房门紧闭，我举手几欲敲门。她会在里面干什么？我要怎么说才能让她原谅我？

　　想来想去，我最终还是垂下手，默默走回了自己的卧室，只能在心里埋怨自己没有勇气直面自己的过错。

✈

　　手机铃声响起的时候，我正望着天花板在发呆。现在是白天，还是晚上？今天是星期二，还是星期三？我咆哮着，把脸埋进枕头。不管打电话的是布莱恩，还是凯特，又或者是哪位听说了事故而致电以表慰问的朋友，我就是不想接，用不着任何旁人对我痛失爱女深感惋惜。我伸出手在床头柜上一阵摩挲，在摸到静音键之前，来电已经转入了语音留言信箱——卡特·洛克伍德——看到来电显示的同时，我腾地一下从床上弹起来。

　　我用手肘撑起身子，使劲儿眨了眨眼睛。工作，听上去陌生恍若另一个世界中的存在……洛克伍德房地产公司，说起来遥远得仿佛另一个平行宇宙中的时空……在另一个宇宙另一个时空的另一个世界里，我会不会还是之前那个得心应手、驾轻就熟、游刃有余、挥洒自如的我？更为重要的是，我的工作、我的生活、我的情感，一切仍然尽在掌握？我渴望有那么一个宇宙，那么一个时空，那么一个世界，让我能有哪怕一刻忘了此刻的所有。

　　我按下语音信箱，把来电切换至扬声器。卡特的声音横冲直撞，瞬间充斥各个角落。

　　"布莱尔，我是卡特。你女儿的事真是荒谬极了。"他豪放的措辞让我惊愕，可是，这么说起来好像也没错。

　　我把手机搁在桌上，合上眼睛，猜测接下来就该轮到"世事无常""节哀顺变"之类的了。

"妈的，去他妈的，"——居然没猜中——"有话直说吧，我们需要你赶紧回来开工，布莱尔。丹尼森准备着手汇总哥伦比亚住宅圈的房源。欧丽兹已经忙得脚不沾地了。你得回来帮我搞定那些广告方案。回电给我，越快越好。"

换了别人，这时候该拍案而起了吧，什么老板，一点人情世故都不懂，趁早滚蛋。我一跃而起，扑向手机，像可怜的溺水者终于抓到了救生索。

星期四早上，事故发生后的第六天，我在同事诧异的目光中回到办公室。除了出于礼貌而收下了尴尬的拥抱和生硬的哀悼，我对他们彼此之间意味深长的眼神交流视若无睹，不为所动。最初的一整个钟头里，他们几乎是在围着我团团打转，我在他们眼里好像成了一尊矜贵而脆弱的花瓶，稍有不慎，就会粉身碎骨。可怜午休时段还没过，我就被打回了原形——还是那口无坚不摧、老而弥坚的铸铁锅。

"爱莉卡，给我一个 1–57 号公寓的报价。"

"客户对威尔大厦的那套物业很有兴趣，快教教我应该重点推介点什么？"

"对方说他只想跟你一个人谈生意，方便接一下电话吗？"

在无休止的房源推介、合同文书和电话咨询中，我终于获得了祈盼已久的麻木。这才是我应该存在的宇宙、时空、世界，永远只需要和数字、文书打交道，永远不需要面对伤感的现实，或者失去亲人的愧疚。安妮的判决犹如一柄匕首，但是如果我能离家远一点，这柄匕首割在肉上也就没那么疼了。当天晚上，加班到深夜十点的我硬是一直熬到第二天早上七点才回家。

第八章
爱莉卡

秋去冬来。我不记得从哪里听来的说法，29% 的婚姻止于子女意外离世。自此，责难取代了交流，负疚取代了包容，愤恨取代了体谅。

至于单亲家庭中的创后母女关系破裂指数，迄今尚无任何统计数据可供参考。安妮的二十岁生日尽管正值公共假日，但生日大餐吃的是打包现成的，生日礼物也是临时邮购的。总而言之，鉴于没有母女"离婚"的先例，我和安妮目前只能说是形式上暂时分居了。除非必要，否则谁也不会先开口讲话，互不干涉、互不过问，所谓的家里，笑语不再，拥抱不再，甚至两个人都在为免于任何身体接触而竭尽所能。

所幸，安妮没有再试图复盘那个早上关于克丽丝汀的任何细节，也许她总算认同了我所不能负担的沉痛。一月过后紧跟着二月，然而不论是哪个月的哪一天，日子并没有什么不同，没有色彩，没有光亮，一样暗淡，一样艰涩。

二月十五日，星期三，晚上，十点整。我滑进黑暗中的家。猜想跟往常一样，安妮多半把自己关在房间里。我今天晚上会不会有机会看见她？她今天晚上会不会像以前那样钻进我的被窝、躺在我的枕侧、把一天的经历向我倾吐？无稽的妄想罢了，她的生疏已经是我的救赎了。

我踢掉高跟鞋，换了双克丽丝汀的袜子，是我之前留在门口的，然后轻手轻脚摸黑转进了厨房。

我打开灯，给自己倒了杯红酒，径直走向卧室。路过安妮的房门口时，听见她在讲话。我的心为之一颤，发现自己无时无刻不在想念她。总有一天，我得让她把心中的愤懑全说出来，会有那么一天的，等我足够坚强，等我足以重新面对她，等她终于原谅我。会有那么一天的。

"那不是她。"卧室门半掩着，可以清楚听见安妮的声音。我慢下脚步，想知道她在和谁讲话。

借着门缝，我能看见墙上画框中J.K. 罗琳亲笔签名的《哈利·波特与死亡圣器》海报，还有床边桌上比利·柯林斯的诗集，是我买给她的。此刻，她斜倚在床头，手里握着电话。

"她之前搞了张假证，一定就是用自己的和火车上那个女孩做的交换。"

我怔在原地，和黑漆漆的走廊一样陷入静止。

"八月之后你们从来没见过面吗？该死的，快告诉我，这关系到克丽丝汀能不能活下去。"

我感到脊背发寒。她在说什么？克丽丝汀死了。安妮自己也瞧见了那些照片。

"上个月我去达特茅斯的时候，你明明也在，对吗，韦斯？你的室友合起伙来骗我。不但你人在达特茅斯，连小克丽丝也在。"

我感到心跳骤然提速。电话另一头看来是韦斯·戴文，克丽丝汀的暑假男友。是恶作剧吗？不，我的安妮做不出这么残忍的事。

"那谁知道？也许你们当时就藏在衣柜里。"

她从没像今天这样听上去言之凿凿。我无法想象过去六个多星期在她身上发生了什么。

"她不想返校，还和我说要找你谈谈。"

我感到头晕目眩。难道那天早上赖着不走的不是安妮，而是克丽丝汀？我不得不伸手扶着太阳穴，后悔那天怎么没当场问清楚。

"等等……你说什么？你说你现在人在麦基诺？你是说麦基诺岛的那个麦基诺？此时此刻？你去那儿干吗？"

"你发誓她没和你在一起？"

"你保证她一联系你，你就告诉我？"

"保证？"

"好吧，好吧，你有我的电话号码对吧？什么？我当然没疯。但是小克丽丝也没死！不信你就等着好了。"

疯了，彻底疯了，尽管我从不愿触及"疯"这个字。我感到血脉偾张，一把推开了她卧室的门。

第九章
安妮

"我……先聊到这儿吧。"安妮用力按下挂机键，惊愕地看着这个跌跌撞撞突然闯进来的女人。门口，她的妈妈面无血色，脚上居然套着小克丽丝的毛线袜子。一张素颜，未施粉黛，显然堆满了愤怒，在生她的气，气这个一手毁了她全部生活的女儿。

"你知不知道你在干什么？"她的妈妈率先发难。

"什么干什么？"

"我都听见了，安妮，你刚刚是在给韦斯·戴文打电话，对吗？听听你都胡说了些什么。什么都别说了，我要你到此为止！"

安妮显然受了惊，连连向后，一头撞上了床头靠枕。她感到如五雷轰顶。是时候了，她必须想法子让妈妈相信，她真的没疯，以及，确定一定以及肯定，小克丽丝真的没死。

安妮吞了口口水，想润润干哑的喉咙，但仍然感到说不出话来。过去六个多星期，她不是没在心里排演过今天的场景，甚至每一分、每一秒，她都在酝酿着该说点什么。起初，她只想乞求妈妈能原谅她。她也曾无数次试图挑起话题，重谈那天早上的事。但是，她的每一次尝试最终都在妈妈的背影中败下阵来，最后只能看着妈妈飘然离去，在她身后独自舔舐伤口，独自痛苦垂泪。直到后来，刚过新年没几天，遥控器有意无意地把她导向了一档重播节目，她已经记不起那是《菲尔医生脱口秀》还是《奥兹医生脱口秀》了，但她清楚地记得那期节目的内容：也是两个金发女孩，也是一场突发意外，只是人们花了好久才发现搞混了两人的身份。

安妮顿觉很多事情不一样了。她开始盘算有没有万一的可能，小克丽丝那天真的不在火车上，那些照片上的人也不是她？她凝神回忆当天她和小克丽丝之间的每一句对话、每一个字、每一个弦外之音。小克丽丝明显在纠结去留，这点的确反常。忽然间，一切都说得通了：一定是他们搞错了遇难者身份，换句话说，她的小克丽丝一定还活着。

就在那一瞬，安妮产生了更迫切的需求——她必须把妹妹找回来。而妈妈一时能不能原谅她，反而显得没那么着急了。

安妮决心掏出全部勇气、全身气力，来说服妈妈信她这回。且不说她还刚刚获悉一条重要线索，即韦斯·戴文已经重返麦基诺。她敢打包票，小克丽丝一定是和他一起回去的。僻静的麦基诺几乎是天然的匿身胜地。

她颤抖着打开床头的手提电脑，醒目的头版头条就是《张冠李戴：花季少女险成罹难被害人》。她把屏幕转向妈妈："这一个月来我一直都在调查这件事。你先看看这篇文章，说的就是之前一起身份混淆的案子。"

"天哪，安妮，你不会真的觉得……"妈妈的一只手覆在她额上，顺势在床边坐下来。

"对，我也是这么想的。你接着看啊，这两个女孩都住在印第安纳，其中一个我在电视上见过。当时的车祸现场一片狼藉，跟这次阿西乐特快的惨相差不多。巧合的是，两个人面部都受到了重创，这也跟我们那天看到的照片上的女孩情况相仿。直到几个星期后，人们才发现搞混了她们的身份，之前一直以为不幸罹难的那个实际上还活着！"

妈妈闭上眼睛不发一言，但是安妮没有放弃："这种事经常发生，妈妈。我再给你看一……"

她被妈妈捉住手腕："住手，安妮！别再找了。你和我都看到了那些照片。克丽丝汀已经死了。不管这些报道怎么说，不管你愿不愿意相信，死了就是死了！至于你，"妈妈的指甲几乎扎进了她的肉里，"你现在的样子简直令我害怕。"

安妮感到太阳穴阵阵发紧。"那上面的不是她。"她鼓起勇气迎上妈妈的目光，"我也查阅了不少关于躁郁症的文章，描述的症状与小克丽丝的反常表现几乎一模一样。"

"住嘴！"她能清楚看见妈妈额上的青筋。

也许她应该适时住嘴，妈妈已然发火了，但她怕她现在不说就再没机会说了："冲动正是躁郁症的典型表现之一，此外还包括高危行为、自残行为等等。小克丽丝可能觉得这次事故正好是个躲避现实的好机会，所以干脆躲了起来。知道吗，大街上、公园里、大桥下，我们每天见到的那么多流浪汉，在他们当中，每三个人就有一个是因为精神异常……"眼泪顺着鼻翼止不住地向下淌，安妮抹了把脸，告诫自己不是多愁善感的时候，事关克丽丝汀能不能活下去。

"快别说了，安妮。我不想听。"

"但是你得听，得好好听：虽然她现在藏起来了，可她需要我们的帮助。韦斯刚刚告诉我，他现在就住在麦基诺的避暑别墅里，还说在搞什么独立研究。我敢说小克丽丝一定也在那儿，在岛上，和他住在一起。你想啊，这个季节的麦基诺人迹罕至，最适合藏身。你和我，我们这就过去，今天就把她领回来。"

"冷静点，安妮，越说越离谱了。"

安妮蹭到妈妈身边："还记得去年春假的时候小克丽丝骗我们说和詹妮

弗搭伴去康涅狄格了吗？事后证明，她其实是和那个机场认识的什么雪场巡逻队的男孩飞去了犹他州。她有的时候做事情的确挺缺筋少弦的。"

"偷偷溜去滑雪固然是鲁莽了点，可假充死人对家人来说也太残忍了吧？"

"她只是没有意识到这么做很残忍而已！"安妮一拳捶在床垫上，"克丽丝汀一疯起来脑子就不清楚。"

"不，要疯的是你，安妮。怎么解释她裤兜里的身份证？"

"首先，克丽丝汀从不会把身份证装在衣服口袋里，从不！她可是包不离手的人，干吗不放包里。其次，她另有一张假证，这还是你跟我说的。也就是说，有这种可能，她手上拿着的是别人的，而那个'别人'拿着的则是她的。这里我所说的'别人'，不是别人，碰巧就是坐在那趟火车上的那个女孩！"她气鼓鼓的，双手叉在胸前，样子像是在说：现在你该明白了吧！

妈妈反而笑了："谁会傻到和未成年人交换身份证？太没道理了吧。况且，你也看见了，照片上的女孩脚上也涂着紫色的指甲油。而克丽丝汀正好刚做过美甲。"

安妮双手抱头，好像随时有可能爆炸："天哪，妈妈，涂紫色脚指甲的女孩少说也有千千万，你不是想告诉我，仅凭这一点就让你信服了吧？"

安妮不是没意识到妈妈脸上生气的征兆。妈妈已经明显压低了说话的声音，每次，为了尽快平息事态，妈妈都会先压低自己的声音："我们已经指认了尸体，并且尸体已经火化。孩子啊，我只能说，现实不由人不接受。"

妈妈竟然还当她是个孩子！安妮一下从床上蹿起来："是爸爸指认了尸体。那张脸，我们只看过一眼，没办法说那就是克丽丝汀！"她抓起妈妈的胳膊，"为什么尸检之后，我们没有去亲眼看看尸身？为什么你和爸爸偏偏要选火葬？为什么你们连 DNA 鉴定报告都没看？告诉我！为什么，妈妈，你在想什么？！"

妈妈徒劳地揉了揉额头，然而无法抚平额上的皱纹："让整件事早点过去，对我们大家来说都有好处。"

安妮的肠子都绞在了一处，她咬着嘴唇，暗下决心，要坚持，要坚强，哪怕妈妈早已经放弃了，至少她还不能。

"至少对我来说，没有什么所谓的好处。你知道我这一个半月以来每天都在干什么吗？我在找她。每天早上，我都会去她平时锻炼的公园。还有她打过工的星巴克、苹果零售店、露露柠檬瑜伽用品商店。还有达特茅斯，我去达特茅斯找过韦斯。甚至连收容站都没落下……"

妈妈眼神凄苦："算我求你，安妮。这样下去，人们会觉得你……"

"……每个星期，我都会坐上开往费城的列车。你怎么知道哪一天不会在哪儿撞见她？"

"噢，亲爱的宝贝儿，你不该这样。对不起，安妮。真的，对不起。要是你妹妹还活着……"

"她明明就是活着！你为什么就是不信呢？为什么就是不听我说，不让我说！"

安妮好似看见了妈妈眼里的泪花，但怎么可能呢，妈妈从不落泪。也正是这一点，令她时而欣慰，时而苦恼。不管她刚刚看见的是不是她的眼泪，至少妈妈言语间已经和缓了。也许，她是说，也许，这表明妈妈开始听进去了。

安妮深吸一口气，感到如履薄冰，也许今天说得够多了，也许明天，明天她们还可以继续这个话题。

"安妮，太过偏执是没好处的，"妈妈歪着头看着她，意思是她接下来要开始正题了，"你应该多出去走走，找点事做，交些朋友。"

安妮的沮丧在这一秒爆发成莫可名状的愤怒：

"我又不是小克丽丝！"安妮心如擂鼓，"我就是我，我就这样，一直是，永远是。这一点你必须明白，还有一件事，你也必须知道，"她没意识到自己又在跟拇指上的指甲油作对，"是时候聊聊那天早上的事了，妈妈，有些事该说出来就得说出来，你觉得呢？"

第十章
爱莉卡

拜托，不是吧。又来？我尽量和缓语气，调匀呼吸，但是仍然感到血管中难以遏制的冲动："你到底想说什么？"我问，我想我知道她要说什么，也害怕她真会那么说。

安妮迅速地眨着眼睛，眼神中没有丝毫犹疑："那天早上，事情全乱了……没有按照计划……"

心口上挨了一刀——我的女儿永远不会再原谅她的妈妈了。"我……我们改天再聊吧，我答应你一定找 天好好聊聊天。我只是，现在实在没力气说话。"

"可我现在也没力气憋回去不说，"眼前的她坚若磐石，"小克丽丝从一开始就不应该一个人去赶那趟火车。她当天的状态……你我都看见了，别以为我不知道，你心里也一直是这么想的。"

"我做不到，安妮。"我走向窗边，背对着她，眼睛在窗外的黑夜里，不知道该看向哪个方向。

"你不能再刻意回避了，妈妈！整件事显而易见就是一个荒唐的谎言，你得让我说出来，我必须说出来。该死的！我没法再配合你演下去了。"

　　她应该知道她接下来的一刀下手有多狠。我攥着墙上的画框，指甲几乎钉进木头。尽管距离事发已经过了多日，然而时至今日，我依旧无力面对来自女儿的宣判。我感到自己的每一根汗毛都倒竖着，每一条神经都紧绷着，每一滴血都像是要压破血管，喷射而出。"别说了！"我转身喝住她，"如果你妹妹当时真像你说的那么糟，那你为什么不陪着她？"

　　走投无路的恶人居然把矛头指向了可怜而无辜的孩子。来不及闭嘴，我说了句伤人的话。

　　空气静止了。

　　泪水从安妮双眼夺眶而出："我也做不到，妈妈，我知道你是怎么想的，我没法假装什么事也没有，然后和你像现在这样，两个人继续生活在一起，假装相安无事。妈妈，太难了！"

　　我再次背身转向窗外，把脸埋进双手。我幸存于世的最后一个女儿，我生命中最后的挚爱，也要弃我而去了。而我只能放手，无法挽留。这应该就是失信于她们的后果吧，我不得不一力承受。

　　"我明白了，"我听见自己轻得不能再轻的声音，"走吧。没关系的。想走就走吧。走了也许对你、对我都不是坏事。否则，每次看见你受伤的眼神，我都没法不想起那天那个致命的错误。"

　　床板吱呀一声，她跳下了床。我和我的悲伤、我的羞愤抱在一起，待在原地，听凭她的脚步声渐远，从卧室到门厅。然后是开门的声音。再然后是大门重重关合的声音。

　　我从没像现在这样，对自己，感到无比厌恶。

　　我爬回自己床上，拨通了布莱恩的电话。语音信箱？妈的！

"是我，布莱恩。安妮现在正在去你家的路上，她自己。她……嗯，是的，遇到点烦心事。拜托你了，花点时间陪陪她，她爱说什么就说什么吧……我……我现在真的没心思应付她。"

我蜷进毛毯，感到全身颤抖。安妮一贯靠谱，从不让人操心，可她这是怎么了？

接到领养机构回电的那天，我欣喜若狂。虽然当时的我只有二十三岁，嫁给布莱恩仅仅四个月，但我很想有个孩子，布莱恩也是，他大我将近一旬。我们都知道，指望自然分娩的成功概率微乎其微，因为我的子宫内膜异位，医生说我恐怕很难怀孕生子。于是，蜜月回来的第一天，我们就联系了一家领养机构，因为我们听说不少夫妻等了甚至几十年才等到回音。

"我们要有自己的小宝宝了！"我还记得那天，我从医院打给布莱恩时激动得乱叫，"还有四个月临盆，到时候我们可以一起去陪产！"

一个星期之后，我们见到了玛丽亚，安妮年仅十五岁的生母。"是个女孩，你们的小公主。"她告诉我们。

长女出生前两个月，另一个天大的好消息不期而至：我怀孕了！

"你说，"在产检后回家的路上，布莱恩问了这么一句，"我们要怎么样委婉点告诉玛丽亚呢？"

我花了好长一会儿工夫才明白他在暗示什么。几乎是同时，一种我从未发觉却仿佛与生俱来的占有欲占据了我的内心。

"不，布莱恩，那是我们的女儿，会成为我们的家人。她是我们的。不容争辩。"

我说的一点没错。玛丽亚把女婴递到我怀中的那一刻，我的人生自此完全不同了。

"照顾好我的小天使。"玛丽亚对我说。

我耐心地等着她小脑瓜门上的皱褶慢慢舒展，黑溜溜的小眼睛眨巴眨巴慢慢睁开，成为她来到这个世界上见到的第一张面孔。那一刻，我和她，四目相交，我当妈妈了！那一刻，我告诉自己，这辈子愿做任何事情，只求换她此生平安。我俯身亲吻她小小的脸蛋，从哽咽的喉咙中挤出几个字：

"会的，我发誓。"

尽管，我从没告诉任何人，但我不得不承认，在那之前，我从没体会过那种强烈的舐犊之情，在那之后，即便是五个月后克丽丝汀出生的时候，也没再有过。在医生、朋友、家人口中，克丽丝汀的出生就是个奇迹，这我同意。但是内心深处，"奇迹"这个词早已另有归属。安妮才是属于我的那个奇迹。

我数着挂钟打发时间，子夜、一点、两点……四点刚过，我已经爬起来站在了走廊上。熹微之中，空虚在整间公寓内外横行，我孑然站在它揶揄的嘲讽中。是的，是我一手把两个女儿双双赶走的。

"亲爱的，回来吧。"我在安妮空荡荡的房间门口自言自语。风声很大，卷起窗上的蕾丝窗帘。记忆乘虚而入，我企图把它赶跑，颤抖着退回厨房。

忏悔是获得谅解的第一步。这我知道。可我真正放不下的是多年来自己的心结。安妮，我的奇迹，我生命的光亮，她也许并不知道，这么多年以来，我一直饱受内疚煎熬，不只是过去的几个月，而是更长的时间，我把内疚深埋于心底，很久，很久，久到我都快忘了已经将近三十年。直到今天以前，我都把一切藏得好好的。

是的，直到今天。

第十一章
安妮

星期四晚上，距离和妈妈争吵已经过去了一小时又二十五分钟——她绝不是有意在计时——出租车把安妮丢在了圣伊尼亚斯，一座夜色中早早睡去的水边小镇。妹妹应该会对此大加赞赏，她终于做到了，一个人离开纽约，独自出行。当然，是妈妈说让她走的，她只是照做而已。

可她并没有享受到报复的快感或者孤独的自豪，反而被惆怅、痛楚压得喘不过气，以及不得不承认，一种近乎绝望的归家渴望。她拖着行李箱向码头走去，把双肩包卸在水泥桥墩上，从口袋里掏出珍爱的相片：

妈妈真美，一左一右，胖胖的她和瘦瘦的小克丽丝。三个人都是鸭舌帽、休闲装打扮。《芝麻街》的熟悉旋律忽然响起来，歌词异常响亮——其中一个不一样，天上地上，孤芳自赏。——她才是擅闯了布莱尔家的那个外人。

"小克丽丝，"安妮泪眼婆娑，望着照片上的人喃喃自语，"我现在人已经在密歇根了。等着我，我会带你回家的，回属于你的家。"

她仰起头，清冽的空气灌入胸腔。上帝啊，她发现自己已经有很久没有留意过头上的夜空了，可它一直都在，宁静中闪烁着万点星光，仿佛在天上，每一天都过着圣诞节。

还是小孩子的时候，安妮最喜欢对着天空异想天开，想象夜空中的星星就是一把散落在黑色丝绒裙摆上的钻石。这个时候，妹妹总是取笑她，搬弄着星际气体、分子云之类的科学术语，逐个戳破她脑袋里的浪漫泡泡，恨不得把太阳系的所有奥秘一一解释给她听。回忆让安妮微笑，是什么让两个如此迥异的生命之间居然生出如此深情的纠葛？

安妮从脖子上解下围巾，把目光从天上收回地下，连接密歇根湖和休伦湖的麦基诺水道上覆着一层灰白色的冰，惨淡的景象与每年夏天印象中的一片湛蓝相去甚远。过去十年里，她和克丽丝汀的每个暑假几乎都是在这个岛上度过的。尤其是父母刚刚离婚那段时间，来麦基诺过周末成了妈妈唯一负担得起的度假旅行。后来，妈妈的收入越来越可观，可即使是后来，她们想去哪儿就能去哪儿，她和克丽丝汀还是会把麦基诺视作度假首选，反而是妈妈渐渐不再同行。尽管她会说"就把麦基诺当成锻炼你们自力更生的夏令营吧"，但安妮当然知道这不过是她的托词。这么舒服的地方，偏偏她却不情愿来，安妮知道是为什么，也知道为什么每每一提起外祖父，妈妈就会发火。

安妮跷着脚，从左边换到右边，后悔刚刚错过了机场的卫生间。凯特姨妈说是给她预约了一辆摆渡摩托，可她找来找去也不知道车开哪儿去了。寂寂无闻的麦基诺岛唯一能攀上点名气的也就是奥斯卡的经典爱情片《似曾相识》了。作为取景地，这里迄今未通公路，唯一的机动车辆就是这种雪地摩托，且仅在每年十一月到来年四月的旅游淡季才被允许登岛。届时，消夏避暑的城中富贾和慕名而来的观光游客早已作鸟兽散，留守在镇上的人甚至不比她读毕业班时的人多。

在此之前，她只有一次是冬天里来的。记得是个圣诞节，父亲搬出去后的第一个节日。她和小克丽丝整日在冰天雪地中嬉闹，而妈妈一直称病。她还记得妈妈躺在凯特的空床上的样子，不论白天还是晚上，窗帘紧闭。"妈妈需要多休息，"凯特带上门，悄声对她们说，"她会好起来的。"

她不知道怎么就想到了这些，记忆有时候真是难以捉摸，很多发生了很久的事，等到想追问的时候却想不起来了。好比今天早上她还在搜肠刮肚地想，上一次看见妈妈难过是什么时候？记忆里的妈妈绝少示弱，那一年的圣诞节算是为数不多的一次。是离婚让她难过了吗？妈妈总是把自己的内心捂得严严实实，就像现在，不肯向她泄露一点心绪。

对自己的怨气，伤心紧跟着而来——倘使能和妈妈彻彻底底聊一聊该多好！可妈妈不肯给她这个机会，明显还在为发生的事怪罪她。这也是为什么她执意要来岛上的原因之一：找到小克丽丝，证明她还活着，事情才能好起来。

远远听见发动机的轰鸣，她一惊，视野尽头一个亮点，是摆渡摩托的前大灯！一分钟之后，一辆挂着雪橇的摩托出现在了码头上。

"安妮·布莱尔？"驾车的人用试图盖过引擎的音量大声问她。

安妮点点头，对方熄了火，摘下头盔，向她伸出一只手——安静突如其来，她清楚地听见自己的心跳：

"科尔蒂斯·彭菲尔德。夏天的时候见过你和你妹妹，估计你已经忘了。"

哦，可她居然想起来了，她和克丽丝汀沿着水边散步时，他正打着赤膊在刷洗帆船。对，她当然记得那张俊俏的面孔，完全看不出已经四十好几，克丽丝汀甚至一度和他眉来眼去的。

"我觉得我简直要爱上他了。"克丽丝汀后来说，为此，胳膊上还吃了安妮一记重拳。这个人老得够当她们的父亲了吧，更别提当时正牌男友韦斯·戴文还处于现在进行时呢。

他在身旁的位置上拍了拍，对安妮说："上来吧。行李放那儿，我来拿。"

等科尔蒂斯把她的行李箱搬上了雪橇，安妮也终于把屁股挪上了冰凉的皮坐垫，很不好意思，她一个人就占去了多半个座位。

"你妈妈和我算是老相识。她最近怎么样？"

"挺好的。"安妮说。真的好吗？她要是听说安妮独自一个人去了麦基诺，会不会疯掉？

科尔蒂斯拿起头盔："路上可能会有点颠簸，准备好了吗？"

科尔蒂斯所谓可能会有点颠簸的"路"，安妮认为，他的意思是指就是面前这条表面结了冰的水道。在通往麦基诺岛的"路"两侧，丢弃着不少节日过后下岗失业的圣诞树。安妮觉得胃液上泛。

"不会有危险的，对吗？"

"希望如此啦。像我们这些每天斗胆穿越冰雪的人都知道有句话叫生死有命。你呢？你不也喜欢冒险吗，对吧？"

"黑旋风女魔头说的正是在下。"安妮无奈自嘲。妈的！早知道就该带上"转运水晶"再出门！她的那本格言剪贴簿此时此刻应该还躺在小克丽丝的被窝里。安妮担心小克丽丝万一真的不在岛上，说不定会先于安妮回到家，怕她用得着，所以出门前还是决定把剪贴簿留在了家里，留给更需要好运庇护的妹妹。

安妮紧了紧安全帽，默默祈祷千万别光顾着哆嗦，再不小心把科尔蒂斯从座位上一屁股挤下去。

雪地摩托在崎岖的冰雪路面上全速向前，安妮觉得科尔蒂斯一定是得到了传奇车手戴尔·恩哈德的真传，一心只求他能稍微慢一点。她惜命地抓紧扶手，冰面不少地方已经开化，但车手本人视若无睹，反而加大油门快速冲了过去。安妮尽量不让自己去联想外祖母苔丝生命最后的光景，悲伤的剧情就发生在这同一片地方，也许这也是妈妈不喜欢麦基诺的原因。可她不这么觉得，越接近麦基诺，她反而觉得越接近妈妈。

终于，发动机彻底熄火安静了下来，安妮在心里默默对上帝说了不少好听的话。

"雪地摩托只能开到这儿了。"科尔蒂斯把车泊在岸边，把车上的行李转移到了一驾马车上，"再过几个星期，天气暖一点时你再来看，这里就又是一片汪洋了。"

她本想让科尔蒂斯直接把她捎到断崖附近韦斯的住处，但是凯特姨妈估计已经等她多时了。何况，如果小克丽丝真的在岛上，就跑不了，不妨等到明天天亮后再找。

二十几分钟后，他们终于来到了凯特姨妈位于镇中心的石头小屋前。凯特趿拉着一双绒拖鞋，已经飞也似的冲出房门，张开双臂，向她扑来。

"哦，安妮，我的亲亲宝贝儿，我真是好难过、好难过。"

安妮吓了一跳——难过？！为什么难过？不过她很快反应过来，这还是凯特在事故发生后第一次见到她，姨妈一定也以为小克丽丝死了。

室内混杂着咖啡、木地板以及香草的味道。编织地毯一副看上去饱经风霜、很有些年头的样子，地毯下面的地板也是高高低低、犬牙交错的。各种各样的画和各种人的照片几乎占满了客厅的一整面墙。墙角石砌壁炉的炉膛中，火烧得很旺。安妮深吸一口气，感觉心伤已经好了大半。尽管她在曼哈顿住的是最雅致的公寓大厦，可这里才是她觉得家该有的样子。

安妮发现了羊皮篮子里的那个毛团："露西！"跳着把凯特的长毛宠物猫裹进怀里，冷不防被忽然起身的外祖父吓了一跳。弗兰策尔船长，岛上的人都这么叫他。

"外公！你怎么也在，不是早就过了您老人家睡觉的时间了吗？"

"可我收到了你的电邮。"老头儿撒开扶手椅，慢吞吞地走近身，一只宽厚的大手在她头上揉了揉，"我就想啊，总得等你到了打个招呼再睡。像我们这些年纪一大把的老人家，今天想起来要做的事可不敢推到明天。"

外祖父的声音中透露着不容置疑的权威，尤可见年轻时的气度，但是今时不同往日，曾经威风凛凛、叱咤一方的货船船长退休赋闲后，也只能在旅游旺季摇摇摆摆渡船。外祖父左脸瘫痪，据说是某次酒吧殴斗的后果，从那时起，船长大人就再没笑过。

"哦，外公！还是你最疼我，我好想你呀。"

安妮的恭维总能迷得老头儿神魂颠倒，这也顺便引出了另一个话题："你妈妈最近怎么样？"

这个老生常谈的话题却让安妮又伤起心来。外祖父惦念自己的女儿，安妮惦念自己的妈妈，而妈妈呢，她惦念的人大概是克丽丝汀吧。你看，每颗心都另有所属，永远欲壑难平的三角关系。

"恐怕不是太好。我来，就是因为她把我撵了出来。"安妮决定还是先不要告诉他们她其实是来找小克丽丝的，怕他们也认为她疯了。

凯特拍了拍沙发示意她坐过去："发生什么了，宝贝儿？"

安妮把胖胖的自己安顿在也并不苗条的姨妈身旁，整个人陷在软绵绵的沙发中，看看凯特，又看看被太阳晒得黝黑的外祖父——世界上两个依旧爱她的人——顿觉心率骤然加快。她想到自己还没来得及把那天早上和小克丽丝之间的事说给他们听，一时不知道能不能，或者该不该，告诉他们其实是她非得让小克丽丝赶早班列车，是她答应了妈妈要看好妹妹，却一转身就食言了。如果她把实情说出来，让他们知道她才是该对妹妹的死负责的人，他们还会像现在这样爱她吗？他们会恨她吗，就像妈妈现在那样？

安妮把两条胳膊抱在胸前，眼睛死盯着壁炉，不敢看任何人："和妈妈继续一起生活实在太难了。我是说，对我们双方而言，都不容易。她现在甚至不敢正视我的眼睛。"

"我明白，"凯特柔声安慰，"她始终放不下那天早上的事。"

安妮突然打断："她……她真是这么说的？"

"呃……我跟她说过很多次了。她得振作点，该放下的就得放下。谁没犯过错误呢？可你看她……我不知道该怎么说……似乎这个错误让她一蹶不振了。"

"在我看来简直胡扯，"外祖父连连摇头，"怎么能把死亡归因于人的过失？那明明就是一场她掌控不了的事故。"

人的过失……安妮的过失。也就是说，他们已经全知道了。安妮捂住抽搐的下巴，问："那，她已经知道我在你们这儿了？"

凯特姨妈点头证实了她的猜测："你妈妈之前打过电话来。昨晚你们吵架之后，她也很沮丧。是我透露了你正在来麦基诺的路上，她一开始还不信你敢一个人来。我看哪，你俩都需要有点属于自己的空间，没准距离真能产生美呢。"凯特姨妈把安妮的手放在自己的手中反复揉搓，"都会好起来的，我的亲亲小安妮，这不才刚刚过去六个多星期。"

"可万一妈妈她永远都放不下怎么办？她现在就像变了个人似的，动不动就生气，我说这话也不是怪她，但她确实为了尽可能少看见我，把工作安排得满满的。"

"遇事就躲，的确是她的风格，"外祖父插言，"真是一贯如此。"

"她只是在以自己的方式逃避，"凯特姨妈打断说，"所有的事情都失控的时候，工作起码还是她可控的。"尽管说这话的时候，她也显得并没有什么底气，"抱歉，爸爸。"

"我觉得是因为小克丽丝走了，独自面对我让她受不了。"

"这你就大错特错了，"凯特姨妈打断说，"她心里很不好过，你得替她想想。"

外祖父也点了点头："困兽犹斗。"

——家传格言剪贴簿第十六页，外祖母苔丝的原话。提到这儿，安妮又要后悔了，真不该把剪贴簿忘在家里。在安妮看来，苔丝是船长大人此生挚爱，尽管他老人家从不曾主动在人前谈及他这位病殁的太太。

"我发誓，只要她能不一直纠结在这件事情上，让我怎么样都行。只要她还能像原来那样，关心、耐心、宽心……"安妮背过脸，几乎无法再说下去，她无法忘记当听她说小克丽丝可能还活着时，妈妈脸上决然的否定，"……只要，只要她能对生活多点信心，对奇迹发生有点信心。"

外祖父几乎要笑出来："发生了这种事，你指望她还能相信什么奇迹？"半张不肯配合的面孔让笑意和忧郁同时出现在他脸上，"说真的，你妈妈好多年前就放弃这种自我安慰式的异想天开了。我看她也不大会为了满足女儿的期待而再信什么。让她回心转意，除非奇迹发生。"

真像他说的那样吗？她想再问，不过他的下巴示意她最好适可而止。她转向壁炉，合上眼睛。

上帝啊，一定要帮帮我找到小克丽丝，求你了。这不仅关系她的命，也关系妈妈能不能活下去。

第十二章
爱莉卡

现在是星期五早上七点整，距离我和安妮之间的争吵已经过去了一天半。整个洛克伍德办公室只有我一个人。我埋头在写字台前准备物业交接文件，眼睛因连日失眠短睡而备感酸痛——是的，连艾司唑仑我都觉得药效甚微了——不得不停下来揉眼睛，手机突然响了：工作邮箱收到一封新的来信。我飞速拿起手机，希望是安妮，可惜仍不是。我打开收件箱，只有七个字：

寻回缺失的宁静。

什么乱七八糟的？按下删除键之前，我再次确认过发件人地址，确实不认识。我把头埋进臂弯。我的宝贝女儿死了，现在还要跳出来这么个神经病没头没脑地说些奇怪的话，难道是来宽慰我的吗？我猜，这人要么是疏于走动的前客户，要么是失联已久的前同事，要么就干脆是哪个闲来无事碰巧听说了克丽丝汀的事又碰巧知道我在洛克伍德的善心家！

我又把手机从桌上拿起来，这一次，我拨通了凯特的电话。在九百英里以外另一个世界的此时此刻，正是奔腾年代咖啡馆的早班时段。好在现在是麦基诺岛的旅游淡季，店里不会有什么客人，她总能挤出时间接我电话的。

我在办公室里来回踱着步子，在电话里复述了那封冒昧的电邮，声音近乎咆哮："他们不懂，他们就是怎么都搞不明白！"

"别激动，老姐，"相比之下，她倒是温柔，"我想，不论电邮是谁发的，应该都是出于好意。我们大家也是。"

我停下脚，长舒一口气："这我知道。"

"你说有没有可能是安妮呢？她想和好？"

"应该不是，我不认得发件人的地址。"我合上眼睛，深吸一口气，"今天早上看她怎么样了？"

"和昨天晚上差不多。小莉，给她点空间好吗？"

"她都安顿好了？我还是没法相信她居然一个人跑去那么远。"

"是吧？对她来说可不简单嘞，所以她肯定是迫不得已才这样的。不过我们昨天晚上聊得很好。父亲也在。"

"父亲？"光是听见他的名号就让我心里打鼓，"怎么之前你没和我说？"

"他特意没睡，一直等着安妮。怎么了，亲爱的？"

"他爱怎样就怎样吧。"我揉了揉眼睛。

"你闺女希望在她待在岛上的这段时间里，你能别成天伤春悲秋的，赶紧振作起来。"凯特笑说，"别介意，小莉，当然这不是她的原话，是我说的。"

我的世界再度灰暗。虽然事情已经过去几个月了，我始终缺乏勇气，即使面对自己的亲妹妹，有些话依旧开不了口。安妮把克丽丝汀的死怪罪在我身上，问题是，她这么做其实一点错也没有。我使劲儿闭上眼睛，从嗓子眼挤出一句话："她跟你说了那套克丽丝汀还活着的推论吗？"

"还没有。我憋着等她主动提，但是她还真的没说。也许，她已经想通了。"

"她大概怕你也是和我一样的反应。拜托别让她知道我已经告诉你了，我真怕她会比现在更讨厌我。我很担心，凯特。她这么笃信克丽丝汀没死，到头来不过是再伤心难过一次罢了。"

"放心，我会看着她。"

我揉了揉脖子："她最好的朋友不在了，幸好还有你在。"

凯特故意停了半拍才接着说："你是说克丽丝汀不在了，还是说你？"我从妹妹温柔的宽慰中还是听出了一丝指责。

"拜托，凯特，别跟我的工作较劲。一天八小时，累一点才能不做噩梦睡得着。"

"一天少说也有十二小时吧，安妮可都告诉我了。放心，我懂，工作就是最好的忘忧药。"

我走到窗前。铁青色的天空飘着雪。从二十八层楼高的办公室窗口向下，第一大道两侧街灯未熄，影影绰绰，几乎可以算得上一幅雅致的冬日图景了吧，"工作不是忘忧药，"我说，"是续命丹。"

"会熬过去的，"凯特说，"会的。"

"会吗？安妮讨厌我，而克丽丝汀……我永远失去她了。"我捂着嘴，闭着眼睛，深吸一口气，竭力平复情绪，好一会儿，才能再开口说话，"我是心痛……为她，真的。痛！真有人熬得过去吗，凯特？"

"听我说，老姐，你不用所有的事都自己一个人扛着。安妮什么时候愿意回来，我就陪她一起回纽约，顺便带上爸爸。"

"不！"我脱口而出，声音比我想的还要坚决。我无意再见那个害死妈妈的人。我不知道我这个妹妹是怎么想的，她难道觉得这么做会有什么好处？何况，父亲从未主动离开过麦基诺来纽约看我，我也不指望他如今会来。小克丽丝的事发生后，我确实收到了他的慰问卡片以及一花瓶无名小花，但我猜那八成也是凯特帮忙订购的。我不需要也不愿意再从那个人那里要求得到什么。

"小凯，我知道你是好意，可我不想要人陪，至少现在不用。这话我说了多少遍了，算我求你了。我们可以给克丽丝汀举办一场追念会，我想就十月里吧。"

"十月？那还要等八个月哪。"

"一来，秋天是她的最爱。二来，多点时间，我想我们也就走出来了。"

"噢，小莉，要么你也来吧，到麦基诺来，和安妮一起，两个人互相是个伴，真有什么心病，也能好得快点。"

"是你说的，安妮需要空间。而且，你知道的，麦基诺可不是我能疗伤的地方，那里只会让我更难过。"

我知道电话另一端的她一定在连连摇头。万幸她没有坚持。

"我的一个朋友在欧洲经营一家服务换食宿的互惠机构，"凯特转而说，"去年秋天我也让安妮递了申请。回头我再跟她聊聊，说不定对她能有些帮助。"

轮到我摇头了："你明知道安妮是不会一个人出远门的。我甚至劝不动她回哈弗福德继续念书。她一直在为了那件事伤心。"

"你呢，小莉？你伤心吗？伤心的时候会哭吗？"

她的声音，轻柔得如妈妈的摇篮曲。我跌进办公椅中，不敢睁眼。"我只是哭不出来，"轻得几乎只有自己听见，"全仗爸爸教导有方。"我把头枕在椅背上，"为什么我那天会失信于克丽丝汀？如果能再给我一次机会，一切都会好好的。"

"别这么说……"凯特轻轻地，试图止住我说下去。

"如果能再给我一次机会，我一定会留在餐桌上，仔细听她说的每一句话。还有那天的早餐，我甚至都不记得我有没有好好谢谢她，凯特。如果再给我一次机会，我一定要谢谢她贴心地准备，告诉她我有多爱她，我一定会推掉所有的工作，开车载她们去学校。"我趴在桌子上，在心里又给自己多添了几大罪状：无视安妮的恳求和抗争，忽略她妹妹的异常行为，对所有一切充耳不闻……"只要，只要能给我一次重新来过的机会。"

电话背景音里传来父亲尖锐刺耳的咆哮："一年三百六十五天，每天睡醒了都是新的！"

这让我一下从椅子上蹿了起来，我感到心里好像憋着一股劲儿，在胸腔里横冲直撞。什么？父亲也在咖啡馆？也就是说他监听了我们的整段对话？我都能想到他那副德行，眉毛不是眉毛，鼻子不是鼻子，涨得通红的一张脸上青筋暴出。

区区一个破烂摆渡船的破烂船长居然让我有这么大的情绪波动，越想越让人火大。

"哎哟我们的大哲学家，快谢谢您老人家，"我就是要让他听见，"您这字字千钧，我一定铭记在心。您简直就是柏拉图转世。"明摆着就是挖苦。

"你说什么，培乐多？关橡皮泥什么事？"很遗憾，他的世界里培乐多显然比柏拉图更知名。

我可不想由着他骂下去："把扬声器关掉，凯特。现在、立刻、马上！"

"已经关了。"凯特的声音明显清楚起来，"等一下，我到厨房里接着跟你讲。"

"为什么没告诉我父亲在旁边？"

"别生气，他又不能吃了你。不过是想告诉你每一天都可以是新的开始。"

妈妈离开我们的时候，凯特才两岁。我十一岁。后来尽管父亲又结了次婚，对方是个餐馆女招待，叫希拉，不过这段短命的关系一直磕磕绊绊，最后只勉强撑了十六个月。所以，对凯特来说，父亲就是唯一的家长。她对我们温柔风趣的妈妈几乎没什么印象，也就谈不上有什么失落或者缺憾。有时候，我嫉妒的也正是这一点。

　　"真的吗？三十年不闻不问，现在掏出这些慈父的忠告未免太晚了吧。"气愤、怨怼、羞耻在我脸上烧出一片通红。"就这样吧，我还有事。爱你，凯特。回头再聊。告诉安妮我爱她，还有……"我感到下巴抽搐，狠狠掐住自己，"……还有我很抱歉。"

第十三章
安妮

安妮在麦基诺岛上的第一个早晨，天空清明澄澈宛如新生，她觉得是很快就能找到妹妹的好兆头。趁凯特姨妈在咖啡馆上早班的空当，安妮囫囵吃了早饭——一枚超大号的肉桂卷，奔腾年代咖啡馆的招牌。和过去六个星期里的每天一样，她照例打开脸书，给小克丽丝发了一封私信：

早安，小克丽丝。我到麦基诺了，希望你人就在这儿。我永远不会放弃你的，明白吗？爱你。

社交网络成了她搜寻妹妹的唯一指望。期望着妹妹哪天打开脸书看见她的私信，然后飞奔回家，为伪装自己失事而严肃道歉；期望着这一天不要让她等太久；期望着到了那一天每个人都被原谅、每件事都被理解。说起来，这就是安妮的全部心愿了。

她最害怕的莫过于妹妹不肯让人找到。

她徒步沿着断崖西路向小镇后面的山上走,空气中已经有了春天的味道。才二月,天气是怎么回事?还没爬很高,才将就能看见自家屋顶,安妮就已经热得把外套解下来系在了腰间,两条袖子也挽得高高的。她站着歇脚,揉搓着腰上的赘肉,有点酸。她定定地看着远处那幢用石灰粉刷得惨白的大宅子,心想,假如小克丽丝真在岛上,她还真是会给自己挑地方。藏在这儿,离人多眼杂的小镇中心远远的,虽然旁边也有几幢度假别墅,但在这个季节里几乎不会有什么人来住。

这幢雄踞断崖高处、俯瞰整座海湾的宅院,名叫花萼别墅,戴文家族先后有四代人夏季来此闲居。和热闹时的印象大相径庭,院子里少了摆设,窗台上少了猩红色的天竺葵,冬雪将融,泄露了青黄不接的花床和光秃秃的草皮。像个颇有点名气的女明星,确有三分姿色,然而未施粉黛,不免怯生生的。

安妮顺着砖砌的人行道向门口走去,一颗心扑通扑通乱跳。韦斯肯定想不到她会意外造访。这样最好,安妮故意不请自来,目的就是要猝不及防先吓住他,让他来不及编故事再骗她。

拾级而上,门廊已显气派,光洁的绿木地板在脚下嘎吱嘎吱作响。安妮趴在窗子上向里面张望,玻璃是磨斜的,什么也看不清。她深吸一口气,理了理思路。

见了面,韦斯会怎么说?并不是说她怕他,不过是慑于他身份固有的权威,谁叫他虚长她几岁,已经是研究生院的研究生呢。安妮认为,在这件事情上,韦斯有些保护欲泛滥。韦斯,小克丽丝常说的高富帅俱乐部铂金会员——出身望族,家境殷实,颜值在线。他和他俱乐部的存在让安妮一度怀疑自己是不是也不自知地隶属于某个低级俱乐部。

去年暑假，韦斯从她那个大喇叭妹妹嘴里听说了安妮的诗歌创作，不以为然地翻了个白眼：

"咱们说的这是街歌女王霉霉的那种创作，还是童书大王苏斯博士的那种？"

"事实上，"安妮刻意挺直腰杆，"我的诗作风格更接近西尔维娅·普拉斯（二十世纪自由派代表人物，被誉为继艾米莉·狄金森和伊丽莎白·毕肖普之后最重要的美国女诗人——译者注）。"

"真是挑了个好榜样——对自己的性命下得去狠手的女人！"韦斯挑着眉毛。

绝不能任由他摆布，她得问出个答案。安妮深吸一口气，叩响了胡桃木大门上的鸢尾花门环。等了一会儿，又敲了一次。

"安妮？是你吗？"

安妮应声转身，是莫莉·克里斯蒂安，妈妈的老闺密，推着自行车正站在路边。该死！现在可没心思跟她闲扯。

她摇摇手："呃，嘿，克里斯蒂安太太。"

"你找韦斯？"

"嗯。"以及，我妹，当然，后半句安妮咽回去了，不想嚼舌头，她回身继续叩门，手上加了点力气。

"他回内地了。"

安妮暗骂，不情愿地下了台阶走到莫莉跟前："你知道他什么时候再回这儿来吗？"

莫莉耸了耸肩："这谁知道？他是两天前走的，说再待下去他就要憋出病来了。"

安妮一口气没喘匀："两天前？真的假的？我还以为他这个学期都住在这儿。"

"他也得透口气。把自己在这儿关了一个月，我想他自己也有点受不了了。像现在这种人迹罕至的时节，待在岛上就是活受罪。幸好他们家在康涅狄格州还有房子，在毛伊岛上也有套别墅。我不知道他具体去了哪儿。不过我看他十有八九很快还会回这儿来。"

很快有多快？再快安妮也等不了。她必须马上找到小克丽丝，她很头疼她的状况。

"你看到他和什么人一起走的吗？"

"没啊。有钱的主儿谁会在这种季节来？"

有钱的主儿……说的是克丽丝汀还有她吗？"之前除了他，还有什么人住在这儿吗？比如，比如女朋友什么的？"

莫莉苦笑："没有。小克丽丝不在了以后，他就一直是一个人。"她的目光一下子温柔起来，伸出手拍拍安妮，"发生了那种事，我们都很难过。"

安妮点点头，不为所动。看样子莫莉并不知道她妹妹还活着。

"我给你妈妈打过电话，但她始终不接。"

"她知道你很惦念她，也很感激，真的。再给她点时间吧。现在跟她聊这件事，太勉强她了。"安妮发现自己下意识地在为妈妈辩护。她不知道为什么，但就是觉得理所当然。

"老天爷太不公平了，让她一个人承受这么多。先是她妈妈，后又有克丽丝汀。"

安妮眨了眨眼睛。是啊，外祖母溺亡那年，妈妈才不过十一岁。妈妈给她讲过外祖母生前许多开心的事，还有这位女智者的不少经典名言，但从没说过外祖母是怎么出的事。安妮心中一颤，想起外祖父说的，"你妈妈好多年前就放弃奇迹了"。好多年前说的是外祖母出事的那年吗？安妮想换个别当场把自己弄哭的话题：

"乔纳最近怎么样？"

莫莉的眼睛一亮："他明天就能回家了！"

"真的？太棒了！"

"我儿子可是个棒小伙儿，之前的手术和术后康复训练加在一起差不多用了六个月。"

去年夏天，安妮和小克丽丝也在岛上的时候，莫莉十七岁的儿子从滑板上栽下来，一脑袋撞在了人行道上。事后，他被紧急送进了内陆一家脑外伤医院。她和妹妹假期的最后几天一直在忙着和乔纳的同学一起为他的医疗费筹款。"真高兴他康复得这么好。"

"医生说是永久性精神损伤，"莫莉说，"不过你知道他的，自己下了决心要从病榻上再站起来。"

安妮哑然，再站起来？她不知道乔纳居然伤得那么重。她紧张的时候除了跟自己无名指上的指甲油较劲，也实在想不出还能干吗，搜肠刮肚一时不知道说点什么安慰的话好。"他会站起来的，有决心就一定做得到。"

"感谢上帝，他的手和胳膊还很听话。你外公简直是天使，幸亏一直有他帮忙。"

"我外公？"

莫莉点头确认："你外公每个星期都要去医院两次，如果有事去不了，他们就打视频电话。难以想象吧？"

安妮胸口一暖："你说我外公还会打视频电话？的确难以置信。"

莫莉笑了："是乔纳的福气，生命中多了个靠山。"

安妮知道克里斯蒂安先生一直在伊拉克服役，而现在乔纳瘫痪在床，莫莉的乐观让安妮相形见绌，自己刚刚竟然为着还要等上几天才能找到小克丽丝就自怨自艾起来。

想想妈妈怎么说的来着：别因为自己没能得到的而抱怨"我好可怜"，要为着自己已经拥有的而知足感恩。

安妮低下头，自己的两条象腿现在看起来也并没有那么讨厌了。岛风清冽，她深吸一口气，毕竟还有些事是值得她知足和感恩的，就比如说小克丽丝还活着，这一点她确定无疑。尽管计划不如变化，但只不过是多等上几天而已，总归能找到她的。

第十四章
爱莉卡

安妮已经走了八天了。我每天发短信，她一条都没回，而我又不能责备她。我一遍一遍想起那天晚上，母女两人恶语相向，一直想，一直想，直到安妮的话烙在脑袋里：小克丽丝从一开始就不应该一个人去赶那趟火车。别以为我不知道，你心里也一直是这么想的。我没法和你像现在这样，两个人继续生活在一起，假装相安无事。妈妈，太难了！

安妮现在是彻底不理我了，布莱恩也没好到哪儿去。他唯一且仅有的一次拨冗理会我，还全程坚称让安妮跟凯特和父亲在岛上住上一段时间就是安妮现在需要的。等我再发短信想了解安妮的动向，他就开始用表情包敷衍我了。他到底有没有点自知之明，一个五十四岁的大叔，就不能好好说话吗？

至于安妮，我除了给她她要的空间，别无他法。至少我是这么跟自己说的。事实上，我说的也是实话。和安妮不用天天见面，日子确实简单点。知道她和凯特在一起，没什么好担心的，我就该上班上班，该睡觉睡觉。不必面对她眼中的嫌恶，无声的控告。

星期四早上，我准备上班，在走廊里走得急了，手机没捏住，从指缝间蹦到地上，在地板上打了个滑，在克丽丝汀紧闭的卧室门上撞了一下才停下来。门把手上"请勿打扰"的挂牌吓得花枝乱颤。

　　我战战兢兢地摸到门前，像小孩子面对骇人的妖怪。事故发生后，没有人再进过克丽丝汀的房间。如果不是我挂上了"请勿打扰"，安妮八成会改睡她妹妹的床，赖着不走。就像妈妈死后，我也是这么做的。

　　心跳很快，我该进去吗？我够坚强吗？尽管没什么底气，我还是把木牌拨向一旁，扭开了房门。

✈

　　房间内一片深沉，空气中依旧嗅得出墙漆的味道。去年春天，她给自己挑了这个烟蓝色，我担心会不会显得太过阴郁，可她坚持。在她很小的时候，我就已经知道，一旦她自己拿定了主意，那就谁说什么都不管用了。

　　我慢慢滑进她的床榻，把脸埋进枕头。贪婪地吮吸，奢望抓住哪怕最后一丝属于她的气息，不论是维果罗夫香水还是她的迷迭香薄荷香波。

　　但我什么也没抓住。甚至于，我已经想不起她左脸上的酒窝、她的纤纤十指、她的笑声。记忆正在褪色、模糊，我正在一点一点失去她，一点接着一点。

　　我翻身向上，试图调匀呼吸，幼年时的习惯。天花板上行星与星宿的夜光贴纸是我们刚搬进来时安妮的作品，她称之为"克丽丝汀的专属星空"。

　　"我的亲亲宝贝儿，你也在群星之间吗？"我像是自语，"你开心吗？快乐吗？是不是外婆已经陪在你身边？"我几乎哽咽，"给我个信号，求你了，宝贝儿，让我知道你一切安好。"

　　我的脚尖踢到了什么硬物，紧接着嘭一声掉到了地上。我起身蹲在床边，在地板上一通摸索。

　　是克丽丝汀的家传格言剪贴簿。

我不知道她居然会把剪贴簿带上床。

女儿们六岁那年的圣诞节，我给她们每人制作了一本剪贴簿。制作剪贴簿让我觉得妈妈并没有走远，而是始终在我左右，我无时无刻不在想她。以前，我只知道安妮对摘录的箴言情有独钟，甚至每一句都背得出。看来，我的这一承袭自外祖母露易丝的家庭传统，对克丽丝汀也同样重要。

我点亮她的床头灯，翻到了母亲的一页：

即使生活抽走了软绵绵的地毯，你依旧可以赤着脚纵情舞蹈。

我心口一紧。想起当年，在我最喜欢的丽莉老师宣布要辞职搬去密尔沃基的第二天，我在午餐盒里发现了母亲的这张字条。我记得我当时心都碎了，从学校回到家，在厨房中忙碌的妈妈停下手来哄我。"耐心等待，你就会发现属于自己的舞台。"如她所言，接下来的那个星期，眼睛亮闪闪的史黛丝老师就出现了，她让我对文学和艺术萌生了极大的兴趣，甚至感觉复杂的除法也没那么吓人了。

我意识到自己在笑。六年级的安妮被踢出篮球队的那次，我也在她的午餐包里放了一样的字条。我把她抱在怀里："哦吼！你看，抽走地毯，露出地板，可以开舞会了！你终于可以去参加放学后的那个文学兴趣小组了。"感谢抽走地毯的球队教练，安妮在写作小组里发现了自己的价值。

我起身，捧着书簿来到窗前。窗外的中央公园，愁云惨淡，狂风大作。我随手将银色的剪贴簿翻到了属于母亲的另一页：

如果别人觉得你行事诡异，不妨再加把劲儿，让他们知道你就是出其不意。

那年我十岁，一家人刚刚从密尔沃基搬到麦基诺岛，同班的一个男生碰巧瞧见了妈妈写给老师的字条，字母都是倒着的，需要借助镜子才能读出来。那个男生以为妈妈一定是疯了，我跑回家告诉她。于是，字条如约出现在午餐餐盒里。直到现在我都不知道她是怎么写出那样神奇的字的。

我留意到，在这一句边上，还有一行淡淡的铅笔小字：

她让我尽情做我自己，我因之更爱她。

她说谁？我的手指扶过克丽丝汀的笔迹，习惯了阅读短信和电邮，印象中我似乎没见过她写字。

再翻一页，是我外婆的格言：

闺密宛若生命中的花园，修枝剪叶，浇水施肥，才有花季烂漫。

我要眯起眼睛才看得清克丽丝汀写在页缘上的批注：幸运如我，一家子女眷恰是两个最好的闺密。

我的心嗵嗵直跳，如果这些都是克丽丝汀最隐秘的心绪，我这样偷看是否有点不妥？尽管这样想，手指却不听使唤地又掀开一页：

超凡的美，人人易见，寻常的美，更需慧眼。

旁边也有一串模模糊糊的点评：她总有法子把寻常的日子过出超凡的感觉。

我盯着那一串串模糊的字母，胸中跌宕起伏。毫无疑问，"她"就是我。很久很久以前，我也曾是个好妈妈。克丽丝汀深爱我、信赖我，然而最终，我却失信于她。

对页上的一行字忽然令我不寒而栗——寻回缺失的宁静——和上个星期收到的电邮一字不差。为什么当时我没意识到呢？

我从口袋里掏出手机，疯狂翻找收件箱，挖地三尺也要找出发件人。可是，妈的！那封信被我删得干干净净！我把手机摔在床上。为什么我要把那封奇怪的信件删掉？

我手按在封皮上长叹一口气，这难道就是我心心念念的所谓信号吗？克丽丝汀，你是想告诉我你在那里一切安好吗？我呢，我该为此而安心吗？可为什么我却还是觉得心神难安？

第十五章
安妮

太阳终于摆脱了地平线的纠缠，高高地跳了起来。外祖父刚刚出门去。安妮正在擦桌子，凯特把最后一个玻璃杯收进碗橱。她把碗碟抹布对折搭在烤箱门手柄上，从橱柜上拿起 iPad。

"咱们坐下聊。看看这个，莎琳回信了。还记得吗，我的那个经营欧洲互裨会的朋友？"

安妮一阵胃痛。去年秋天，她说她不回学校了。凯特姨妈一直在鼓励她去试试做一回互裨会忘愿者。为了让凯特不再烦她，她勉为其难递了申请，顺便办了工作签证。但她是坚决不肯只身一人远赴欧洲的。她得留在这儿，继续找克丽丝汀。

趁着凯特在翻找电邮，安妮搭坐在椅子边上又涂起了指甲油，这回轮到食指，红色的。

"要是他们安排我带小孩，我可就完了……"

"找到了。"凯特说着把屏幕转向安妮——

亲爱的凯特：

　　谢谢你倾情推荐。安妮的申请目前已经到了最后一步：背景审查。没什么问题的话，你的外甥女这两天就能收到我们的回复了。欧洲互裨会在全欧洲的各个国家都开放了岗位征招，随函附上网页链接，便于你们查阅了解。今日来信，聊表感谢，他日再叙。

　　颂祺

　　　　　　　　　　　　　　　　　　　　　　　　　　　　莎琳

凯特敲了敲手指："恭喜啊！看来这份工作你已经胜券在握了！"

还没等安妮解释清楚为什么这是个糟糕透顶的主意，凯特已经打开了链接。一张欧洲地图出现在屏幕上，布满了红色坐标。

"想象一下，生活在别处——这些地方都棒极了。"凯特说。

安妮望向窗外，开始和小手指指甲暗暗较劲。为什么姨妈在这件事上一再强求？凯特以前在芝加哥开了一家又大又豪华的餐厅，和前夫做伴，几乎游遍全球。但是最终，她却选择回到了麦基诺，她爱这里。

"我目前还不能走。"她已经地毯式地排查了岛上的每一寸土地，从米申角穿过石拱岩，再到奥潘岬，大腿上的疹子可以做证。但是安妮并未打算就此放弃，何况是她一手造成了妹妹的失踪。按照她的理论，韦斯再回来的时候就是小克丽丝现身的时候，尽管她不知道还要等到什么时候。

凯特姨妈摩挲着她的肩膀："我都懂。这个岛的确魅力非凡，但是咱们说好的，你和妈妈眼下应该适当保持点距离。去欧洲打个短工，我觉得不赖。"

安妮哑然失声。现在连凯特姨妈也不愿意看见她了吗？

"哦，安妮，"凯特给了她一个大大的拥抱，"我的小甜心，我真是不知道怎么爱你。如果可以，简直想把你一直留在我身边。"她伸手关黑了屏幕，"这可能真不是个好主意，那就当我没提吧。不过，安妮，你得记住，永远拒绝，就永远不能真正长大。"

第十六章
爱莉卡

终于把车泊进了停车场，我长舒一口气。现在是星期五晚上七点一刻，坦率地讲，真是熬过了糟糕的一天，也就是说，总算熬过了糟糕的一星期。安妮不在家，事事不顺心。

昨天我花了整晚时间研究克丽丝汀剪贴簿上的铅笔小字，期望找到与那封不具名电邮之间万一之联系。她的溢美之词让我溃不成军。她笔下的妈妈那么慈爱而宽容，绝不会在那天早上丢下她孑然离去，绝不会为了工作违背母女之间的承诺，绝不会在发生了这么多事情以后再把她姐姐撵出家门。

我下了车，锁了身后的车门。高跟鞋与地面撞出的声响在钢筋混凝土中间回荡。我忍不住又查了一遍手机，没有安妮的消息，除了工作备忘还是工作备忘，还有就是卡特的电邮：别松劲儿，还有九个星期，竞赛就结束了。截至今天上午，在曼哈顿的一万三千名地产经纪中，我已经正式跻身前五十。

这事要是搁在一年前，我准会一路雀跃着奔上楼去，把好消息分享给两个女儿。那是一种什么样的感觉，由衷的开心吗？

我把手机信箱继续向下滑，留意到一封未读来信。与此同时，按下电梯键。发件人地址看着眼熟，我正在盘算会不会与"寻回缺失的宁静"出自一人手笔，忽然瞥见邮件标题，顿时不寒而栗：痛失爱女。

我打开了电邮，心跳开始加速：

先反省，再出发，永远做最聪明的探险家。

——依旧摘自我们的家传格言剪贴簿，语出母亲。我捂着嘴，七岁时的情境历历在目。好朋友妮可莫名其妙跟我闹掰了，伤心时分，发现了妈妈藏在午餐盒里的这张字条。当天晚上，妈妈趁哄我睡觉的时候，给我解释了字条的深意：

"反省过去，意味着认清事实。小莉，打破的镜子里找不到完整的自己，如果一味坚持错的，甚至会彻底迷失。发现了错在哪儿，就要及时想办法改过。"

但这并不能解释标题——"痛失爱女"，还有发件人地址——ISO_AMiracle@iCloud.com——"找寻……奇迹"。

奇迹。克丽丝汀恰是大家口中的奇迹，一个我们谁都没想到的亲生女。

电梯门开了，我没有理会。手指颤抖着，在键盘上按下一串字母：你是谁？

我按下"发送"键，然后一直盯着屏幕。我在心跳中等待。然而什么都没有发生。我不死心地又打开了键盘：我不明白，为什么你要对我说这些？

我感到血脉偾张。一个急转身，妄图发现身后潜伏在混凝土立柱后面的尾随者。

"克丽丝汀，是你吗？"我在停车场来回扫视。

一对年轻夫妻刚走到拐角。我用眼睛向再远的方向搜寻。我这是怎么了？我的理智，我的逻辑。我猛烈摇头，不是一向为自己冷静的大脑而沾沾自喜吗？

那么，为什么我会觉得这封电邮来自灵界？

我把钥匙丢在门厅的边桌上，踢掉脚上的高跟鞋，冲进客厅。克丽丝汀的剪贴簿静静地躺在沙发扶手上，就在昨晚的位置上一动未动。

我把本子拿在手上来回翻找，终于找到了这一句：

> 先反省，再出发，永远做最聪明的探险家。

这行字的下面，依旧是克丽丝汀的铅笔字：

> 每年邀她一起出发，不知为何她总不乐意。

我怔在当场。知道她说的是麦基诺无疑。

四十分钟后，我叩响了布莱恩位于市中心的公寓。他穿着淡蓝色的居家睡裤出现在门口，头发刚刚修剪过，显出一种不相称的青涩，与鼻梁上严肃的黑框眼镜反差明显。"看我爸穿衣服简直像看超人的电话亭变装秀，"安妮私底下会吐槽她爸，以及这位心外科医生的历任女性朋友，"把宽松的居家睡裤往身上一套，迷妹们瞬间就觉得是乔治·克鲁尼附身了？难道她们不知道医院的实习生也每天穿成这样？"

"进来吧，爱莉卡。"他轻吻我的面颊，让我进去。

房间里天上地上到处丢得乱七八糟的。换了别的房产经纪，可能会用"轻松舒适"一笔带过。但我受不了，即使两个孩子同时住在家里，我也要让我上西城的公寓时刻保持干净整洁。我随着他穿过厨房，绕过灰褐色的餐厅，玻璃餐桌上堆满了包裹和没来得及拆开的邮件。这也是他以前会令我烦心的地方，我们在一起的时候，布莱恩就习惯收到信随手一丢，有的时候甚至几个星期也想不起来拆开看。据桌上的规模来看，我猜他现在攒一个月都不见得拆一次信。

客厅朝南，可以望见帝国大厦。他调低电视音量："外套给我吧，喝点什么？"

"不了，谢谢。我一会儿就走。"外套口袋里，我紧攥着手机。"最近有女儿的消息吗？"

"和她通过电话，上……上星期六吧，大概。她挺好的，听起来和凯特以及你父亲相处得相当不错。"

"我想见见她，和她聊聊，"我垂着头。

"看来这次你得上岛了。"他假笑。

我心中一动，退后一步。他的建议与那个"奇迹"不谋而合。

"我得给你看看这个，刚收到了一封自称奇迹的人发来的电邮。"我说着从口袋里翻出手机，颤抖着递给他。

"呃……'先反省，再出发，永远做最聪明的探险家。'"他读了一遍，把手机还给我。

我强迫自己看着他的眼睛问出了下面这句话："你说，会不会是克丽丝汀发的？"

他面色一沉，我觉察到眼镜框背后悲痛和惋惜交织的神情。

"我知道你在想什么。"我说，"相信我，我一开始也觉得是安妮异想天开。可万一她是对的呢？她比我们任何人都更了解克丽丝汀。而且，布莱恩，她自己也做了很多调查，的确有过不少身份混淆的先例。何况，现在又出现了这些奇奇怪怪的电邮。"

布莱恩估计被我的话噎住了。"别这样，亲爱的。"他抓着我的两条胳膊，像一个父亲试图强行控制神经紧张的孩子，"我知道发生了这样的事很难让人接受，但你不得不接受，爱莉卡。我们的女儿死了。"

我猛地甩开他。这种话我听得多了，就在九天以前，我不是才原原本本地把这套说辞对着安妮说了一遍？我强抑心头的怒火，"那你说是谁？"我问。

"安妮。一定是她想和你重修于好，又不知道怎么做才好。"

"不知道怎么做，反而偏偏选了最残酷的做法？！不会的，一定不会是她。你先……求你……心平气和地考虑一下会不会有这样的可能，克丽丝汀只是藏起来了？这也没什么不可能的，对吧？"

他盯着我，良久，终于点头了："也就是说所有的一切都怪我咯，因为当时是我指认的尸体。"他表情扭曲，脸上写满了沮丧，耷拉着脑袋，整个人几乎是跌进了沙发。

"别这样，当然不能说是你的错。"找挨着他坐下，在他背上轻抚。"是我太难过了，完全不敢看那些照片。此外，也是我自以为是地觉得没必要再做法医齿科鉴定了。怪就怪我们当时脑子都不清楚，从没想过会有万一搞错的可能。"

"你想说什么，爱莉卡？"他脸色一变，声音中充满防备，"不，我可不想猜忌自己，我自己的女儿我自己认识，"他用手拍了拍自己的大腿，这是每次下定决心前的习惯动作，"尽管我们谁都不想承认，但是那些照片里的女孩无疑就是克丽丝汀。"

我与他两相对视，几乎能够体谅他肩上的重担。我不忍说出质疑他的话，但也无法听凭他的一己判断，只好尽量让自己的声音听上去温柔点：

"你怎么就能那么确定呢，布莱恩？一定有特别的原因，才让你确定以及肯定照片里的那个女孩就是我们的女儿无疑。"

他捂着嘴，无声地点头："她戴的项链，是我送她的。其中一张照片上就有，当时你和安妮已经出去了，没有看到。"

我全身发冷，他是说那款随处可见的蒂芙尼经典吊坠，克丽丝汀的十三岁生日礼物？我甚至不记得上次见她戴项链是什么时候。不过即使她会戴，也不足以作为认尸的证据。戴同款项链的十九岁女孩没有一万也有一千。

"听着，布莱恩。"

"她是真的很喜欢那条项链。"他抢先说。

布莱恩完全没有在听，正如他从来不曾认真听过我说话！我迅速将自己调整至对战状态，随时准备开口还击。然而他眼底的那一抹温柔让我不由顿了一下。

"感觉就像我身体中的一部分曾一直陪伴着她直到生命终了。"他缓缓地说。

那么现在，我有两个选项：一是坚称他犯了大错，然后面对可能发生而无法挽回的任何后果；二是让他继续相信他所深信的——他的宝贝女儿一直把一件她十三岁时收到的生日礼物贴身珍藏直至生命最后一天。

"是的，那条项链一直是她最珍爱的一件，"我把他拉进怀中，"因为那是爸爸送的。"我说。

第十七章
爱莉卡

周末让人心烦意乱而无所事事。更糟的是，没有工作可以分心。先有匿名电邮，再有布莱恩祖露心扉，告诉我他是基于一条全城姑娘恨不得人手一条的项链就认定了照片上的人是克丽丝汀。会不会安妮真的是对的，克丽丝汀真的不在那趟火车上？星期一一大早八点整，我就拨通了好几家私家侦探所的电话，最终挑了当天下午就能安排见面的一个。

到达熨斗区的克莱恩菲特大厦时，天正在下雪。街对面的麦迪逊广场花园，行人络绎不绝。我把外套兜帽罩在头上，快步走上人行道，怕被熟人撞见。假如被别人知道我找了私家侦探又来调查女儿的死，不知道会作何想法。因为连我自己都会觉得有点不可理喻。

我又向下拉了拉帽檐，进了大堂，古典与现代风格融合的室内装潢让人眼前一亮。我径直向大理石设计的接待处前台走过去，还没等自己反应过来，就已经掏出名片递了过去。

"抱歉，经常带人看房落下的职业病。"我赶紧分辩，"我叫爱莉卡·布莱尔。今天是来见鲍尔探长的。"

对方是一个三十岁左右的年轻男子："不要紧。"他抄起电话，撇开突兀的大胡子，挤出一个微笑。片刻之后，他把听筒重新挂好："309室，您可以直接上楼。"

我转身正要走向电梯间。

"布莱尔女士？"大胡子接待掐着我的名片喊住我，"这张名片我留下了。我和太太最近正好打算买房。回头给您打电话。"

我迟疑了一下："呃……不好意思，我目前并不代理新客户。不过多谢垂爱。祝你置业顺利。"我乘电梯来到三楼，努力把接待员尴尬的表情抛在脑后。即使我乐意接单，卡特也不会同意让我在这些预算有限的首次购房客户身上浪费感情。

红色鬓发的鲍尔探长接待了我。他面相亲切，看上去不像侦探，更像心理医生。他给我倒了杯咖啡，示意我可以在写字台对面的木椅子就座："请坐。请问您是为何事而来？"

"为我女儿的事，克丽丝汀，"我抱着热乎乎的马克杯说，"她是去年八月阿西乐特快失事事故的受害者。"

"我记得那次撞车事故。是蓄意的恐怖袭击，对吗？"

"他们还在调查。油罐车司机据说与某个激进的民兵组织有瓜葛，但是找不到动机。国家运输安全委员会的人再多就不肯说了。"我顿了顿，鼓起勇气，接着说下去，"事情是这样的，"我看着他的眼睛，"我开始有点怀疑她是不是真的坐了那趟火车。"

幸亏鲍尔探长没被我吓跑："认过尸了？"

"是的，我们看了照片。"

"法医的齿科鉴定报告呢？"

"我丈夫放弃了。她当时裤子口袋里装着身份证。种种原因让我们相信那就是她。"

他倾身向前："那现在呢？"

"我的另一个女儿，安妮，第一个提出了质疑。你懂的，事故中尸体遭受了严重的……损毁，简直令人不忍直视。"接下来，我讲了安妮那套"张冠李戴"的理论。

"移动信号发射塔可以追踪她的位置，假设她带了手机的话。"

"要等到事故调查完全结束以后，他们才肯归还她的个人随身物品。他们说也许要等上一年。但是可能也没用，她的手机当时没电了。"我伸手扶额，"真不敢相信我那天就那么让她一个人走了。"

"怎么说呢，身份混淆的概率微乎其微，"鲍尔说，"不过安妮说的没错，至少不能说是没有先例。为了确定身份，我们不妨做个基因分析比对。"

我摇摇头，内疚与自责再次集体爆发："尸体已经火葬了。"

鲍尔探长耸耸肩膀："如果能有一块骸骨，也是可以的。"

"按照火葬场的推荐，对骨灰进行了雾化粉末处理。"

他点点头："他们通常都会建议这么做。不过这样看来，基因分析就做不成了。"

"真希望我没那么做，"我像是说给自己，"还有一件事，"我再次抬起头，"我……上个星期五收到了一封奇怪的电邮。"我把"奇迹"发来匿名电邮的事也说了。"巧的是，所有认识她的人——除了我以外——都把克丽丝汀称作奇迹。"

"有点意思。你觉得除此之外还可能是谁发的电邮？"

"除了克丽丝汀，只有安妮和我妹妹凯特知道这些原句。当然我还没有向她们求证。"我低头盯着自己的手。"我不想让自己的妹妹把我当疯子。"我的脸上笑容一闪，心里再说，这是当然，因为我本来就不是！"至于安妮……如果让她知道了电邮的事，她一定会更坚信妹妹还活着。我不想怂恿她做什么。"

"把那封电邮转发给我。我应该可以追踪到 IP 地址。一旦确定了发件人的地理位置，我们就可以据此开始调查。"

"我现在就发，"我从背包中翻出手机，打开电邮，颤抖着在收件人栏输入了他的邮箱地址，然后按了"转发"。

"好了。"我说。

他点点头："有消息我再打给你。"

离开探长办公室的时候，我错愕地发现，自己的心中吹起了一丝波澜。

第十八章
安妮

星期三上午凯特姨妈家的客房里，安妮坐在桌前，编辑给克丽丝汀脸书的每日私信。她始终对此守口如瓶，怕别人把她当成疯子。

> 嘿，小克丽丝。我还在岛上。我会在九点钟准时出现在韦斯家门口，如果你在，就请开门。我保证，一定不告诉妈妈。

八点五十五分，就像过去十三天里的每一天，她走上花萼别墅前门的台阶，叩响了门环。韦斯到底还回不回来？

她面对着木门，把上面的纹路想象成各种人物，在心里默数三十，再次抬起手叩门，那道大门应声而开。安妮始料不及，失声大叫。妈的！怎么好像一点准备也没有？

韦斯出现在门厅里，顶着一头乱糟糟的深棕色的头发，好像刚从被窝里爬起来，只穿了一条破洞牛仔裤和一件有点褪了色的"圣巴斯游艇俱乐部"印花 T 恤。如果换了是别人穿，安妮多半会觉得是件旅游纪念品。但是韦斯，搞不好他还真是货真价实的俱乐部会员。

"安娜？"他拧着眉毛没好气地说，"搞什么？"

"是安妮。"她把他推到一旁，自行进了屋，顺手把外套脱下来递给他，"我得和你谈谈。"

幸而，他没有反对。"真会挑时候，"他说着把她的外套搭在了楼梯扶手上。"我昨天夜里刚回来，收拾好东西立刻滚蛋。待在这儿就让人头疼。"

韦斯引着她穿过一间又一间房间，最后是厨房，虽然是白色的，但是新乡村风格的精致装潢连玛莎·斯图尔特（有"家居女王"之称的美国著名女企业家——译者注）都要垂涎三尺。他从碗架上取下两个马克杯，问："喝咖啡吗？"

"嗯，好啊，谢了。"安妮站在巨大的大理石岛台前，用眼睛搜索妹妹可能的生活痕迹。她清了清嗓子，表明今天可是有备而来，为了确保那套听上去确实可能毫无逻辑的理论不会当场把他吓跑，她至少得保证一点，就是要尽量以不加责备的语气说出她所确信的真相。

"我妹妹到底躲哪儿去了？"她不假思索地脱口而出，不过显然一开口就已经脱稿了。

他端着一盒奶油转身求证："什么？我以为我们早就把这件事说清楚了。"

"仍有面对面的必要。"安妮理直气壮，"她在哪儿，韦斯？她来找过你，这我知道。"她打量着房间四周，"她此时此刻就在这儿，对吗？"

韦斯嗤之以鼻，像是窃笑，又像是一种蔑视："安娜……啊不，安妮，你妹妹是死了，而不是跟我在一起。我们已经讲清楚了，记起来了吗？"

"是是是，不过坦率说，我不信。"

他叹了口气，把一满杯咖啡重重搁在她面前。"坐下。"自己拖了条高凳，叉着腿坐在她对面，"好了，告诉我，究竟怎么了？"

她接过咖啡杯，试图稳住颤抖的双手："她患上了躁郁症，韦斯。"

她观察得很仔细，试图在他脸上得到震惊的反馈。然而，他却点了点头，丢出一句"果然"。然后背过脸去，陷入一阵哽咽："我很怀念那个小姑娘。"

安妮心中不忍："你真的爱过她？"

他手指挓过头发："不……我是说我不知道。我不确定自己有没有爱上一个人的本事。为此，克丽丝汀也怨过我，说我从不曾说过爱她。可我就是开不了口，你明白吗？"

他再度转身回来对着安妮。他难道指望一个这辈子只经历过一次相亲还甚为失败的胖妞真能明白男女情感之奥妙？也许有一天，她会找到那个命中注定的伴侣，从此携手永浴爱河共度此生。不过眼下更要紧的是，她唯一的灵魂伴侣把自己藏起来了，而且鬼知道藏在哪儿了？

"你做的没错。我们家的女人们一向迷信文字和语言的魔力，轻易说爱，只会让她越陷越深。"

"话虽这么说，可是当有了孩子，所有的事就……"

安妮感到天晕地转，孩子？他是说她妹妹有孕在身？

"看来你不知道。"韦斯艰难地闭上眼睛。

"你……你是在告诉我，克丽丝汀怀孕了？"

韦斯感到如鲠在喉："我……我以为你俩无话不谈。"

"我也以为……"安妮鼻子一酸。

他倒在椅背上，重重叹了口气："说起来很是难堪。她整个人都蒙了。不过还算一切都在掌控之中。"

"一切都在掌控之中？"安妮捂着耳朵尖叫，"别说了！我一句也听不下去了。"她看着他，喘着粗气，"你告诉我她是不是就住在这儿，韦斯？是不是你把她藏起来了？"她瞪着眼睛四下搜寻，"克丽丝汀？"她大声呼唤，"我知道你在这儿。快下来吧。现在，马上！"

他捉住她的两个手腕："安妮，我说的都是真的。我发誓。随你怎么搜。

可是告诉我，我为什么要把她藏起来？"

她用力眨巴着眼睛，尽量不让自己哭出来："因为她怀孕了。因为你们两个眼看着要当爹当妈却不想让旁人知道！她怎么样，怀孕多久了？"

他从瓷碗中捡了个苹果拿着发呆，从左手换到右手："去年六月最后一个星期的那个周末。她……不，我们……不该犯傻的。"

安妮大略一算："也就是说已经八个月了。"更像是自问自答。她垂头呆呆地看着自己的膝盖出神，没有意识到自己又在拿指甲油出气。"你刚刚说一切都在掌控之中，也就是说那个时候孩子还在肚子里？"

韦斯小心翼翼地把苹果放回碗里："嗯，是的。"

安妮松了口气："我的生母当年差点跑去堕胎。"

"我听说了。这也是为什么你妹妹拒绝和我讨论其他选项。"——被画上引号的"选项"——"她跟我说，她不可能容忍自己轻易夺走另一个人的世界，否则她这辈子都会良心不安。"

安妮下巴抽搐着，几乎要哭出来："是我那天没有好好听她说话，害她一个人走了。"

"内疚就像盘在餐桌上的苍蝇，赶也赶不走。"他连连摇头，像是要赶走一段不太愉快的回忆。"我们最后一次见面的时候大吵了一架。我要求她——原话——尽快搞定这件事。她勃然大怒。我在我父亲的保险箱里……"他有点不好意思地瞄瞄安妮，"你知道的，老头子私房钱不少。总之，我塞给她一厚沓钞票，强迫她收下了。"

安妮瞪着眼睛："也就是说她有钱傍身，怪不得！那些钱，应该够她花一年了吧？"

他有点难为情地点点头："估计够了。"

内疚真是只身价不菲的苍蝇。

"既然这样，可不可以让我们假设她现在还活着？如果她藏起来了，你觉得她会在哪儿？"

"等等，你是说她……"

"她那天的确说她有事要告诉我，但最后还是没说。"安妮想起姊妹俩之间最后的一次对话，克丽丝汀一直在劝安妮要独立点，别太依赖妈妈，现在想想这些就说得通了。

"她是害怕我告诉妈妈，所以才没说是什么事，"安妮自言自语，"可我已经好长时间不理妈妈了。我得让小克丽丝知道。我得赶紧找到她。"安妮转向韦斯："好好想想！她一定跟你提过。"

他张了张嘴，又闭上："没有。"

安妮紧紧抓着他的胳膊："快告诉我，哪儿？"

他捂着脸："她倒是说过——但我不觉得有什么意义——'我们什么都不要管了，私奔去巴黎吧。'"

巴黎，小克丽丝说她会去巴黎。

第十九章
爱莉卡

星期三，我再次敲门走进鲍尔探长的办公室。暮色西沉，影上砖墙。自打下午接到探长的电话之后，我就一直心神不宁。电话里，他问我是否有时间面谈。我有种奇怪的预感，心里想着克丽丝汀生还的希望无端放大了许多。

我在第一次到访时的同一把椅子上坐下，必要的寒暄之后直切主题："有克丽丝汀的消息了？"

他回应了一个安慰式的微笑："抱歉，尚无。"

我的心瞬间跌入谷底，无力地合上眼睛。

"不过，"他说，我眼睛一亮，"我想办法追踪到了电邮发出的 IP 地址。发信人使用的 VPN 位于丹麦。"

我扶着额头："她在丹麦？"

"这不敢说。只能说这个发邮件的人，用的是虚拟专用网络。简单而言，就是可以隐藏真实地理位置的代理服务器。"

"她想隐藏实际位置？那你能破解吗？"

"不能。这些网络的卖点就在于安全保密。国家安全局都黑不进去。"

我只有摇头："也就是说对于'奇迹'是谁或者身在哪儿，我们依旧毫无头绪。"

"基于邮件通讯使用了 VPN 这个事实，我推断发件人年龄应该不会超过四十。或者说极有可能就是千禧一代。"

"还得是精通科技，是吧？"我只能想到克丽丝汀，我的千禧宝宝，以及，我们家的技术宅。

"这倒不一定。现在的年轻人哪个不会用 VPN 下载音乐啊什么的，还有他们那些不想让你们知道的小秘密。"

"也就是说她不想让别人知道她的位置。"我还是没怎么想明白他告诉我这些是什么意思。

他顿了半晌："爱莉卡，我知道我们都很愿意相信邮件的发件人就是克丽丝汀。您的女儿很愿意相信她妹妹还活着，您也是。但是，从客观角度讲，我认为不是的可能性十有八九。"

"我明白。"

可是客观的角度怎么可能匹敌母亲的直觉。而现在，我以母亲的直觉觉得，尽管只是可能，但安妮有可能就是对的。

我在上车前给安妮拨了通电话，没人接。把车开到第十大道的时候，我又拨了一通，依旧没人接。回到家，把外套往衣挂上一挂，我第三次拨通了她的号码。还不等我给自己倒满葡萄酒，电话已经转入了语音信箱，和过去的十又零一天一样。

"安妮，还是我。拜托回电，随便什么时候都行。有话跟你说。所有这一切，我……我很抱歉。"

我端着酒杯回到客厅，站在落地窗前俯瞰整个公园。雨顺着树梢落到地上，行人匆匆挤进伞下。你在哪儿，我的克丽丝汀？

手机叮了一声。我几乎是冲过去，只求是安妮的回信。然而不过是"奇迹"再度现身，标题也还是"痛失爱女"。

我深吸一口气，打开了电邮：

有些事情看似重要，有些事情才是真的重要。

记忆开闸，童年往事仿佛母亲温柔讲述的床前故事。三年级那年的春天，当时我们还住在密尔沃基。我早早为返校做好了准备，穿鞋的时候，旧运动鞋的鞋带偏偏这时候断了。家里找不到其他白色鞋带，妈妈只好把爸爸的黑鞋带拿来替班。我难受极了——白色鞋带搭配白色运动鞋天经地义！

那天后来在吃午饭的时候，我发现了妈妈的这张字条：有些事情看似重要，有些事情才是真的重要。

下午放学的时候，我和小伙伴们飞奔到操场，我发现赖安·波里蒂，比我高一级的一个男孩，坐在场边的轮椅中加油。那一刻，我才明白妈妈话中所指。

我边向克丽丝汀的房间走，边给凯特打电话：

"是你哦。"妹妹的声音波澜不惊。

"快让安妮听电话。"

"哦，也问你好。"

我急于去拿剪贴簿："拜托了，凯特，有重要的事。"

"她需要空间，小莉。即使她愿意接你电话现在也接不了，她不在我边上，在父亲那儿。"

我愣在卧室门口："她和谁？"

"没和谁。"

"她自己？"

"当然，我确定。"

我把自己丢在床上："我的收件箱接二连三收到那种莫名其妙的来信，无一不是妈妈说过的话。最开始是'寻回缺失的宁静'，接下来是'先反省，再出发，永远做最聪明的探险家'。刚刚又收到一封：'有些事情看似重要，有些事情才是真的重要。'"此处，我故意停顿一下，试探她的反应，"全都是一个人发的，自称'奇迹'。"

我着重强调了"奇迹"两个字，然后屏息凝神，就等她把"奇迹"与克丽丝汀联系在一起。

"真不赖，"她却说，"安妮为了把你拐到岛上来真是鼓足勇气、不遗余力。我觉得她肯定没有听懂我说距离产生美的意思。"

我揉了揉脑门。凯特觉得"奇迹"是安妮，布莱恩也这么觉得。那么是我在自欺欺人了？

"可是如果发电邮的不是安妮呢？你说，会不会有可能是……克丽丝汀？"我紧闭眼睛，不敢直面电话另一端接下来会采取什么样的情感攻势。

"小莉，你不是认真的吧？拜托别告诉我你也觉得那套混账话有它的道理。"

凯特接下来无非是保持距离以及怎么做才是对安妮好的说教，而我急于想知道在克丽丝汀看来什么事情真的重要，而什么只是看似重要。我找到床头柜上的银色剪贴簿，一通乱翻。页边空白处，克丽丝汀留下了浅浅的笔迹：

> 以前，我会觉得我是重要的。可是现在，我有的时候甚至会觉得哪怕我凭空消失了，她也不会想我。

天知道我如何想她！她怎么会这么想呢？我抓起手机，她当然是我生命中最最重要的部分。我得让她知道，非要让她知道不可。

"我这就过去，凯特。"话一出口，已经来不及咽回去了。

"真的？工作不要了？"

我捧着心口，想不通为什么，可冥冥之中，好像我的女儿在暗示我，应该回去那个我称之为"家"的地方看看。而我，必须听命于她。"女儿最重要。"多少年以来的第一次，我为自己的这一想法感到骄傲，"哪怕有万分之一的机会是克丽丝汀发来的电邮，而她以为我不敢去找她……"

"等，等等。让我理一理：你是说你要来麦基诺是因为克丽丝汀而不是安妮？可安妮才是幸免于难且此刻最需要你的那一个啊！"

"我要去是因为我爱我的女儿，两个都爱。而且，安妮需要我。而且，我没陪她我也觉得是我不对。"我使劲儿闭上眼，"当然，我去也是因为克丽丝汀有可能在岛上。你说不是吗？"

"噢，小莉……"

我听不得她语气中的怜悯。她八成觉得我疯了。事实是，我的确没有任何证据证明信是克丽丝汀发来的。但这一次，我只想听从内心。

第二十章
安妮

晚上，下起了雨夹雪。安妮一路小跑着往回赶，终于爬上门廊最后一级台阶的时候，头发和鞋子都已经湿透了。她进了门，正要脱鞋，听见厨房里，凯特姨妈正在和谁讲电话。

她竖起耳朵，大气不敢出，因为电话那一端是妈妈，而电话的主题，是她。

"真的？工作不要了？"

安妮屏息而待。妈妈会来吗？妈妈原谅她了吗？她一只脚光着，另一只脚还没来得及脱了鞋，急于知道她们在说什么。凯特好半天没说话，好不容易说话的时候好像有点怜悯安妮的意思：

"让我理一理：你是说你要来麦基诺是因为克丽丝汀而不是安妮？可安妮才是幸免于难且此刻需要你的那一个啊！"

空气仿佛凝固了。妈妈果然不是冲着她来的。安妮啊安妮，你怎么能这么傻呢？要什么时候才能搞清楚状况呢？她到底还是在为失去小克丽丝而埋怨她。过去是，现在是，将来还会是。

她无声地把湿了的鞋子又穿了回去，又无声地阖上门冲进大雨。她要跑得远远的，越远越好！她感到无法呼吸，顾不得脸上的眼泪，她跌跌撞撞跑下台阶，沿着大路一直向前跑，跑啊跑啊，直到道路尽头，街灯尽处，直到躲进黑漆漆的树林，一个人抱着压抑已久的悲痛、不能名状的孤独、无以复加的苦楚，像个没了妈的孩子。

一小时以后，一个人躲在断崖上的安妮终于盼到凯特姨妈卧室的灯灭了。她把两只冰手揣在衣兜里又等了十分钟，才抬起脚往回走。

她悄声上了台阶，开门闪进屋内，只求别让姨妈听到了还要跑出来道晚安。她的眼皮现在一定肿得像两个桃子。

她踮着脚穿过走廊，径直回到房间。小克丽丝生不见人，妈妈永远不会原谅她。而这一点，凯特姨妈不论说什么，都无法让她回心转意。

她轻轻把自己关进卧室，扭亮台灯。抱着最后一丝妄想，期待多少能收到点小克丽丝的消息。

只有一封来自互裨会的回函：

收件人：AnnieBlair@gmail（安妮·布莱尔）

发件人：SoléneDuchaine@EuropeanAuPair（欧洲互裨会莎琳·狄谢娜）

亲爱的布莱尔女士：

荣幸告知您已顺利通过背景审查，具备申请欧洲互裨会工作机会的资格。

基于您希望在八月归国的意愿，短时间内仅有有限工作可供选择。目前，一个旅居巴黎的美国家庭急缺帮手……

巴黎。

她心念一动。

感觉全世界串通好了都在密谋同一件事。

……乔治城大学的托马斯·巴雷特教授目前正值学院轮休假期，客座巴黎大学直至八月十日。需要特别说明的是，这位单亲爸爸还有一个"伤脑筋"的五岁女儿奥莉芙。

亟待人手立即赴法履职，万望尽快答复。

敬致问候

莎琳

这回惨遭毒手的是拇指指甲。"伤脑筋"？不过是熊孩子的婉转说法罢了。她望着电脑屏幕出神，心思在讨厌她的妈妈和需要她的妹妹之间摇摆。她愿意为了小克丽丝而慷慨赴任吗？为了妈妈又怎么样呢？或者为了她自己呢？

如果不幸中的万幸，被她侥幸找到了妹妹，她是不是就很有可能被原谅了？

她把两只手放在了键盘上——

亲爱的莎琳·狄谢娜女士：

好的。我愿意接受去巴黎给教授和女儿一家帮佣的工作，我想我最早可以……

安妮迅速盘算了一下。现在已经接近午夜，明天就是星期四了。她得回趟家，取护照，再多添几件衣服。

……我最早可以星期六动身。

然后，她单击"发送"。让自己淹没在紧张和恐惧之中。她，终于独立了，像小克丽丝一直期待的那样。但是下一步呢，她是不是真的可以放开妈妈的手?

她手指冰凉，把手机里妈妈的所有未读留言删了个一干二净。

第三部分

奇迹来信

有的时候，只有坚持，生活才能继续下去；

有些时候，只能放手，才能让生活继续。

第二十一章
爱莉卡

星期四早晨起来的第一件事就是让自己站在了卡特·洛克伍德办公室的门口。这是一座离萨顿酒店只有几步之遥的老式砖混大楼，洛克伍德房地产公司独占十四层，各位中介代理和地产经纪已经热火朝天地忙开了。我背靠在卡特黑漆的办公室木门上，滚动手机屏幕搜寻安妮的回音。当然，意料之内的徒劳无获。我看了眼表：八点二十分。天哪，卡特，赶紧爬起来上班！

"这个时段你难道不应该在谈生意？"人未近，声已至，卡特两手插兜，趾高气扬地从走廊另一侧向这边走过来。

"我有个不情之请，"我心跳提速，"有时间吗？"

他掏出一串钥匙，把其中之一旋进门锁："一不谈钱，二不谈情，其他的随时奉陪。老天爷啊，你简直不知道丽贝卡有多难搞，平时连句像样的英语也说不溜，上了床，反倒妙语连珠了。"

他的笑声让我有点反胃。卡特的第四任太太是个标准俄罗斯美人儿，芳龄二十七。考虑布莱恩大了我将近一旬，我当然最没立场评价别人老少恋。可我还是忍不住为丽贝卡不平，一个女孩子离家千里之外孤零零无依无靠，嫁了个有钱老公，显然只有唯命是从。

他把门一推，做了个"请"的手势，把我让进房间。阳光割破东向的玻璃幕墙把办公室照得雪亮。我以前一直很羡慕卡特办公室的无敌街景。窗外，东河把曼哈顿和长岛一分两边，汽车排着长龙从郭德华大桥挤进皇后区。然而今天，我坐在冰凉而光滑的金属扶手椅上并无暇欣赏周遭美景。

卡特咕咚一声坐进了石墨写字台的对侧，打开了电脑。我清了清嗓子，让他别忘了还有我在。

"我……我需要请几天假，卡特。"

他看着电脑并不看我："现在可不行，布莱尔。已经到了冲刺阶段了，我不说你也知道。"

我左手抓着右手，掌心全是汗："可是卡特，我很久没休假了，已经有……算了，想不起来上次正经休假是什么时候了。这些年不是地产峰会，就是异地生意，所谓假期还不都是工作。"

其实我是记得的。最后一次心无旁骛地正经休假，布莱恩和我带着两个孩子去了伦敦。因为发现他勾搭上了新来的麻醉师莉迪亚，第二天我就订了机票，一厢情愿地认为只要多点家庭时光，就有办法挽回婚姻。但是布莱恩只想自己待着，白天泡博物馆，晚上泡酒吧。至于杜莎夫人蜡像馆以及伦敦地牢，十岁小姑娘们喜欢的，他统统不感兴趣。旅行的最后一天，我从他的手机账单上发现，整整一个假期，只要他一个人待着的时候，都在跟女友煲越洋电话粥。为了两个女儿，我一路上笑脸相迎，但是这次休假却在我心里留下了一道不可逆的伤疤。回国之后，我在凯特家整整躺了一个星期才康复。自此之后，我就不再要求休假。偶尔遇上小长假，至多去切萨皮克湾住几天。

"可我需要你待在这儿做你最擅长的事：卖房子。"

"可这回是为了我女儿，我得去接她。她现在在密歇根，我妹妹家。不会耽搁太久的，我去去就回。"奇怪不奇怪，今天以前，我为了能不去麦基诺，什么都做过，此时此刻，为了能去麦基诺，让我做什么都行。

"欧丽兹一个人撑几天没问题吗？"

欧丽兹是我的助理，背地里我叫她"欧托兹"，一款对我来说永远口味略重的薄荷糖。去年秋天，我们的一个客户在签约前突然变卦，被薄荷糖小姐看出了端倪，忽悠对方另有三个买家随时准备竞价。当然是无中生有。生意虽然做成了，但正像我事后说的，虚张声势不是我的行事风格。

"无功而返也不是我的风格。"她回敬说。

虽然今年才二十六岁，我相信我的这位助理不仅能在关键时刻替我出马，说不定随时可以将我取而代之，甚至，只要她想，卡特现在的位置怕也是她囊中之物。我暗自庆幸，幸好她不会说中文，但是今天不会，不表示明天学不会。

"由她顶着完全不是问题，"我说，"当然，我会带着电脑，随时跟进。可以的话，我下午就想走。"

他终于挑起眉毛看了我一眼："有要紧事？"

有些事情看似重要，有些事情才是真的重要。

我郑重点头。

"不过行业竞赛的事可别搞砸了，布莱尔。名次一旦下滑，再追上来就难了。我还指望你呢。"他这应该叫奚落。

哪里是在鼓舞士气，分明是最后通牒，卡特的惯用手法。我自是知道他的如意算盘，业界前五十名的金字招牌能给洛克伍德这样的房地产公司带来不少新的客源。但是现在，这些全不在我的考虑范畴。于我而言，找到女儿才是第一要务。好吧，我是说，女儿们。

他翻开行事历："明天上午你还得陪我见黄先生。星期六可以准假，但你得保证尽快归位。"

"好吧。下星期三四我应该就回来了。"我想骂人，转身欲走。暴君之下，不知道自己能忍到什么时候。

"哎，布莱尔？"他叫住我，"你猜现在最惦记你的是谁？"

"你说什么？"我一个急转身。

"艾米丽。目前已经挤进了前六十。留神了你，小心又折在她手里。"

我赶紧扶着墙，稳住身体。论私心，我之所以对这次行业竞赛这么上心，就是想赢给艾米丽看看。怎么说她也是个名声在外的成功人士了，我怎么不知道她什么时候对这种排位赛萌生了这么大兴趣。第一是不是我不要紧，甚至前四十有没有我也不要紧。自有比我出色得多的同行，我心里很清楚，也很泰然……但是她不一样，艾米丽·兰格，笑脸是她，翻脸也是她。

当年我和布莱恩刚刚搬来纽约，艾米丽把我招至麾下，让我给她当助理。那段时间，她可谓倾囊相授。两个人一起，在这座比麦迪逊城大了不止二十倍的城市里，大展拳脚。两年之后，我以单身妈妈的身份打算另起炉灶，她曾是我啦啦队的领队："尽管放手一搏！把你的客户资源全带过去都没关系。事半功倍，不在话下。"

话虽这么说，可惜谁都没有想到行业的泡沫一戳就破。整个房地产市场一度濒临崩盘。我刚刚签下新办公室租约才两个星期，艾米丽反悔了。她不惜一纸诉状将我告上公堂，声称我违反了合同中的竞业限制条款，为了保住自己的饭碗，我不惜把刚刚起步的事业扼死于襁褓中。

多亏有她，我破产了，甚至差点一并失去两个女儿的抚养权。又花了好几年，我才重整旗鼓，重新出山。尽管卡特不是什么英雄人物，但他的确在关键时刻拉了我一把。既然艾米丽不肯接我的电话，那卡特就把我招进了洛克伍德。

"我希望你下星期一就能回来上班。"卡特说。

我想说点什么，转念一想，还是先什么也不说的好。区区麦基诺岛，不过四平方英里，有什么没什么，我了如指掌。如果克丽丝汀真的藏在岛上，想找到她想必不难。本来我就不打算在伤心之地久留，现在又有了卡特和艾米丽·兰格，理由够充分了。

"星期一就星期一。"

第二十二章
爱莉卡

好像全世界串通好了，我别无选择，一头栽进另一个世界，一个除了恐惧之外一无所有的不毛之地。星期六的夜色中，我站在圣伊尼亚斯某个指型船坞的尽头，面对冰封的海面，眺望对岸的孤岛，那个我曾称之为"家"的地方。星空闪烁，空气凝重，四下寂寂，只有心跳。趁着月色，我大约能辨出冰桥的位置，这条指向无人之岛的冰路两侧尽是去年圣诞节过后被弃之不顾的圣诞树。这种迎宾大道的景观设计即便对麦基诺而言也有点太矫揉造作了。

五年没回来过了。十年没在这种旅游淡季回来过了。麦基诺像个铁石心肠的冰美人，冬季尤甚。这位美人如今垂垂老矣，爱人已逝，却依旧孤僻地坚持着与世隔绝的生活，甚至凄风冷雨，雪窖冰天，拦起一道护城河，外面的人想进也进不来，里面的人更是甭想出去。很像我啊，不是我自嘲，安妮也会这么觉得吧。

我在这里长大，最讨厌春天。气温回暖，冰桥就不牢靠了。最早的摆渡船也要再等上几个星期，因为不论是凑热闹的观光客还是来消夏避暑的阔佬儿们都不会这么早登岛。所以那几个星期往往是我最难熬的时候，感觉整个人被困在了岛上，担心自己是不是患上了幽闭恐惧症。我母亲也有同感。

不知不觉我打了个冷战。偏偏大衣的拉锁这时候卡住了。忽然间，我仿佛又成了那个笨手笨脚的小姑娘。父亲一脸愠怒：你以为谁会一辈子给你拉拉锁吗？

"不！"我大声回应，猛力一提，自己拉上了外套。

这就是个巨大的错误，我使劲儿摇头，我就不该回来。

我十岁那年，举家从威斯康星州的密尔沃基迁居至此，住进了母亲娘家留在岛上的消夏别墅。我的父亲，这位时年四十五岁的货轮船长异想天开地认为，辞掉原本体体面面的工作，把一大家子人搬来这么个鸟不拉屎的破岛，然后自己去开摆渡船，才是为了家人打算。他厌倦了一出门就不知道什么时候才能回来的航海生活，觉得他的太太和两个女儿更需要他。

我早就知道一旦搬了家，就再也过不上原来的生活了。果然，妈妈，一位爱文学与音乐的风雅之人，始终无法适应岛上淡季里的萧瑟。某年春天四月里的一天，她消失在了岛北端比奥潘岬还要北的冰面上，六天之后，尸体才被捞上来。一时之间，流言蜚语，议论纷纷。可我知道，家里的储物柜空了，她不过是想穿过冰桥去对岸买点吃的。这么多年以来，我依旧觉得，她不是厌倦了人生，她只是厌倦了这里，想暂时离开片刻。

接连两年之内，我几乎失去了一切：朋友、妈妈、中产阶级的生活，以及天真无邪的时光。至于父亲，从一开始就是个有名无实的存在。在我最需要他的时候，他更是一走了之。当然，即使人没走，心也早不知道去了哪儿。想想看，一个睾酮分泌旺盛、情感简单但四肢发达的男人，一夕之间发现自己不得不独自应对两个孩子——一个刚刚蹒跚学步，另一个眼看着就是叛逆的青春期——更别提还要把她们拉扯大，即使他心里曾有过温柔，恐怕也追随着母亲而去了，取而代之的不外乎横眉怒目，疾言厉色。他理所当然地成了令我难堪的噩梦，一个大嗓门的丑八怪，一个每逢星期六必喝个烂醉的油腻男人，一个触怒了命运而因此被剥夺了笑容的可怜虫。

我把回忆用力咽进肚子，望向现实头顶中黑漆漆的天空。"求你了，睁开眼帮帮我。"如果我现在跪地求天，连我自己都觉得矫情。这七个多星期以来，我拒绝祷告，拒绝乞怜，拒绝再让自己听命于所谓的指引或安排。

右前方忽然一阵异动，害我吓了一跳。隔壁船坞中忽然冒出个人，向我招了招手："莉琦·弗兰策尔，是你吗？"

什么，莉琦·弗兰策尔？当然不是，你说的那个女孩早就不存在了。

"呃……是我，"这才反应过来不远处泊着的一辆雪地摩托应该就是我预约的摩的了，"不过我现在改名叫爱莉卡·布莱尔了。"

"好吧。总之你准备好了我们就出发。"

我提起唯一的行李袋——只带了一天的衣服——快步小跑到他所在的码头上。心里嘀咕，不知道他到了多久了，难不成自己刚刚狼狈的一幕也都被他瞧见了？跑到跟前，我才看清原来穿牛仔裤皮夹克的不是别人，是科尔蒂斯·彭菲尔德，我，以及麦基诺中学的每个女孩少女时代的梦中情人。花拳绣腿，没什么大出息，可惜了一副好皮相。

"没想到会是我吧，小莉？"

"好久不见，科尔蒂斯。你过得怎么样？"我从他手上接过头盔。

"还成吧。去年夏天的人可不少，来来回回忙死了。"他替我拿了行李，"你好久没回家了。"

我想纠正他，这里可不是我的家，从来不是。但是想想，也没必要跟他较劲。

"五年了。"我顺着他答道。

"是六年，"他反而要来纠正我，"上次你回来还是吉米·克里斯蒂安休假的时候。"

对哦，是六年了。上次回来的时候整个小镇都在举办夏日游行会，欢迎他们的战斗英雄荣归故里。"莫莉怎么样了？"我问，"我听人说了乔纳的事。"心里不无愧疚。

"她才要强呢，"他说着把我的行李提上了雪橇，"吉米想尽快从卡塔尔回来，不过部队里的那些当官的一点也不通情达理。哥哥出事对小莎莎打击最大，毕竟才七岁的孩子。不幸中的万幸，大家都很帮忙。"

"那就好。"这让我想起妈妈过世的那段时间，棺木旁每一天都会有人摆上开不败的鲜花，厨房里随时随地有热饭和甜汤，远近邻里，非亲非故，但是三不五时女人们就会上门来帮忙，打扫打扫屋子，或者帮忙带带小凯特。但是回过头来看看我都为她们做了什么？莫莉家出了那么大事，我竟然好像熟视无睹。

科尔蒂斯打着了引擎，雪橇载着我们驶离了港口。脚底下，湍急的水流上一层透明的薄冰，比蛋糕上的糖霜厚不了多少，我打了个哆嗦。

"抓紧，"他叫我抱住他的肩膀，"前面开始我们要跳起来了。"

我紧紧地环在他腰上，吓得乱叫。他才不管，把油门调节阀推到最大，盖住了我的声音。

所谓跳起来的准确意思是在这种冬末春初水面开化的季节蹚水滑行。基于雪地摩托的初始速度，老司机可以从容地从一块冰面跳到另一块上，而不掉进水里。对于这种几近自取灭亡的赌命行为，就我所知已经有至少三个州出台了相关法规，明文禁止一切有关人士一试身手。

科尔蒂斯还在加速，车头朝前，全力前进。车身一旦倾斜，哪怕一点，也会有连人带摩托一股脑翻进冰缝里的危险。我的头盔抵在他的皮夹克上，紧闭双眼，专注呼吸，心里只想着安妮和凯特，她们就在前面，在岛上等着我，也许还有克丽丝汀。

鲍尔探长的话在此刻想起来更像是一种挖苦：身份混淆的概率微乎其微……不是的可能性十有八九。

我鼻子一酸，眼前出现妈妈温柔的面庞。难道她也在等我吗，在世界的另一端？我看了看脚下的冰面，忽然有一种感觉，好像同时被过去与未来向两个方向拉扯，生与死在拔河，我在中间。

然而我竟不知道该判哪一方获胜。

终于，雪地摩托靠上了不列颠港。我解放了僵直的双手，也顺便解放了科尔蒂斯。他熄了火，摘下头盔，对尚未从紧张中回过神来的我来了句"好惊险，好刺激"！

"简直疯了！你怎么不早点告诉我已经开化了？！"我的手依旧抖得厉害，根本没法把头盔解下来。

他大笑着俯身帮我拽开了下巴上的绑带："岛上雪化得差不多了，猫咪跳不动，我们一会儿骑马去你妹妹家。"

猫就是摩托，摩托就是猫——北极猫，著名的雪地车以及全地形车制造商。印象中，念书的时候，每年从十一月到来年四月，麦基诺就一直是雪盖冰封的，每天上学那一路才叫艰辛。可四面看看，岛上几乎已经不见积雪。

他把我的包搭在自己肩上，从雪橇上一跃而下，纵身翻过倒在岸边的一截树干，身手像个十几岁的小伙子。"把手给我。"科尔蒂斯转过身向我伸出援手。

在他的帮助下，尽管脚下发软、膝盖打战，我也终于跨过倒木，真真切切地站在了麦基诺岛上。我深吸一口气，尽量让自己放轻松点，胸腔中一片清冽。

"几乎快忘了这味道了，石头的味道，空气的味道，还有水的味道。说不出来的味道。"

"我统称之为寂静的味道。"他说。

"恰如其分。"我说。

走了一段碎石路，才是沥青路面。背阴处，一驾四轮马车等在路边。

"简直不敢相信还有这种十九世纪的活法。"

"不用还车贷。"他笑着把我扶上马，一抖缰绳，马儿轻快地颠起脚步，车身随之有节奏地前后摆起来。"我猜你在外面的时候一定天天想着回来。"

"就好像你知道似的。"一个不小心，脑子里迸出一句父亲的话：别光顾着自己舔舐伤口，比你伤得还重的大有人在。要是耶稣愿意从十字架上爬下来，那截木头说不定还能派上点别的用场——权且视之为妈妈不在以后，他试图为家传格言剪贴簿做点贡献的一次尝试。记得那天晚上我们在看《戈壁妖姬：沙漠女王普里西拉的冒险之旅》，他不知从哪儿获得的灵感，金句迭出。"说的就是你，爱莉卡，"客厅里没开灯，但我依旧能看见他正对着我的手指，"别总以为自己才是最惨的那个。"

我和科尔蒂斯沿着羊肠小道一路南下，路上一直留意着密林深处的动静。脑袋里画了一万个问号：你说克丽丝汀会不会就藏在某棵树的背后，或者躲在戴文家的避暑别苑？你说安妮找到她了吗？安妮肯定不会相信我这么多年避犹不及，现在居然自己说来就来了。你说我还能不能等到安妮原谅我的那一天，等到她终于明白我其实是爱她的？

马车离镇子越来越近。远远望过去，两侧的街灯给小城蒙上了一层琥珀色的光影，如果换我是第一次造访的观光客，八成也会用上恬淡雅致以及田园诗画这样的形容词。我左边的山坡上，招牌式的黄色条纹雨搭和足足六十寸宽的门廊，富丽堂皇的老牌格兰德大酒店睥睨众生。再远一点，绝壁高处的几栋夏季别墅依稀可辨，端着一副寻常人高攀不起的架子。主路两边放眼望去，特产糖果店、自行车租赁点、高档餐厅、精选酒店可谓商铺林立，就是目前还没几家开门迎客的。路过本地廉价酒吧野马的店门口的时候，我听见里面正在放杜比兄弟的老歌。

"道格·凯斯照例每星期五、星期六会演两场。他还没走，对我们来说是好事。前几年有人请他灌唱片，不过他自己拒绝了。"科尔蒂斯咧着嘴笑着说。

"太可惜了。"我摇了摇头。

"一点也不，道格自己乐得在这儿逍遥自在。"

一幢小木屋映入眼帘，是我长大的地方，我的心跳得厉害。落地窗中漏出一些光线，大概父亲在家，不难想见他倒在椅子上伴着电视机打瞌睡的样子，手边一定还放着一杯啤酒。除了一门心思想当个孝子贤孙的凯特还肯陪着他，连希拉都走了，没人能受得了他的脾气，活该一个人。

我们接着又向前走了两个街区，科尔蒂斯紧了紧缰绳，让马儿慢下来。

"这次回来打算住多久？"

"明天下午就走。星期一还要回去上班。无意冒犯，不过我到时候应该会坐飞机回去。"

他扬了扬眉毛："跑这么远才住一个晚上？"

"问你件事。我女儿她，嗯，我是说这个。"我从外套口袋里找到克丽丝汀的身份证，清了清嗓子，递给他。

"你最近见过她吗？"

"没，"他摇了摇头，"上次见她是去年夏天，小莉。她的事，我们都感到很惋惜。"

他难道也觉得她死了……并且会觉得是我疯了。也难怪他会这么想，我又没告诉他那些电邮的事。我稳住自己。

"谢了，"我说，"事实上，我来还有一个原因是找另一个。"

"安妮？"

"是啊。"

"我今天上午刚刚把她送到圣伊尼亚斯，小莉，她下午的飞机。"

我心跳加速："没搞错吧你，你是说她回纽约了？"

他耸耸肩："我只知道她要去机场。"

羞愧和自责同时涌上来。安妮一定是知道我要来，可她到底不想见我："她妹妹呢？和她一起吗？"

"没啊，小莉，你怎么了？"他皱着眉头。

我揉了揉脑袋。也就是说，安妮回家了，而我来了这儿。那么克丽丝汀呢？

第二十三章
安妮

星期六下午，安妮坐在出租车后排正在读托马斯·巴雷特教授的回信：

> 奥莉芙和我都很期待你的到来。明天上午我们会在入关的地方等你。一路顺风。
>
> 托

以为别人会信？教授大人也许是真的期待，奥莉芙呢？安妮可不指望她期待什么。非但如此，可以说她已经为可以预见的棘手问题做了不少心理建设。安妮从莎琳·狄谢娜那儿打探过，小姑娘可是个刺儿头，在她之前，已经接连换了两任互裨会员，都是因为实在搞不定这个小丫头片子而不得不卷铺盖走人。

"奥莉芙·巴雷特是个，怎么说呢，比一般孩子需要多花点心思的小姑娘。"这是莎琳对此的解释，一年半之前没了妈妈，奥莉芙变得独来独往，十分不好相处。

中指的指甲油完全无法让安妮分心，奥莉芙听上去是个因为过度悲伤而变得充满敌意的小家伙，她也不知道该怎么办。

且慢……因为过度悲伤而充满敌意？听起来怎么有点像别人会拿来评价她的话？

✈

出租车把她放在了路边，安妮一个人进了门。家里安安静静，有点出乎意料，妈妈估计在公司加班。也好，安妮反正不想见她，也没打算告诉她自己要一个人出国，人生地不熟的，还有一个熊孩子等着她去照顾。熊孩子，唉，还有什么比这更糟心的吗？

她看了看时间。最多一小时，必须赶去机场。她径直走向里间，拉开书桌抽屉，妈妈收放她们护照的位置，屏息凝神，一通翻找，果然，如她所料，只有两本——小克丽丝的护照不在当中。

她拿上自己的，合上抽屉。不知道想到了什么，又拉开了。犹豫片刻，安妮把妈妈的一本也抽出来，塞进了自己包里。

这下可好，她就是日后真想求助，也没法一通电话就把妈妈呼到巴黎来了。把小克丽丝找回来，就靠她自己了。

✈

六点整，安妮准时登上了去往巴黎的飞机。她把自己靠在椅背上，耳机里播放着独立乐队贞洁带的专辑，她最喜欢的女性音乐人此刻声嘶力竭。整整一天，直到这时，终于能闭一会儿眼睛。

眼睛是闭上了，可心里却静不下来。她一遍一遍掏出手机，犹豫着是不是至少应该给妈妈打个电话说清楚。也许妈妈会说，没关系，她都懂，她知道安妮并不是故意赶走小克丽丝，她依旧爱安妮，她希望安妮搬回家住，她会在家等安妮。

深深吸气，慢慢呼气，不，小克丽丝不会赞成她这么做的。是小克丽丝，一直希望安妮能放开妈妈的手，也是她，希望安妮去巴黎，一个人去。

于是，安妮改为拨通了爸爸的号码。电话接通了，但是他那边太吵，几乎听不清他说了什么。

"我有点赶时间，一会儿约了教练，宝贝儿，不过咱们还来得及聊两句。"

还是这副德行，"赶时间""聊两句"，不过安妮也已经见怪不怪了。

"我就是打来道个别，可能要有一阵子见不到面了。"

"要搬回你妈那儿了？也好，不过为了自己，记得适当保持距离。你说的，你妈最近神经兮兮的。"

她爸爸、姨妈、外公，甚至是克丽丝汀，都在试图把她和妈妈分开。也许他们是对的，也许不是，她说不好答案是什么。不过，鉴于她马上就可以把这个距离扯出大西洋那么宽，她大概很快就能发现答案。

"事实上，爸爸，我是要去……"

"嘿，朱莉，我这就过来，"电话里他忽然朝什么人喊了一句，接着又对她压低了声音，"教练按小时计费，咱们另找时间回头再聊。"

看来她就是真的消失了也不会有人留意，这样想让安妮不无难过。

她挂了电话，打开脸书。朋友圈跳出一连串照片：先是凯丽，她在哥伦比亚大学读预科时的同学刚刚上传了一张和某个男生的自拍合影，背景是斯坦福大学的某场篮球比赛。另一个是文学社认识的女孩，正在艾德·希兰演唱会现场。一个个看上去都是那么开心，笑得没心没肺。整个世界看上去少她一个也完全不会有什么变化。她有点落寞地点开小克丽丝的主页。也许只有这个在旁人眼里早已不幸罹难的女孩，她至亲的妹妹，此刻还会记挂着她吧。

"已在途中，目标巴黎。"她在手机上敲下这几行字，"我是自己来的，知道你怀孕了，相信我，我绝对绝对对妈妈保密。我会暂住圣日耳曼街区，克丽丝汀，见字速复！"

机舱广播响起，空乘请机上乘客关闭所有电子设备。

她抓紧最后一点时间，分秒必争，在手机上最后敲下一行字，准备发给妈妈：

我一切都好，勿念。只求相信我这一回。已屏蔽你的来电，因为觉得为两个人好，我们还是应该分开一段时间。大概你也是这样想吧？

她随即按下"发送"键，然后把妈妈的号码拖入了限制来电名单，最后像是处理一件放射性危险品一样，把手机塞进了背包最里层。做完这一切，安妮重新倒在椅背上，有点得意扬扬，也有点战战兢兢。

第二十四章
爱莉卡

"什么叫'她走了'？！你怎么能让她走呢，小凯？"我站在妹妹逼仄的厨房里，连外套都来不及脱。

"我也很抱歉，她跑去咖啡店跟我说拜拜的时候，我也吓了一跳。她没给你打电话吗？"

她当然没打，我从包里翻出手机，"天哪！"哪知道还真有她的短信：

> 我一切都好，勿念。只求相信我这一回。已屏蔽你的来电，因为觉得为两个人好，我们还是应该分开一段时间。大概你也是这样想吧？

我靠在橱柜门上无力地扶着前额："我大老远地跑到这儿来，她居然不声不响自己回纽约了？"

凯特专注于倒水，眼皮都没抬一下："她应该在去巴黎的路上。"

"什么？什么！"我感到眼前一黑。

她把注满水的玻璃罐放在桌上："安妮申请了一份互祎会的工作。"

"不，怎么可能！她如果出国，一定会和我说。"

"先别急着发神经。冷静点好吗？让她去巴黎住几个月散散心不是挺好？"

"'住几个月'？！和谁？几个月？到了巴黎哪有人照顾她？"

"小莉，她都是成年人了，好吗？有什么大不了的？"凯特瞪了我一眼。

一想到安妮会一个人流落巴黎异乡街头我就不寒而栗。直到把她的短信又看了一遍，这才意识到重点：

"她说什么？她屏蔽了我？"接二连三的重磅炸弹令我感到窒息，"也就是说我单方面别想联系上她？！凯特！"

"冷静，要冷静。我会和她保持联系的。至于你，应该尊重她的决定。她需要时间。"

"不！太荒唐了，且不说有多危险。快点，凯特，就当是救命，现在就给她打电话，告诉她我在你家。让她必须接我的电话！"

"好了。我要是真站到你这边了，你猜会怎么样？到时候我这个姨妈一样也当不成，她连我都不会理。"

有了！我打了个响指："那我先去找韦斯·戴文。你快带我去！"

凯特咬咬嘴唇："韦斯上个星期就回康涅狄格了。"我正想追问，她堵住我："他是一个人走的。"

韦斯走了。安妮也走了。那克丽丝汀呢？我有种不祥的感觉，假使有万分之一可能克丽丝汀藏在麦基诺，安妮都绝不会只身离开的。

这里还真是鸟不拉屎，毛也没有。

我转了一圈，只能想出现在就打道回府这一个念头："我现在就回家拿护照，然后去……"

"想都别想！"凯特拉住我，"怎么就不能听你女儿一次？给她点时间好吗？又忘了她信里怎么说的了？让你好好反省一下过去，顺便搞清楚，什么对你来说才是真的重要的。这不正是你回来的原因吗，我说亲爱的？"

我甩开她："反省我自己难道就能把小克丽丝变回来吗？"

她点点头，好像一副什么都懂的样子。"我知道不能，"她伸手把我蓬在外面的一缕头发别到耳后，"但是能把你变回来。"

✈

凯特家的客房着实局促，我只能把身上的行李袋放在椅子上。椅子上铺着蓝色的天鹅绒，唯一的一扇窗上挂着殖民风格的白色百叶窗，然而这都还不是最绝的，祖母的古董梳妆台上六七种奇花异草同时舒枝展叶，恨不得把全天下的绿色都网罗到一处。我拽出手机，这次，直接打给了布莱恩。

"嘿，爱莉，有事吗？"

"首先，我们的女儿一个人飞去了巴黎。我今天刚到麦基诺，但是她人已经不在了。"

"真的，安妮去巴黎了？真棒！"

"'假棒'！还不够令人担心吗？而且她还不接我电话。要是她给你打电话，你能不能告诉我？"

"好的好的。真奇怪她刚才来电话居然没告诉我出国的事。"

他的话像一枚针扎在心上。我知道我不该这么小气，但我就是有种遭到背叛的感觉。我妒火中烧，布莱恩他凭什么？！暂且不论心在不在，至少这么多年了，他人从来不在。可安妮一直没停止爱他。

当然，布莱恩从来没做过失信于她妹妹的事。

✈

妹妹大步流星闯进来的时候，我刚挂了电话。她换了条破洞牛仔裤配休闲靴，上着一件松松垮垮的大衬衫，手腕上丁零当啷的，怎么看怎么像个学生，完全没有餐厅经理的模样。一头棕色长发又亮又直，和她本人简直绝配。

"杜松子兑汤力水，"她把手中的两个杯子分了一个给我，"干杯。"

我迟疑地看着玻璃杯中暧昧不明的混合液体。

"快喝掉。"她不依不饶。

我象征性地跟她碰碰杯子，抿了一小口，尽管据她说兑了汤力水，杜松子的味道依然很大。

"放轻松点。我已经把安妮在巴黎的联系方式转发给你了，"她竖起一根手指，"仅做应急使用。"

"谢了。"我以最快的速度抄起手机，还是被凯特一把夺下。

"说了仅做应急使用的。"她一屁股坐到床上，枕着床头板，嘬着杯中酒，"你猜怎么着？麦克斯邀请我四月底去基韦斯特转转。"

此处应有一声长叹：麦克斯·奥尔森，凯特的季节性男友，一朵过去两年开开败败阴魂不散的烂桃花，时年二十五周岁（小她九岁），居无定所，每年六月准时出现在麦基诺打理他的自行车租赁生意，然后九月一到，转身就走。尽管我从没见过本尊，不过从听来的各种事迹里也不难拼出个风流少年郎的形象——不用说，凯特最该敬而远之的类型。

"他租了个小别墅，离海边才几步路。"她丝毫没有察觉我的担忧，说话时简直两眼放光。如果我不是她姐，我恐怕还以为自己遇上个从不曾为情伤心、为爱流泪的天真少女。但是我是谁？我太了解她了。

凯特并不比我命好。妈妈和外婆相继去世后，她十五岁那年，希拉——她的继母——也离开了父亲。接着是她二十五岁那年，自己的婚姻破裂，又是一场心碎。她一直有个简单的小愿望：嫁个好男人，给他生孩子，好多孩子。看着她一步一步离梦想越来越远，对我来说，无异于另一场心碎。

"凡事多长点心。"我对她说，顺手打开了行李。

"一个好几年也没个约会的女人现在要来主持情感热线？"她故意做出打量我的样子，"说真的，你有多少年没谈过恋爱了？"

我从包里抽出一件银色的吊带衫："我的确最不招人待见。这你问布莱恩和安妮就行了。"

"别傻了，我的亲姐，爱情该来的时候总会来。"

"随便你怎么说。即使我想，也没空谈情说爱。何况我现在想都不想。"

"那是自然，你现在需要想的是究竟什么才是对你来说真的重要的事情，顺便，好好反省一下。"她唇边挂着淡淡的笑意。"我在想，你的反省之旅不如就从野马酒吧开始好了。"话音未落，她人已经先站了起来，"走吧，我请你吃汉堡、喝扎啤。"

"扎啤？认真的吗？我女儿都不见了，凯特。"

"我就当你是说安妮好了，不过她可不是不见了。一个成年女性即将在巴黎开始为期五个月的兼职工作。你愿意也好，不愿意也罢，想管也管不着。你呢，既来之，则安之。星期六晚上，不该和我一起去喝一杯、顺便会会老友吗？"

"老友？早都没联系了。"我把行李袋塞到床下。不用想都知道，见了面也无外乎说说"发生了那样的事谁不想的"之类的场面话。

"一起来嘛，听：啤酒和炸鸡在召唤！"

凯特从不辜负她乡下姑娘的身份，时而语出惊人，但总能把我逗乐。"可是都这么晚了……"

"才九点半好不好！走了走了，快点！"

我一向拿自己的妹妹毫无办法。也许是因为妈妈走得太早，在我心里，她始终还是当初那个兜着尿不湿、哭着找"妈妈"的小屁孩，永远令人心疼。也许是因为她表面上看上去是个天不怕地不怕的机车少女，而只有当姐姐的才知道她内心纤弱如天使，最善良的人才最软弱。不过不管是出于什么原因，凯特只要开口，我无不唯命是从。

当然叹气还是少不了的，我站起身："好了好了，你说去就去好了。"我刚要出门，凯特把我的马尾辫狠狠往上提了一把。

"你这发型是跟谁学来的？女法官鲁思·巴德·金斯伯格吗？"她笑着替我多解开一粒纽扣，"不用谢我，记住：发型的靓丽程度永远要与领口的高度成正比。"

"爸爸当初可真该花点钱送你去学学礼仪。"我摇头不止，又把扣子扣了回去。

凯特狂笑不止，让我不知所措。

凯特的前夫是芝加哥知名餐饮大亨罗伯·皮尔森，美洲豹、伍德蒙托等等好几家餐厅的幕后老板。婚后两年，罗伯忽然有一天说他想要个宝宝。凯特兴奋异常，当下就停了避孕药，还约好了妇科检查。

五天之后，她致电医院取消了预约。原来，她发现罗伯已经有了一个"宝宝"——斯蒂芬妮·布里格丝，店里芳龄二十的女酒保。不仅如此，六个月之后，斯蒂芬妮诞下一子，取名罗比——罗伯的小名。

凯特从不让伤口轻易示人，她与罗伯低调离婚，辞去了罗伯最引以为豪的伍德蒙托餐厅总经理一职，甚至在搬回麦基诺之前，还送了二人一个漂亮的儿童木马作为告别礼。尽管这些早都是八年前的旧账了，但我始终觉得妹妹情伤未愈，并不像她想表现出的那样无足轻重。

"为什么不管什么时候，你总能笑得出来？说给我听听，凯特，你的秘诀。"

她耸了耸肩。"这谁说得清呢？"但她还是咬着嘴唇，做出努力思考的样子，"也不是没有过很糟糕的时刻，但我始终坚信快乐就在不远处，只要我能挺过去。"她笑了，"你也是。别着急，慢慢来。有的时候，你自己甚至还没反应过来，支离破碎的生活就已经自动粘了回去。然后忽然有一天，你会发现自己在大笑，发自肺腑地大笑，不用虚情假意，也不用勉为其难。"
她又耸了耸肩膀，"当然，也许短时间内，你只想把自己累瘫，没力气再想
任何烦心事。"她端着酒杯在房间里踱着大步，忽然想到了什么，"如果是
这样的话，我们快走吧！有大扎啤酒，有大块炸鸡，还有，爸爸也在！"

我差点跌倒。爸爸？不，至少别挑今晚。一旦让他知道我已经被自己的
亲生女儿屏蔽在她的生活之外，我知道他一定会指着我的鼻子骂我：你看你
都干了什么好事？为什么她理都不想理你？

"今晚不行，凯特。我不想见他，尤其还当着那么多人的面。他恨死我
了。这你知道的，不是吗？他都不会正眼看我的。"

"他不是不想正眼看你，可他每次看你，你的眼睛里都是责难。"

我想起和安妮吵架叫她走人的那晚，安妮的眼神里也是责难。不行，现
在不是该讨论安妮的时候。

"我本该留在岛上帮他把你抚养长大，可他已经有了希拉。他对我说——
是的，凯特，不要怀疑你的耳朵，就他亲口说的——'趁早自己滚蛋，别等
着我把你踹出去。'"

"你把安妮赶走的时候，说的也是差不多同样的话吧？"

我鼻子一酸，拼命眨眼才不致流下泪来："我可不是你我父亲那样的人，
不是。"

我把脸扭向一边，紧咬着嘴唇，舌尖尝到一丝腥甜。憋回去，洪水岂能
漫过堤围。肩膀感受到凯特掌心的温度。我看着她，她的眼底满是温柔与爱怜。

"没关系的，"她轻声安慰，"小莉，哭出来没关系的。"

我把眼泪吞进肚子，摇了摇头："该死的……哭不解决任何问题。"

"换个角度想想，也许哭不需要解决任何问题，"她顿了顿，伸手关了
灯，"我们走吧？"

我立在突如其来的黑暗中，听见自己沉闷的心跳："你自己先走吧。或

者我一会儿再去。"

"你才不会一会儿再去呢，"走廊的一点余光隐约勾勒出她的轮廓，"你只会一个人溜走，小莉，"她的声音依旧轻柔，然而轻柔中有隐隐感伤，"我也快失去你了。"

门关了。我终于又变成了一个人。也好。已经是一个人，就不用再怕被别人伤心。我找到了凯特转发给我的安妮的联系方式：

托马斯·巴雷特
美国匹兹堡大学医学中心博士研究员
巴黎大学医学院生物化学专业客座教授

地址：朱西厄校区 4 号楼
邮编：75005
电邮：thomas.barrett@upmc.fr

末了还有一行小字——仅做应急使用——不用说，凯特加上去的。
鬼才当真。我掏出笔记本电脑放在床上，敲起了键盘：

尊敬的巴雷特博士：

　　我是安妮·布莱尔的妈妈。刚刚获悉她已只身前往巴黎。

手上迟疑了一下。你说他会不会觉得我就是一个完全不知道怎么跟自己女儿沟通的失职母亲？或者更惨，一个女儿都成年了还要阴魂不散、死不撒手的母亲？或者，再惨烈一点，二者皆然？

> 由于我二人目前母女关系紧张。待她安全抵达后，可否烦请您知会我本人？

此时此刻，她应该身在大西洋三万英尺上空吧？一想到她身边连个伴也没有，我就感到头晕目眩，胸闷气短。

> 不知您所住街区对年轻美国女孩而言是否安全？安妮是个心思敏感的姑娘，也许还会想家。还望关照。
> 您切莫见怪，请理解一位母亲对女儿的担忧。

我在信的末尾署上名字，然后按了"发送"。
接着，翻出"奇迹"最近发的一封电邮，单击"回复"：

> 我来麦基诺了，克丽丝汀，为你而来。但是你在哪儿呢？爱你，深深念你。回家吧，亲爱的，求你了。原谅我，是我错了，都是我的错。

第二十五章
安妮

星期日早上，戴高乐机场，安妮刚刚入关，正在试图从汪洋的人海中定位教授和他的女儿。她的眼睛飞速掠过面前的人流，目标应该是个身子骨弱不禁风、鼻梁上架着酒瓶底圆镜片、脖子上甚至打着领结的书呆子。

一个低沉而优雅的声音从她背后传来："安妮·布莱尔？"

她应声转身。四目相对，一个白 T 恤牛仔裤深色鬈发几乎可以说是相当性感的中年男人正在朝她微笑，至于身材，要什么有什么，说什么是什么，总之不是弱不禁风就对了。

"是……我……"安妮一时间唇焦口燥，亏得她还没忘了握手礼。

"欢迎来巴黎。在下托马斯·巴雷特。"

她点了点头，但是完全不知道自己为什么点头，只能感觉手指上他掌心残留的余温，只能看到一双焦糖色的眼眸在面前闪啊，闪啊……"这是奥莉芙。"眼前这个美好得令人词穷的男人轻轻把双唇印在了怀中女孩的前额上。

安妮俯身蹲下，面前，一个面色苍白、脸庞圆润、梳着波波头的小姑娘紧紧搂着爸爸的大腿躲在后面。

"嘿，奥莉芙。"

奥莉芙终于鼓起勇气瞄了她一眼，目光相撞的一刹那，安妮几近窒息。女孩的眼睛，被粉红色眼镜框中两片厚厚的镜片放大得异常分明，在她眼里，安妮望见了似曾相识的痛苦与迷茫，不由自主地伸手想拉拉她。奥莉芙飞快地缩到一旁，安妮也赶紧把手抽回来。

"我是安妮。今天起，我就是你的……"

"保姆。"奥莉芙替安妮说完了她想说的话。

安妮笑了："正是。奥莉芙，你真聪明。"

"哼，不然呢？"

"是的，当真聪明。"聪明，没错，难搞，也是真的。看来莎琳所言非虚。安妮站起身，边说："希望我们成为朋友。"

这最后一句奥莉芙没接，而是仰起脸看着她爸爸："你给我的照片上她可看起来漂亮多了。"

安妮还没来得及完全绽放的笑容凝固在了脸上。一个五岁小姑娘的坦率程度让她感到双颊发烫……更何况，整个过程全都发生在她帅爸的注视之下。

托马斯抚了抚奥莉芙的头发："要有礼貌，奥莉芙。我倒是觉得安妮本人比照片上还好看。"

"哪有，"安妮不知道自己是不是已经紧张到破音了，"还是奥莉芙说得对。"她转向女孩，"你看，照片是我一年前拍的。那个时候的我可比现在的气色好多了，对吗？"

"对。你涮了我们。"

"奥莉芙！"托马斯不免尴尬。

安妮盯着自己的脚不敢抬头，恨不得自己能遁地消失。她必须得想个办法，可不能眼看着让一个小丫头片子占尽先机。如果换成以前，妈妈还没有不愿意跟她说话的以前，她会怎么应对呢？安妮看着奥莉芙的脸，挤出一个生硬的微笑。

　　"你看，因为我特别特别期待成为你的保姆，所以我就找啊，找啊，终于让我找到一张拍得最好看的照片。对一些人来说，外在的美丽胜过一切。是不是有点难以想象？不过好在我们聪明的奥莉芙可不是这样的人。"

　　奥莉芙皱着眉头，一时不知道该怎么应付。轮到托马斯笑了："我跟你去取行李。"他紧跟在她身后，凑到她耳边悄悄地说，"真有你的。"

　　安妮注视着他一手扛起她的行李，有点恍惚。耳畔，他刚刚的鼻息令她心痒难当，差点失声尖叫："是的，我单身、未婚，只要你开口，我就点头，给小丫头当后妈我也完全不介意！"但是当她回过神，奥莉芙已经跟了上来。而他确实开口了——问奥莉芙要不要在离开机场前再去下洗手间，而已。

　　安妮坐在轿车前排副驾的位置上，窗外是沐浴在阳光下的巴黎，车内后排是奥莉芙，她的小眼睛紧紧盯着安妮的一举一动，方向盘前面是举手投足魅力非凡的父亲，收音机里是不具名的旋律。他用手指打着节拍，安妮用眼睛偷偷看他——肌肉线条健美的手臂上淡淡的棕色的汗毛，手上时髦的大表盘腕表，美国时装名牌 J.Crew 出品的麂皮男靴——去年圣诞节的时候她本来打算给布莱恩买一双，后来觉得自己老爹未必配得上这么潮的鞋子就作罢了。她扭头看看车窗玻璃，惊喜地发现连车窗玻璃都纤尘不染，也没有水雾。

　　整座城市几乎全然就是她梦想中的样子：古典主义风格的石砌建筑搭配芒萨尔式复折屋顶，还有熟铁锻造的屋檐脊饰。车驶至苏利桥上，桥下流水潺潺，蜿蜒而过。这是圣路易岛，那是西堤岛，塞纳河上两座闻名的天然陆岛，托马斯一一指与她看。接着，汽车开进左岸，沿着热闹的圣日耳曼大道一路向前。安妮不忍眨眼。克丽丝汀，你在吗，你在哪儿？街路两侧百货商店、咖啡厅和餐馆林立，千万人来了又走，熙攘络绎，也许妹妹正在其中。

希望在一瞬间点燃，又在下一瞬间熄灭，怎么才能在异国他乡的万千人海中找到你呢，克丽丝汀，偏偏你又不愿轻易被人找见，安妮陷入了绝望。

托马斯将车拐进雷恩巷，圣日耳曼街区一条漂亮的林荫大道。不多时，他们停在了一幢四层楼高的老式石灰岩公寓楼前，房子漂亮得像故事书中写的一般。

托马斯一边帮她把行李搬进大门，一边与她闲聊。而奥莉芙惜字如金，只有在被问到的时候，才不情愿地开口。托马斯掏钥匙开门的工夫，走廊对侧一个高高瘦瘦、皮肤白皙的男孩推门走了出来。

"大家好啊！"他揉乱奥莉芙的头发，朝安妮一笑，"这位一定就是安妮了。"

"早啊，罗里，"托马斯接过话向他介绍，"来认识一下我们的新房客，安妮·布莱尔。安妮，这位是罗里·塞力格，好友兼邻居，来法国读蓝带厨艺学校。"

"你好。"安妮和罗里握了握手。

"有兴趣的话，我可以带你四处转转，安妮。"罗里的口音暴露了他的德国血统，"我正准备出门，你要是愿意的话，我也可以等你一会儿。"

安妮求助式地望着托马斯，希望后者把她从眼前这根自来熟的瘦竹竿手里解救出来。没承想托马斯反而笑着说："去吧，没关系。"

"在此谢过。不过我还得收拾行李。"

"那就改天再约咯。"罗里毫不介意。

"没问题。"但是她可不是从三千多英里之外飞过来旅游观光的。她是来寻亲的，寻亲是不需要广交朋友的……寻亲需要的是专注。

"快进来！"看到奥莉芙小小的身子吃力地抵着门，安妮赶紧快步进了屋。

托马斯巴黎的公寓自然不如安妮她们纽约的房子大且气派，不过天花板挑高很高，再搭配上典型的欧式长窗，很容易给人空间开阔的感觉。她随托马斯穿过阳光充足的起居室和餐厅，木质地板散发着油亮的光泽，墙角装饰有宽厚的石膏线，接下来是一间精巧的盥洗室，铺着黑白两色瓷砖，再然后是一道长长的走廊，串联起三间卧室和另一间浴室。

"我的房间就在走廊尽头。"托马斯指了指右手第一扇紧闭的房门，然后又指着刚才那间光可鉴人的盥洗室说，"你和奥莉芙可以共用一个浴室。"末了，又补充道，"我希望你不会介意。"

"当然不会。"

"不许她用我的香波。"奥莉芙提醒爸爸。

"当然也不会，"安妮赶紧说，"我带了自己的，梅子和杏仁混合味的，你愿意的话，也可以试试。"

"你的头发闻上去臭臭的。"

"奥莉芙，越来越没规矩了！"

"天哪！"安妮佯装俯身仔细审度奥莉芙的鼻子，轻点她的鼻尖，"你可真是嗅觉过人！明天我们去挑点心的时候可就全靠你了！"

托马斯向安妮偷笑，借势走向正中的那间卧室："这里是奥莉芙做梦的地方。"

安妮也凑到门口，眼前一间浅粉色的闺房，挂着粉红色和黑色波点窗帘，床头柜上的相框中，一个小麦肤色的女人坐在柳条椅上，怀中抱着个蹒跚学步的孩童。这大概就是奥莉芙的生母了，安妮想。没等再向前一步，奥莉芙抢在她之先，双手握住门把手："不许你进来！"然后砰的一声摔上门，安妮感到迎面一阵疾风，吃了个闭门羹。

"奥莉芙！"托马斯提高了嗓门，一掌推开门，"小心点，你差点撞到安妮的脸！"

"那敢情好，奥莉芙，"安妮主动解围，"那我们还是去我的房间一起玩吧，你来带路？"

小奥莉芙双手插在胸前："不是你的房间，你不是这个家里的！"

"够了，奥莉芙。"托马斯掷地有声，径自把安妮带到最后一扇门前，房间是黄色的，一张双人床上叠放着几个软绵绵的枕头，有蓝色的，也有白色的，羽绒被是白色的，两扇白色的法式双开玻璃门通往阳台。

"太漂亮了！"安妮走向古董梳妆台，桌上瓶中花朝她绽放笑靥。"向阳花——我的最爱。"她用指尖轻轻触碰金黄色的花叶，转身告诉奥莉芙："我妹妹最喜欢兰花，不过兰花经常靠不住，还是向阳花忠诚可靠，不是吗？"

"你可真是个怪咖。"奥莉芙眯着眼睛。

这次，没等托马斯厉声制止，安妮率先大笑起来，托马斯也跟着笑起来。奥莉芙小眼睛滴溜溜地看了看安妮，又看了看爸爸。安妮确信，小家伙的眼里分明也有笑意。

第二十六章
爱莉卡

一夜难眠，辗转反侧。星期日一大早，我的第一件事就是找手机。昨天给"奇迹"的电邮，一个晚上过去了，居然还没有回音。我照例拨通克丽丝汀的电话，等着来电被转入语音留言箱——"嘿，我是克丽丝汀，现在不方便接听您的电话，给我留言吧"——是的，在过去的一百九十天里，我的每一个早上都是这么过的，就为了再听听她的声音。

"语音留言信箱已满。"系统提示音。

"早安，甜心，"我尽量压低音量，生怕凯特听见，"我今晚就回家，你也回来吧。求你，回来。"

我没心思换衣服，拖着睡袍找到厨房。洗碗池旁边，凯特棕色的咖啡杯上印着一圈显眼的红字：快醒醒，该做梦了！我很乐意知道，到头来，凯特一族的梦想家是会赢得生活，还是会屈从于生活这个浑蛋。

砧板上有一张字条：

　　瑜伽去，之后早班，然后就回来。厨房里有咖啡和肉桂卷可随意享用，当然，要是你肯来咖啡馆，还有更多好吃的。爱你。

PS：如果外出，不要锁门。

PSS：考虑一下：多住几天？

我读罢就放下了字条。多住几天？怎么可能，凯特，孩子们又不在这儿。

橱柜上，铝箔纸托着几枚肉桂卷。自从凯特成了奔腾时代的餐厅经理，他们的招牌肉桂卷也就跟着成了家里早餐桌上的常客。不过我确实有好几年没吃过了。我把鼻子凑到跟前，浓郁的肉桂辛香混合黄油的味道让人差点流出口水，我吓得弹开老远，给自己倒了一杯不加糖的咖啡。

窗外，眼看着残雪消融。铁灰色的天空裂开一隙，阳光破窗而入。我想起妈妈的话："没有什么比阳光钻进窗子更令人期待的了。"

我尝了口杯中的咖啡。一只小松鼠在树枝上荡来荡去，像个杂技高手，显然是觊觎凯特投在喂鸟器里的食物。我笑了，岛上叽叽喳喳的小鸟一直颇得妈妈喜爱。

记忆像水底的卵石，说不上什么时候就会浮出水面：密尔沃基的某年冬天，凯特还是个婴儿，裹在襁褓中啼哭。连我都知道她是饿了，可是不论怎么提醒，妈妈似乎充耳不闻。

"母亲有义务喂饱孩子。"她一遍一遍地重复着这句话，却对凯特的需求不理不问，相反，不知道是想到了什么，只穿了浴袍和拖鞋就提着鸟食跑了出去，眼神里说不清的东西令我打了个冷战。我趴在窗上看着她，看她把鸟食倒进喂食器，倒了很多，满得溢出来。

好久，她才罢手回家。此时的小凯特已经由小声的哭闹升级为尖厉的哭号。我赶快温好奶瓶递给她，可她没接，而是回房把自己锁在了里面。

我离开窗口，感觉内心有一块明明属于母亲的位置忽然悬空了。为什么今天偏偏会想起这件事，好像之前从没留意过。印象中，她贯是个爱笑的人，不知道为什么那天那么反常。我一直觉得是搬到这个破岛彻底改变了她。可是不对啊，彼时我们明明还住在密尔沃基。

我站在厨房岛台前，面前是手提电脑，旁边是咖啡，以及半个肉桂卷。不禁联想起克丽丝汀那天早上，好像真的有点像她……

我如芒在背。手机呢？我拼命在收件箱中翻来翻去，幸好，有新消息提醒，在这种关节上，哪怕发件人是卡特也是好的，只求能有点让我分心的事。

> 你目前排位四十七。小道消息，艾米丽·兰格搞到了中城东区列克星敦大街新楼盘锦绣华府的独家代理权，十六套物业。你得赶紧出手了，爱莉卡，不然连剩饭都没得吃。

我当然知道"独家"的意思，艾米丽现在可是手握整整十六套高端物业。我粗略算了一下，不用说，她能赚到的佣金铁定超过我了。拿什么跟独家代理人一较高下呢？

卡特还想让我怎么办？我又不能去挖人家……话说挖艾米丽的墙脚也没什么不可以，毕竟当年是她先抢了我的客户，你不仁，也就休怪我不义了。

我转手把电邮抄给了薄荷糖"欧托兹"小姐，让她先摸清楚对方情况。

收件箱里还有一封来自 thomas.barrett@upmc.fr 的电邮，收件时间显示两小时前。算上六小时的时差，现在应该是巴黎时间下午三点左右：

> 亲爱的爱莉卡：
> 　　请放心，你的宝贝女儿已于今天早些时候平安抵达巴黎。

"谢天谢地！"我长舒一口气。

　　不得不说，你真是教女有方，她在对付小孩子方面还真有一手。

我笑着揉揉脖子，继续往下看：

　　和许多大城市一样，在巴黎，各种罪案也难免时有发生。所幸我们所住的街区位于第六郡，治安稳定，附近就有咖啡馆、书店、奥莉芙的学校，以及塞纳河，也都是步行可达。看得出来，安妮在生活上很自立，也颇有胆识。虽说今天才到，她还是决定利用余下的半天休息时间，在附近好好转转。说话的工夫，她已经一个人出门了。

说的是我的安妮吗？那个挑大学的时候，车程离家超过两小时之外的一律拒绝考虑，甚至想都没想就放弃了短期海外游学的安妮？什么时候变成了现在这样？

　　听安妮说，你可是曼哈顿名气响当当的地产经纪人。话里话外，不难看出她对自己母亲可真是由衷感到自豪。这可真是要祝贺你了。之所以聊这么多，是因为我能在你之前的来信中察觉到你们母女二人之间最近似乎略有嫌隙。其实，有时候，小奥莉芙也会让我有同样头疼的感觉，哪怕她现在只有五周岁。拜托你会告诉我，等她再长大点就好了。

我笑着又咬下一大口肉桂卷。信中的这位父亲与我颇有点同病相怜，一个人抚养孤女，那感觉一定茫然而无助。

　　从我们八月来到巴黎算起，奥莉芙已经接连换了两任保姆。大家都说事不过三，我们也真心希望如此。其实，奥莉芙以前也是个快乐而贴心的小棉袄。但愿有一天，我还能找回她原来的样子。虽然我知道自己应该对她严厉些，可是一想到小小年纪的她已经经历了那么多不该承受的伤心和痛苦，实在是没法硬下心肠严加管教。

那么奥莉芙经历了什么？失恃？手足离世？还是父母亲离异？

抱歉，一下子絮絮叨叨说了这么多自己的事。大概你早就看烦了，想给我推荐心理医生也说不定。或者更糟——想法怎么把安妮赶紧劝回国。

我不禁笑出声来，想不到还是个颇有点幽默细胞的美国教授。

说到底一句话，同是单亲家长，我很理解你对安妮的担忧。我也保证会尽我所能，做好你们二人之间的"传声筒"。大可放心，她在法国期间，对她，我一定会像照顾自己的孩子一样。

春安！

托

电话：+18885552323

我又读了一遍，这一次，心平气和，背也不痛了。
亲爱的托马斯，我试图换一种同样轻松点的语气回复他：

谢谢你这么快就回信，真让我松了口气。如果不见怪的话，别告诉安妮我联系过你，好吗？正如你猜到的，我俩最近的关系有点紧张。为母方知父母心，我现在还不敢指望她能理解我的担忧。

抱歉，看起来一说起自家烦恼，我比你还要话痨。确实没料到，对一个屏幕另一端从没见过面的陌生人，自己居然可以如此坦诚。

最后还是要再谢谢你。知道安妮身在国外也能得人照拂，实在让我安心多了。

祝好！

爱莉卡

一个钟头之后，我裹着浴巾站在凯特的浴室里拨通了麦基诺岛的机场电话，所谓"机场"其实不过只有一条跑道而已。

"你说什么？机场关闭了？！"我攥着手机，尽量让自己听上去没有那么盛气凌人。对方一定会觉得又遇上了一个不接地气的纽约客。当然，我是纽约客，不仅如假包换，还颇引以为豪。

"抱歉，布莱尔女士。跑道正在整修，一两个星期内就能恢复通航。"

我揪着眉心差点吼出来："可我今天下午就得回内陆去！"

"这样的话，建议您预约雪地摩托服务。"

意思是我还得再冒一次风险？一想到水桥上的浮冰和裂缝，我禁不住打了个哆嗦。

第二十七章

爱莉卡

我抽出墨镜戴在脸上，不想让人看见没化妆，然后披上大衣出了门。防风门砰地关在身后，暖风迎面袭来。这是怎么了？才三月过半，可这外面的气温少说也有十几度了！

我只好敞着大衣迎风而行，快步走向南边的潘菲尔德码头。衣角在身后招摇得好似燕尾礼服。面前不远，一个女人推着轮椅正在散步。她转身的刹那，我差点不能呼吸——是莫莉·克里斯蒂安，我儿时的好友。我顿觉羞愧难当，她在克丽丝汀出事后给我打过电话，但我一律没接。至于她差人送来的鲜花和卡片，我也只是例行公事以一张感谢回执一一打发了，现在想想真是失礼。当她的爱子出事时，我怎么就没有多打一个电话、多问候关怀一下呢？

我的心越跳越快，只敢躲在树后悄悄观望，看着乔纳，她的儿子，操控轮椅上了人行道。感谢上帝，这孩子至少还有手和胳膊是能动的。我继续看着他将轮椅移到了一户门前，苏珊曾经在那幢蓝色的小楼里住了多年，前廊的台阶现在已经换成了木质的坡道。

我并不赶时间，大可以跑上前去，给她一个大大的拥抱。

可我只是在原地踌躇，一直等他们进了门，才从树后走出来，然后接着沿着人行道朝潘菲尔德码头飞奔而去。

✈

我敲门进去的时候，头戴斯巴达球帽的科尔蒂斯正坐在桌子后面，身上的旧 T 恤已经洗得褪了色。他刚刚失手打翻了咖啡，桌上的体坛快报无一幸免。他骂骂咧咧地被我逮个正着，脸一下烧起来。

"是你，"他一骨碌从椅子上跳起来，趿拉着拖鞋从另一侧过来跟我打招呼，"莉琦·弗兰策尔！快请进！"

我不叫莉琦·弗兰策尔！

我理理头发，正了正墨镜："你好，科尔蒂斯。我今天务必要回去。机场关了，说是正在维修。你能载我过河吗？"

"我觉得应该问题不大，"他搓着下巴，一副很严肃的样子，"去年春天，安迪·科塔巴最厉害的一次骑车跳了有游泳池长边那么远的距离。看今早冰面开化的情势，我觉得我们说不定能破了他的纪录。我看至少有五成把握！"

我吓得缩了回来。"五成把握能成功跳到对岸去？疯了吗？"我伸手去掏钱包，"我知道你另有一艘渔船，我想你肯定有办法把我摆到对岸去。说吧，开个价，多少都没问题。"

他插着手，眼看我要掏出支票，终于忍不住伸手按住了我：

"把你的钱收好，小莉。浮冰化干净之前，什么船也不能出港。你不记得《泰坦尼克号》的电影是怎么演的了吗？"

✈

我又急匆匆地往回走。这怎么行！我必须回家。克丽丝汀人不知道在哪儿，安妮又不肯理我。我渐感呼吸急促，花了这么多年才自愈的恐慌一时之间杀了个回马枪，迅速占据了胸腔，扼住了咽喉。"爱莉卡，快住手，够了！"我恍惚中听见父亲的呵责。

我尽量保持呼吸，每数四下，吸气，再四下，呼气，像哈姆里柯太太以前教我的那样。她是岛上图书馆的管理员，三十年前的一个下午，我差点憋死在书架后面，幸好是她找到了我。"没事了，没事了……"她用手摩擦我的后背，轻声轻语对我说。但是我并非就此没事，现在依然。无处可逃，无路升天，困在这个岛上真的能把人逼疯。看我妈妈就知道了。

我拨响了凯特的电话，我最后的救命稻草。

"凯特，我必须走！你必须帮我！"我把机场跑道维修和冰桥开化的事情一股脑全都倒给了她。

"稍等别挂，"餐馆背景音一片嘈杂，"待我找个消停点的地方。"安妮大概是钻进了办公室，听筒中的噪声终于平息了，凯特的声音也清晰起来，"别着急，慢点说，"她说，"不要紧。既然这样，不如好好利用这几天，遵照信件的指示，反省反省？"

我的心如坠深渊："你是说……是你吗，凯特？！那些电邮都是你发的？！"

"当然不是我。"

我恨不能把眉心拧到一起："为什么会有人想让我想起那些令人伤心的过去？这对我难道不残忍吗？"我的确心口不一，因为，不论是克丽丝汀还是安妮，我知道这么做都是出于爱我。

"有没有这种可能，老姐，你所谓伤心的过去只是你的错觉罢了？"

"别说了，我不想听。"

"不，小莉。我不能眼看着你自己在一条歪路上越走越远。"她顿了一下，声音又温柔下来，"什么时候，你才能睁开眼睛好好看清楚究竟发生了什么？我不是单指克丽丝汀的事，还有妈妈。小莉，爸爸对妈妈爱莫能助，就像你对克丽丝汀一样。除非有一天，你能走出来，放下了，原谅爸爸，否则你也永远无法跟自己和解。"

如果不该把妈妈的死怪在爸爸身上，那么还应该怪谁呢？我感到周遭的世界失去了颜色。

"我很清楚究竟发生了什么，小凯。不管别人怎么说，我坚决不许这个破地方扼杀了我的回忆。"

"那么你就能允许回忆扼杀掉你现在的生活吗？"

我紧闭双眼。

"小莉，"凯特的声音依旧温柔，"你是聪明人。人只有和过去和解，才能有未来可言。"

第二十八章
爱莉卡

柏油路到了麦基诺岛的西岸就变成了没有人行道的环湖土路，但我选择继续前进。让我暂且把凯特的忠告放在一边，好好打算一下女儿们的事：如果诚如安妮所料，克丽丝汀还活着，那我就必须找到她。现在看来，可能性最大的是她人还在纽约，也就是说，我必须得立即回家。

再往前不远就是父亲家了。我像《杀死一只知更鸟》中被迫路过布·拉德力门口的小斯考特，感到浑身不自在，不自觉地慢下脚步，难以想象一家四口曾经朝夕相伴，生活在这幢白色护墙板围成的小而又小的房子里。真该好好修葺个屋顶了，还有百叶窗，隔这么远我都能看见那条一半已经裁下来、只剩另一半还勉强吊在铰链上的窗叶。

他看见站在路中央的我了吗？他会邀我进屋吗，花一杯咖啡的工夫关心一下我在纽约的日子？算了，连我自己都觉得可笑。不是早在多年以前就死心了吗？

我信步向前，不知不觉走到了门口，一个我曾称之为家的地方。回忆抡起胳膊捶在胸口，外祖母露易丝用皱巴巴的两只手捧着我的脸说："小爱莉，总有一天你会离开这里，离开家。但是记得：一个人只有把家装进心里，才能在别处找到归属。"

　　也许多半是想找回多年以前忘记装进心里的东西，我居然顺着台阶走上了门廊。

✈

　　我按响了门铃，心中五味杂陈，终于鼓足勇气拉开纱门，拧开了门把手。

　　"在吗，爸爸？"我一边轻喊，一边进了屋，厚重而熟悉的陈年烟草味道盘桓在整栋房子中，空气近乎凝滞，熟悉而又恼人。狭促而昏暗的客厅里，他的棕色靠椅果然就摆在电视机正前方，烟斗和遥控器躺在椅子扶手旁边的小桌上。

　　"爸？"我又喊了一声，心里觉得他应该是不在。

　　电视机上方摆着一张老照片，安妮和克丽丝汀，摄于我们十六年前麦迪逊的小房子。我走上前，关于美好往昔的一段段回忆接踵而来：

　　那是一个星期六，我预约了摄影师上门。用毕午膳，布莱恩放下刀叉上楼洗澡换衣服，克丽丝汀和安妮留下来帮我收拾，两个人四只小手捧着汤碗从餐桌端进厨房。

　　"一会儿我们都去换上最漂亮的衣服，"我告诉两个三岁的女儿，"拍好照片，我们就去布莱尔外公和外婆家玩。晚上去伦巴蒂诺吃饭。"

　　"我们可以穿礼服了吗？"克丽丝汀边问边把手中的碗递给我。

　　"没错。"我说，"伦巴蒂诺可是个特别的地方。"

　　"哇哦！"安妮大为兴奋，手中的碗也跟着在空中画了个感叹号，落在地上摔得四分五裂，细碎的玻璃碴儿蹦得到处都是。

　　"谁也不要动！"我一手一个，把她们抱出了厨房，放在第一个台阶上，"不如接下来，我们分工合作：我去收拾厨房，你们两个上楼打扮？"

她们蹦蹦跳跳地上了楼。"快点，安妮！"克丽丝汀冲在前面，"我们来扮靓靓！"

我把地上的玻璃残骸扫在一起，倒进垃圾桶。厨房正上方就是两个孩子的房间，她们的笑声和尖叫让我也跟着感到快乐。

布莱恩换了一件浆过的衬衫，带着木质调古龙水的味道飘进厨房。"我老公可真帅！"

他绕到我身后，趁我伸手向碗橱中摆玻璃杯的工夫轻吻我的脖子和后背。我感受到生活的欣然，或者说，不只是欣然，是那种求而不常有、可望而不可即的纯粹的幸福。我感到自己异常幸运——我所拥有的生活全然是我所梦想的模样，一家四口，健健康康，快快乐乐。再无他求，再无，他求。

我沉浸于那种纯然的幸福感，大约过了一刻钟还是多久，头顶上响起一串噔噔噔噔的小脚步声。"闭上眼睛，不许睁开！"克丽丝汀人还没下楼，声音已经先到了。

我牵着布莱恩回到客厅，遮起眼睛，等着她们闪亮登场。

"好啦，现在可以睁开啦！"安妮的声音。

睁开眼，我看见我的两个小公主手牵着手一步一步走下台阶，还真是颇有点皇家气质。

"噢，宝贝儿！"我捧着胸口，近乎哽咽。

她们换上了迪士尼公主的行头，粉色的安妮和紫色的克丽丝汀，缎面拖鞋和薄纱裙，一步三摇。每个人头上还搭配了一顶同色系的尖帽，帽尖上装饰着羽毛和丝带。

"好看吧？"听上去克丽丝汀可不像是在征询我们的意见，更像是陈述。不过安妮没有她妹妹那么底气十足，看看我，又看看布莱尔，满眼期待。

"好看！"我的心都要化了，"从头发梢到脚指尖，美得像花一样。"

克丽丝汀笑了。

"今天可是我们自己扮靓靓的。"安妮骄傲地说。

布莱恩也笑了："不过一会儿照相可不能穿这么傻。让妈妈帮你们换一身正常点的衣服。"

我看着她们的笑容一点一点消失，我发誓我知道她们是怎么想的：爸爸不赞同。她们努力了这么久，却得不到爸爸的赞许，因为她们依旧不够好。我太了解这种感觉了。

"不，"这一次我没有遵循父母一致的教子原则，而是肯定地对两个女儿说，"就穿这件吧，你们看上去漂亮极了。"

那天接下来的时间里，布莱恩一直显得有点气哼哼的。这我理解，真的。当然，摄影师也对我让两个孩子穿公主裙入相表示极为不解。但是时至今日，那张全家福依旧是我最喜欢的一张。

我嘴唇颤抖，想笑，却笑不出。许久以来，我给父亲寄过好多张合影，而这是唯一一张他装进相框摆出来的。也许，因为，和我一样，这也是他最喜欢的一张。又或者，因为这张照片中总算没有我。

我把照片放回原处。门口依旧挂着木十字架，旁边是外祖母露易丝的刺绣作品：即使有天你会离家高飞，也会被家人常挂心头。

房间的另一侧墙上一张颜色明丽的挂画吸引了我的注意，和另一面墙上晦暗而褪了色的那些大为不同。我走近些，是一张丙烯画，一只昂首开屏的孔雀。我心跳得不能自已，手指轻轻摩挲画框下缘角落里自己十岁那年的署名，感到喉咙一阵发紧。

书架上还有一张。高三默哈菲先生美术进修班课上，我画的一只憨态可掬的小象。我双眼湿润，不敢相信父亲竟然一直留着这些少年时期的拙作，甚至还镶框挂了出来。

开门的声音将我从回忆扯进现实。我转过身，不期与父亲四目相对。红通通的酒糟鼻，必是每星期六开怀纵饮的铁证，"阿诺德船运"鸭舌帽不小心泄露了藏在下面的白发，印象中矫健而挺拔的父亲，终究敌不过时间，背渐渐驼了。毕竟已经是七十八岁的老人，有点变化不足为奇。可怕的是气场还在，从他一进门，整个房间瞬间充满了压力。

"你怎么进来的？"他的疑问勉强牵动起半个嘴角。

"我……我正好在附近。我觉得，应该来看看你，可……可是你碰巧没在。"

"我听说你问潘菲尔德最近见没见过克丽丝汀？加油，别放弃，大家很快就都会知道你疯了。"

我下意识地辩解："我……我收到了一些电邮。用的都是妈妈以前说过的话，还有外婆的。这也是我为什么回来。我想我是得反省一下，兴许有机会……"

"反省？"父亲打断我，"所以你就跑到这儿瞎胡闹，口口声声要找一个已经不在人世的人？"

他毫不留情，把一柄利斧挥向我心口。

"我以为她是在故意暗示我回来。"

他哼了一声，一种表示对我不以为然的惯用方式："如果克丽丝汀到岛上来过，我不可能不知道。她没在岛上，她在火车上，就是脱轨的那趟火车上。"

我飞速眨眼。憋回去，洪水岂能漫过堤围！"当然也有可能信是别人写的。我承认，可能性微乎其微，但我必须调查清楚才行。"

"要么快点醒醒，要么回你的童话世界去，听见了吗？你总是这样，问题就出在这儿。你只是失去了一个女儿，不是两个，你那另一个还好好活在世上的女儿才是此刻最需要你的。"

我感到指甲嵌进了肉里，紧紧地攥着拳头："我得走了。"

"能不能认真回答我一个问题？"父亲并不打算就此罢手，"你到底在找什么？"

我没有料到他会有这一句。我又变回了当年那个不知道如何作答的小女孩，胃里隐隐作痛。幸好，我想起墙上的画，想借此换个话题：

"我……我没想到你都挂起来了。"

"不是我，是你妹妹挂的。"

我转身夺门而出，不想被他看出我的伤心。

身后，门嘭一声关上了，像是给父亲的最后一句话补全了标点。同父亲的第一次交锋，我已然溃不成军。我决定在回去之前再一个人多走走，试图甩掉刚刚的挫败感和羞耻感。

三十分钟后，我发现自己站在了斯科特岩洞大道的十字路口，唇干舌燥，汗流浃背。根据木头做的指路牌的提示，"前方一英里：奥潘岬"。我心如刀绞，应该就此转身回头，心知肚明再往前走意味着什么。但是作为一个受虐狂，我选择了继续。

又走了二十来分钟，我终于徒步走到麦基诺岛的最北端点，奥潘岬。也许这就是我一直以来寻找的目的地。

周围一片安静，空无一人，我走下路基，钻进树林，找到一条泥泞的小道。"快停下，别再往前走了。"不，我得继续，穿过荆棘丛生的灌木，来到一小块稍显平整的阔地。从这里向下，就是将化未化的水面了，我母亲生前最后达到的地方。

"先反省，再出发，永远做最聪明的探险家。"然而为什么越深究越觉得奇怪？我闭上双眼，再度陷入回忆的洪波：放学回家，发现除了婴儿床里哭到断气的凯特，家里空无一人。待到父亲拖着登山靴踏上台阶回到家的时候，天已经快黑透了。我记得他惶恐的眼神，记得他疯狂地到处乱翻，像是一场下了过高赌注的捉迷藏，记得邻居和朋友几乎全员出动，将搜寻的范围扩大到整个麦基诺。麦克尼斯太太告诉报社的人，她看见泰丝·弗兰策尔好像往奥潘岬去了。然后就没有了然后，生活陷入虚无，日复一日的虚无。

我尝试着将一只脚伸向河面，感受到脚下冰面坚实的回应。也许是谷湾中背阴的关系。接着，我尝试把整个身体的重量放上去，鞋底边缘渗出了一点水印。

妈妈那天第一脚踏上冰面的时候是不是也有一样的惶恐，担心冰面不够结实？还是说她根本没在意这么多，乐观地轻视了过河的风险？一直以来，我始终没有答案的问题，是这一切究竟发生在什么时候。是不是她想赶在我放学前到家，所以当天一大早，我前脚刚出门上学，她后脚就出发来到这儿了？她也许想过，去内陆买东西会花上一点时间，而晚餐除了炸鸡和土豆泥，她也会坐下来给我们讲一讲今天的远行见闻。

"为什么？"我对天大声质问，"为什么你要带走妈妈？带走克丽丝汀？而不是我？"

身后，树枝咔嚓一声断裂的声响。我一个激灵，转身去寻，只看见一个人影一闪而过。

"谁？"

周围又回归安静。不管是谁，应该已经跑远了。

我深深吸气，呼气，再次转身面对半冻的水面。又向前踏出几步，又几步，冰面看起来依旧结实。

她是一跌进水中就很快死了吗？冷冽的湖水灌入肺腔？还是在冰面下挣扎了好久，敲打，撕扯，却始终找不到出路？

我抱住自己的肚子，感受到与发现她的那天一样的痛楚，尖锐而剧烈。整整六天，她的尸体漂浮在离岸四分之一英里远的冰水之间。我知道，痛楚源自我心上的一个窟窿，一个谁也无法填补的伤口。

　　我蹲在地上，双手抱膝，几乎快哭出来："我爱你，真的好爱你，妈妈。是爸爸不该把你带到这儿来。"

　　我强迫自己站起来，抬起头，望向天空，用尽力气：

　　"凭什么把她从我身边夺走？我需要她。而你呢，我爱的每一个人你都要抢走吗？"

　　空中，云卷云舒，令人眩晕。心中，最秘不可示人的角落，我不禁自问：

　　此刻，我诅咒的究竟是天上的天父，还是地上的父亲？

第二十九章
安妮

星期一早上，安妮睁开眼，发现厚厚的镜片后面一双棕色的眼睛一闪一闪地盯着她。她吃了一惊，一屁股坐了起来："奥莉芙，你这是干吗？"

奥莉芙把她的羽绒被掀到一边："我爸要去上班。你最好抬上你的屁股快点起来。"

"最好什么？"

"抬上你的屁股！意思是你最好快点！"

安妮定了定神，却感到头晕无力。她从床边桌上拿起手机，九点了？不可能！但是从阳台玻璃门外透进来的阳光看，确实已经时候不早了。显然自己的身体还赖在凌晨三点的东部时区。

"天哪！真他……"安妮意识到在奥莉芙面前不宜乱爆粗口，连忙把后面半句捂住了。偷偷瞄瞄奥莉芙，确定没被她逮住，这才放下手，生硬地切换了话题："妈……马上来杯咖啡——对，应该马上来杯咖啡，我起床后一般都这么干。"然后爬出被窝，把昨晚搭在床栏上的睡袍拽过来，套在了身上。

"爸爸早该走了。你可真能睡。"安妮被奥莉芙拽着胳膊穿过走廊。

客厅里，托马斯握着手机站在窗前，上身运动夹克，下身依旧牛仔裤打扮，和昨天一样帅得有点过分。安妮畏畏缩缩不敢上前，托马斯的皮包就挂在他身旁的椅子上，太难为情了，他一定等她很久了。托马斯看见安妮，露出一个微笑，把手机送进衣兜。

"早安。昨晚睡得还好吧？"

她低头数着脚趾，慌乱地掖了掖头发："呃，是的，挺好的。我其实一般不睡懒觉。抱歉今天……"

"我长途旅行回来也这样，要么凌晨三点就醒了，要么昏昏沉沉睡到中午才能睁眼。"

安妮笑了，为什么他总能恰如其分地说出让她宽心的话？"你去上班吧。这里交给我们就好了。"

奥莉芙闻言冲向爸爸，黏在膝盖上不肯撒手："带我一起去吧，求你了，爸爸。我不想和她待在一起。"

托马斯把小姑娘从身上扒下来，自己也蹲下："宝贝儿，像刚刚那样说话会让安妮不好受的。"他冲安妮扮了个鬼脸，意为赔罪。

奥莉芙小脚丫一跺："我才不管，她又不是我妈！"

安妮心头一紧。"我懂你，"她对奥莉芙说，"失去妈妈的滋味一定让你很伤心、很难过。我知道那是什么感觉，"她手指交叉背在身后，接下来要说的话纯属不得已而为之，"因为我也失去了我爱的人，我的妹妹。"小克丽丝可千万别怪罪！

托马斯闻声看向安妮："我很遗憾，安妮。"

奥莉芙抱着胳膊表示她并不想听安妮的故事。托马斯从椅子上拎起背包：

"我想还是留下你们两个好好交流一下吧。桌上有张地图，也许你会想出去走走。还有一张信用卡，如果你有时间，路过市场的时候可以顺便买点吃的，奥莉芙知道怎么走。"

"别把我扔给她！"奥莉芙大声抗议。

"好了，奥莉芙。你会喜欢和安妮一起玩的。"

"才不！"她蹲在地上不肯起来，佯装啜泣，但并没有眼泪。

"你有我的电话，"托马斯边说着边开了门，"有事电联。祝你好运！"他轻吻奥莉芙的额头，又对安妮点了点头，然后关门走了。

"真的好得不能再好了。"安妮以为自己没出声。

"我都听见了！"奥莉芙转身冲进卧室，嘭地关上了房门。

✈

安妮默数五分钟，让奥莉芙充分冷却，才姗姗敲响了房门："甜心小宝贝儿？"

"走开！"

安妮才没那么容易打发，她推开门，庆幸门锁早就被托马斯卸掉了。房间地板上，奥莉芙抱着一个雀斑脸的娃娃，安妮走过去，坐在她身边：

"想不想知道一个秘密？"

奥莉芙看也不看安妮，只顾拨弄着娃娃的头发。

"我的妹妹不幸遇上了一场严重的交通事故，"安妮再次两指交叉，希望善意的谎言有百利而无一害，"所以我知道，当发现只剩下你一个人的时候，那种难过和孤独的滋味。有的时候，你甚至会怀疑自己是不是快疯了。"

奥莉芙停住手："她撞车了？"

"不是车，是火车。"泪水涌上来，好在安妮挺住了没哭出来，只把脱轨的事一笔带过。

奥莉芙第一次抬头看了安妮："她死的时候，痛吗？"

安妮勉强挤出笑脸："好在不痛。就像你妈妈一样。克丽丝汀只是睡着了，然后再也没有醒而已。"

"那之后呢，她去了天堂吗？"

不论事实是什么，至少安妮知道这是托马斯想让小奥莉芙相信的："是的，我的小克丽丝现在就和天使们住在一起，还有我的外婆。"

奥莉芙想了一会儿，忽然开心起来："你说，她们现在是不是已经成了朋友了，你妹妹和我妈妈？"

安妮捏捏她的小脸蛋："肯定是的。而且还是很好很好的朋友，我敢打赌，假如她们知道我们也成了朋友，会更开心的。"

"才不会呢！我们可不是朋友！"奥莉芙弹开了。

慢慢来吧，安妮在心里说。

安妮一路哼着小曲沿着夫人街送奥莉芙去幼儿园。她伸手去牵跟在身后的奥莉芙，被一掌挥开。小丫头一不做二不休，干脆把两只小拳头插进了红外套的口袋里。一幢象牙色的砖混建筑映入眼帘，门前竖着法、美两国国旗。奥莉芙一马当先，飞也似的冲了出去。

"慢点，奥莉芙！"安妮甩开大步，但自己过于庞大的身躯明显力不从心。

奥莉芙终于在水泥台阶前停了下来，但没有转身，而是背对着安妮。看起来这就是妈妈们亲吻各自的宝贝儿说再见的环节了。她们身边也不乏一些略显年轻的面孔，安妮觉得应该和她一样，也都是互裨会的会员吧。一个漂亮的红发女人低头吻了吻怀中碎花裙子里的小姑娘。

安妮也学着她们蹲下来，尽量轻柔地揽过奥莉芙的肩膀，让她们面对面。奥莉芙并不领情，甩开了安妮的手。

"好吧，奥莉芙。"安妮正了正今天早上戴在奥莉芙头上的蝴蝶结，对小姑娘说，"下午放学我就在这儿等你。要乖，要加……"

没等她说完，奥莉芙早就跑开了。安妮望着她小小的身影消失在大门内，怪自己怎么这么轻易地多愁善感。她可不是来交朋友的，她还有更重要的事——找到妹妹。

她掏出手机在谷歌地图上定位了一个地址：加布里埃尔大街 2 号——美国大使馆。

十五分钟后，安妮已经来到了对岸，顺着杜伊勒里码头继续向前。比起放浪不羁的左岸，塞纳河右岸的确更能彰显巴黎国际化都市的形象。路过协和广场的时候，一个驻足凝望埃及方尖碑的金发女郎吸引了她的注意。她背对着安妮，平底鞋、紧身裤袜搭配短风衣，像极了克丽丝汀的着装风格。

安妮心如鹿撞，真的是你吗，小克丽丝？她发足狂奔，这一举动在她可不多见。

安妮清清嗓子，拍了拍对方的肩膀："小克丽丝？"

女人有点生气地转过头来，一副被冒犯了的样子。

安妮刚刚才提起来的一颗心瞬间又跌回谷底。"实，实在抱歉。"她捂着嘴，重新向大使馆方向走去，希望能在那儿碰碰运气，说不定真有一个有八个月身孕的金发少女在等她。

安妮走进大使馆。以为要搞清楚克丽丝汀·布莱尔在过去六个月有没有入境法国，不过是分分钟的事情，却诧异地得知问问题还要先填表。

　　"我就是来打听一下妹妹的消息，"安妮告诉柜台后面的女士，"她失踪了。失踪的时候身上带着护照。能不能拜托您查一下出入境记录，看看她是不是人在法国？"

　　"请您填表。使馆的工作人员会在七至十日内给您答复。"对方公事公办。

　　"不，我现在就需要你答复。"

　　"抱歉，您的问询请求一经受理，将收到我们的电邮通知。"

　　安妮叹了口气，只能应要求填好了表格。十分钟后，她走出大使馆，不知道是希望更大了，还是失望更大了。最多再等十天，她就能知道妹妹是不是真的来了巴黎。在此期间，也许她应该继续寻找。只是，毫无线索的她不知该从何下手。

第三十章
爱莉卡

　　一夜无眠，眼睁睁看着星期日的夜晚变成了星期一的早晨，我除了骂骂麦基诺，骂骂父亲，骂骂自己居然把艾司唑仑忘在了家里，什么都做不了。待到浅粉色的朝霞爬上窗帘，我反而迷迷糊糊地睡着了。

　　我被砸门的声响吵醒，是的，不是敲门，不知道是谁用了那么大力气在砸凯特家的门："好了，好了，稍等，就来！"

　　我边披上睡袍边奔向门口，整个人昏昏沉沉，眼睛酸涩无比。这么早，会是谁呢？我从门边的窄窗向外张望，吓了一跳。赶忙拉了拉衣服，打开门：

　　"早上好，爸爸，"我捋了捋头发，"请……"

　　"收拾好东西。"

　　"进"还没有脱口，我诧异地看着父亲，不明就里，"什么东西？你在说什么？"

　　"我送你回内陆。"他撂下一句话，转身就走，每走一步，皮靴都在风侵雨蚀的台阶上落下不容置喙的闷响。

　　我追出门口，雨湿了路面，屋檐下滴滴答答。我紧了紧身上的袍子。

　　"你说你……可是，安……安全吗？"浮冰之下，暗流涌动，《泰坦尼克号》，妈妈……我脑中一片混乱。

"你想走，我就送你走。"

"别开玩笑了。我等冰化了再走，或者再冷一点，冻实了也行。"

"收拾好你的东西，"他重复说，"一小时后出发。"

我还不能走。我能走吗？应该能吧。如果我说是来岛上接女儿们回家的，那么既然她们不在，而我又答应了卡特第一时间赶回去上班，我有什么不能走的。看上去，现在就是我离开这个鬼地方的最好时机。

我推开奔腾年代咖啡馆的门，老式门铃叮当作响。已经错过了早餐时段，店里没什么人，我的眼睛扫过木地板和砖墙上的涂鸦，落在吧台后面的妹妹身上。她正坐在凳子上盯着 iPad 屏幕不知道在看什么。

"我要走了。"我说。

"现在？"她跳了起来，"不行。咱俩还没完呢。"

她说"没完"是什么意思？是不是承认了自己就是"奇迹"本尊？但我现在真没空和她过多纠缠："爸爸说他会送我到对岸。"

"什么？他要干什么？指望那艘打鱼的小破船吗？"

"我也不知道。他可没征询我的意见，而是直接下了送客的命令。"

"他疯了？"凯特脱了围裙就要出门。

"我想他昨天应该是看见我去奥潘岬了。我当时有点难过。"

"天哪，小莉，你没事吧？"

"我觉得他可能是担心我再在岛上待下去也会疯掉。他也许觉得难堪。"

"但是冰还没有完全化开，何况现在在下雨。我的老天爷啊。"

我打了个哆嗦，胳膊上起了一串鸡皮疙瘩。"应该没什么问题。他不是船长吗？"

可她泪花闪闪："别，小莉，别走。"

"和我一起走吧，"我拉拉她的手，"到纽约来，和我，还有安妮一起生活。你大可以在市区最棒的餐厅给自己谋个位子，薪水起码是现在的四倍。"我觉察到自己声音中的异样，但无法就此打住，"我给你买个门面，你不是一直想开咖啡馆……"

她微笑着看着我，眼神如水。"你知道的，我一直不喜欢大城市的生活。"她拍拍我，"不过我可以送你到码头，然后弹一曲《泰坦尼克号》主题曲送你和爸爸上路。"

我强装笑颜："主意不错。"不知道自己是怎么想的，她怎么可能跟我走呢。

"麦克斯五月就会来，"她看我的眼神仿佛闪着光，"我觉得他可能会向我求婚，小莉。"

我搂着她，心中轻声祷告，但愿我亲爱的小妹此生不复为情所伤。

"我们以后也会住在麦基诺。"她补充说。

我仿佛一眼洞穿了她此后的生活：嫁了个游手好闲、好吃懒做的男人，不得已为了一份吃力不讨好的工作碌碌此生。

"可是，小凯，"我摇了摇头，"我始终不能理解为什么你会守在这儿，在我看来丝毫不值得你为之付出的地方。"

她笑了："真好玩，我对你还不是也有同样的困惑？"

雨势渐微，世界笼罩在一片淅淅沥沥的迷雾中。码头上聚了不少人，隔得很远，依旧能感受到他们言语中的焦躁。他们大概都是来亲眼见证弗兰策尔船长送女儿赴险的。

父亲头顶羊毛毡风帽站在船舱前，身上的胶皮靴、吊带雨裤和黄色帆布雨衣都有些年头了。他把一件雨披扔给我。

"谢过。"我把它罩在风衣外面，两条胳膊塞进袖筒。

但是面对他递上来的手，我还是有点犹豫，心跳开始提速。

"快点！"他不耐烦地吼道。

我只得把手递给他，他戴着皮手套，扶我下了水泥台阶。一只脚刚踏上甲板，船身忽然一倾，我差点失去平衡，但是父亲并没理会，早已经独自转过身去。

我好不容易稳住自己，在金属条凳上坐下来，行李堆在脚边。水面上风声呼啸，我赶紧竖起兜帽，把自己罩在下面。

码头上一时人声鼎沸，每一个人都在同时声嘶力竭地为弗兰策尔船长出谋划策："时速别超过五海里。""注意浮冰。尤其要留心，半程的时候才最容易出事。"

"我难道还需要你们这些家伙指手画脚的？！"

"你看，"尽管我知道我的话恐怕最没人会听，"我真的不是现在非走不可。"

倒是佩里，那个以前在学校里做清洁工的老头子在人群中冒了头："船长见识过的大风大浪比你们走过的路加在一起还要多，如果他说行，那就一定行。"

但是，冒这么大风险是为了什么呢？青灰色的湖水秘而不宣，头上乌云蔽日，气势宛如天神们聚在一起咏诵最后的道别曲。为什么父亲情愿赌上自己的性命，甚至不惜搭上我的，仍然坚持要今天就把我送到对岸？那个昨天树林里一闪而逝的身影是他吗？是他发现了情绪崩溃的我而在暗地担心吗？还是他只是想尽早甩了我，就如我十八岁那年他也是这么做的一样？"趁早自己滚蛋，别等着我把你踹出去。"

"好了，快住手，爸爸！"我终于忍无可忍，大喊着冲上去，试图超过引擎的分贝，"太荒唐了。我完全可以等等再走，不需要今天非走不……"

他怨恨的眼神让我无法再说下去。

船忽然慢下来，像进入了不得不小心翼翼的布雷区，暗流涌动，视野昏暗，水波卷挟着浮冰拍打着船舷。

我遥望对岸，还有相当一段距离，不由在心中默默祷祝，为安妮、克丽丝汀，为妈妈，还有妹妹，甚至也为父亲。

风拍打在脸上，我感到呼吸困难。我要死了，人之将死，总得毫无忌惮地抓紧说点真心想说的话：

"为什么？为什么你一直如此冷酷无情？"

我盯着他的背影，雨水在雨衣光滑的帆布表面凝成股股细流。我在等一个不会出现的答案。他再次拉响了引擎，以他不容置疑的方式告诫我赶紧闭嘴。可我偏不！恐惧助长了焦虑，我急求一个答案。

"为什么你不带我们离开这儿？如果不是你偏要搬到岛上来，也许妈妈就不会死。"话一脱口，已经覆水难收。我很难说清楚此刻的心境，可能是懊悔，可能是羞愧，也可能还有一点为自己的勇气而萌生的感动。

他侧身对着我，像一道剪影，脸涨得发紫，雨水和汗水混在一起："你知道个屁！"他目光闪烁，眼眶中好似有泪水打转。可这怎么可能？弗兰策尔船长从来有泪不轻弹。良久，他再次开口，声音忽然沙哑了："我让你走还不行吗？"

他指的是今天？还是二十五年前让我离家求学？

"为什么你要撵我走？"我亦语焉不详，"我本可以留下，凯特需要我。"

他回身望着水面，掏出手绢抹了把脸。没等他回应，船头传来一声不祥的巨响，船身随之剧烈晃动，把我从座位上抛了下来。

"不好！"他双手紧握方向盘。

"掉头回去！"我爬了起来，大叫着。"快停下，别犯傻了，你这个食古不化的老顽固！非要两个人死在一起才罢休吗？"

父亲一意孤行，继续向前驶进："对你来说，难道我怎么做还有什么区别吗？"他突然转身，第一次，我们的目光相遇在一起。"我知道我在你心里就是个人见人厌的浑蛋，一个硬是把你和你妈从天堂拽进地狱的疯子。"

我直视他的双眼，暗淡而阴郁，惶恐而优柔，却让我无论如何不忍抛弃。

"为什么？"我朝他大吼，"为什么你要对我的人生指手画脚？"

"人生？你管这叫人生？"也许他用了太大力气，牵扯出一阵咳嗽，"老天爷啊，我还没见过谁比你还会自怨自艾的。你现在哪儿称得上是个人，不过是被自己的内疚榨干了气力的行尸走肉。更可怕的是，你不但要毁了自己的人生，而且不肯放过你的女儿！"

我一个激灵："你一年才和她在一起住几天？别说得好像你有多了解她！"

"天天和她生活在一起也同样不代表你就真的了解她！"他从雨衣下面抽出一条手帕，捂住咳嗽，又塞了回去，"现在由你决定怎么办：死还是生？过去还是现在？选吧，看在上帝的分儿上，随便你怎么选。"

他想让我在克丽丝汀和安妮中间选一个？船身向左舷倾倒，我攥紧扶栏。我在刹那间做出了自己的判断，尚不能就这么心甘情愿地死在冰冷的湖水中，不能就这么轻易放弃。即便我知道，选择死亡，兴许意味着能和妈妈，甚至还有克丽丝汀，重逢于另一个世界。

但是我不能，不能这么选。

身处于这艘破烂不堪的小船上，一边是汹涌的水面，一边是冷酷的父亲，而我忽然感到无比清醒。事故发生以来的第一次，我才真切地明白了这个道理：克丽丝汀是不是还活着，我不能确定，但至少安妮还活着。不管她现如今爱我或恨我，有一点是肯定的，她需要我，她的人生需要一个母亲。

"我选生。"我软了下来。

他对我点点头，眼中闪过一丝肯定。接着，抄起手持电台大叫起来："北极星呼叫潘菲尔德码头！北极星呼叫潘菲尔德码头，请回答！我们现在返航，完毕。"

他小心地操纵着舵桨，在水面上掉转一百八十度，船头笔直地对准了麦基诺。时间安静地流逝。我想我应该说点什么，道歉，或者感激？我尝试着张了张嘴，却丝毫找不到恰当的言语，尴尬地一动不动。还是说点别的吧：

"你一直对我的孩子们很好，"我终于打破了沉默，"你一直是个称职的外公。"这是真的，对此，我深信不疑。

他望着阴云密布的天空，抹了把脸："人这辈子总得做点像样的事情来。"

我和他再度陷入沉默。雨停了，我摘下头上的兜帽。水波追逐着船尾，仿佛轻轻推着小船向着家的方向靠拢。

第三十一章
爱莉卡

星期二早上一觉醒来，闹钟显示 7 点 23，我也被吓了一跳——难得睡到自然醒。昨天睡前，我还在问凯特有没有安眠药，她给我端来一杯热气腾腾的巧克力，并以"你不能再依赖药物麻痹自己了，小莉"的方式道了晚安。

我打开微波炉，给自己热了一枚肉桂卷，外加一个香蕉、一杯咖啡，一起端进了客厅。气温又开始回暖，热得反常，好在阳光明媚，令人舒心。透过大大的飘窗，我惊喜地发现，凯特种在院子里的番红花已经抽出了尖尖的嫩芽。

凯特的爱猫乘我不备，蹿上膝盖。"你也早安，露西。"我笑着跟它打了个招呼，抓抓它的耳朵，它靠着我，蜷成毛茸茸的一团。我被一种奇异的安逸感包裹在当中，全然不同于昨日濒死的挣扎。父亲和他的破船让我意识到自己毕竟还是个母亲，安妮的母亲。那就拿出点为人母应有的担当，我得想法子跟她重修于好，求得她的谅解。直到她完全原谅我、重新接纳我，否则，我就必须义无反顾地坚持下去。

我打开收件箱，措手不及，发现又一封"奇迹"写来的电邮，主题栏依旧是那五个字："痛失爱女。"我颤抖着，点开了电邮：

> 有的时候，只有坚持，生活才能继续下去；有些时候，只能放手，
> 才能让生活继续。

是妈妈在爱犬乔茜离开我们那天，留在我午餐袋中的话。在安妮和克丽丝汀告别布鲁克林，转校到了曼哈顿那天，我也曾送上过一样的话。

我跑回房间，在床边桌上找到银色的剪贴簿，又在剪贴簿中找到了一模一样的原句。页边，女儿留下的一行小字：

> 永恒的，真谛。

"克丽丝汀，宝贝儿，是你吗？"我轻声呼唤，并以最快的速度在键盘上回复："我爱你，太爱你。求你回来吧，我保证，从今以后努力做一个好妈妈。"

窗外，一声脆响打破了静寂。我循声望去，想象着，说不定就是我朝思暮想的女儿趴在窗口，等着跑过来，告诉我她没死，还活着，抱歉一切都是她的一场出格的恶作剧。但是哪有什么人影，不过是风折断了凯特门前的一根橡树枝。

我两只手揪着头发痛苦地在心中咆哮：我这是怎么了？为什么，除了安妮和我，所有的人都相信克丽丝汀已经死了？"奇迹"会是安妮吗？父亲会是对的吗？万一安妮真的以为自己并不重要呢？

我把回信从头到尾又读了一遍，删掉了第一句："克丽丝汀，宝贝儿，是你吗？"

其他的暂且保持不动，然后按下了"发送"。

除了角落里沉迷于填字游戏的邮政局长纳什先生，这个时段的咖啡馆可谓门可罗雀。我朝他点点头，顺着木地板来到吧台前，给自己选了个座位。砖墙上悬着一块巨大的黑板，黑底白字罗列了一大串鸡尾酒的名字，价钱却仅仅是曼哈顿的零头。

妹妹凯特从后厨走出来，在围裙上擦擦手，朝我打了个招呼，脸上不小心挂着褐色的肉桂粉。"你来了！我刚把一批面卷送进烤箱。有时间喝杯咖啡吗？"她咯咯笑了起来，"我怎么忘了，你现在可有的是时间。尽管我应该为你困在这里哪儿也去不了表示礼节性的惋惜，但是你知道的，我心里可不觉得惋惜。"

"帮个忙，"我直切主题，"帮我联系一下安妮，让她回我电话。现在，立即，马上！"

她退了一步："不，小莉，你得放手，让她好好享受几天难得的海外之旅。"

"放手？"她的措辞让我皱起了眉毛，"你还留着妈妈的剪贴簿，对吗？你发誓那些电邮不是你发的？"

"当然不是我。"

"发誓？"

她解开绑带，脱下围裙："我早说了，是安妮。"

我一屁股坐回到凳子上，把手机递给凯特："今天早上又来了一封。'有的时候，只有坚持，生活才能继续下去；有些时候，只能放手，才能让生活继续。'"

凯特笑了起来："我一直很喜欢这句。我和罗伯分手的时候，你也发给过我，记得吗？"

"唉。我现在倒是很后悔那么做了，"我还在为那天和父亲的交锋而失落，"哪里来的人生格言，一点忙也帮不上，让人越想越糊涂。"

她走到吧台后面，从头顶上摘下两个马克杯："但是对我来说，至少帮了大忙。我听了劝，放过罗伯，也放过了自己。也许你也应该考虑一下。"

"是吗？我可不知道从何谈起。"

"难道不够显而易见吗？"她把其中一个杯子递到我跟前，端着自己的一杯坐在吧台后面的桌子上，对我说，"既然'奇迹'给你指了一条路，不妨就顺着走。好好琢磨一下每句话的意思。"她掰着手指，"第一条，'先反省，再出发，永远做最聪明的探险家。'也就是说让你先搞清楚过去错在了哪儿，吸取一些教训，至少今后不要再错。第二条，'有些事情看似重要，有些事情才是真的重要。'把重点放在对你来说真正有意义的事情上。第三条，'有的时候，只有坚持，生活才能继续下去；有些时候，只能放手，才能让生活继续。'她这分明是在告诉你要赶紧从自己的内疚、自责和痛苦中走出来，人生应该朝前看。"

我呛了口咖啡："'朝前看'，'朝前看'，我讨厌'朝前看'！我绝不会放弃克丽丝汀的。"

"假如……我是说，假如挽回安妮的唯一方式就是对克丽丝汀放手呢？"她示意我先别急于反驳，接着说，"我并不是说让你把你爱的人忘掉，把你美好的记忆忘掉，哪怕是你的痛苦与伤心都不该被忘掉。无论怎样，克丽丝汀会一直都在。你真正该放手的是你的执念，那只是一场意外，你却把责任揽在自己身上，攥着内疚不放，偏执地认为克丽丝汀可能还活着。可是，别忘了，你终归还是个母亲，小莉。安妮需要你。"

"可是现在安妮不肯理我，她就是真的需要我，我也没办法啊。我得和她说说话，就帮我这一次，好吗，凯特？让我听听她的声音就好，只要她告诉我她没事，并且承认那些电邮都是她发给我的，我就放手，她要多少空间我都可以给。"

凯特眯着眼睛打量着我。末了，叹了口气，掏出她自己的电话。"好吧，"她在键盘上按下一串数字，"但是我还是会提醒安妮，在你好起来之前，她得和你保持距离。让你们两个待在一起可不是好事。"

我舒了口气："谢谢你，小凯。"

"对了，"她放下手机，"我觉得我们今晚可以请爸爸过来一起吃晚饭。"

晴天霹雳。"不，拜托。我今天可没力气应付那个老头儿。"

她吹了吹咖啡："那个老头儿为了你，昨天可是冒了不小的风险。"

我勃然而起："他也让我冒了不小的风险，凯特。我差点死在那儿。"

"才不会呢。爸爸心里清楚他在干什么。尽管不得不说，他有点鲁莽，但只有这么做才能迫使你对他敞开心扉。你得明白，他是爱你的。"

我翻了个白眼："照这么说，老鼠对大米才是真爱呢。"

凯特被我逗乐了："我懂你意思了，爱是假的，假借爱的名义痛下狠手是真的。行啊你，好几个月没听你讲笑话了。"她从桌子上跳下来，"你从前一贯风趣幽默，也总有办法让人觉得被爱，不觉孤单。"她歪着脑袋看着我，"发现了吗？自打你回来之后还没主动问问我的近况呢。"

"没有吗？"

"不说我也罢，莫莉呢？你有没有主动联系过她？"

我心如刀绞。

"事情并没有你说的那么容易，凯特。你是圣人，自带光环，可我又不是你。"

后厨的计时器叮一声适时打断了我们的谈话。凯特抓起围裙走向里间："肉桂卷新鲜出炉。"她扭头朝我挤挤眼睛，"也许应该做天使蛋糕，看来那才是我的专长。"

凯特自以为幽默，不过是逞一时口舌之快。这一次，我暂且放过她，不予还击，毕竟刚刚才说了，人嘛，要懂得适时放手。

第三十二章
安妮

安妮拽着两个沉甸甸的帆布口袋，费劲儿地爬上音乐厅地铁站的台阶，口袋里塞满了吃的用的。人群中，她极目搜寻小克丽丝的身影，每前进一步，还要回头张望，确保小奥莉芙跟在身后没有掉队。小丫头拒绝和安妮并排同行，更别说让她牵手了。

所以安妮就时而回头看看，时而朝前看看，盼着说不定真能撞上克丽丝汀。接近晚高峰时段的地铁站，来来往往的路人行色匆匆，五颜六色的衣服，各种各样的肤色。安妮感到绝望，初来乍到第一天站在戴高乐机场人潮中的感觉重新涌上心头，想要在这里找到克丽丝汀无异于大海捞针。她想起小时候常看的游戏书——《找到画中的瓦尔多》，她经常一个人盘着腿坐在地板上，对着摊开的书页一看就是一天。

"忽略那些条纹衬衫。"克丽丝汀告诉她，比起安妮，她总能一下子把瓦尔多从纷繁的细节中揪出来。但是在安妮眼里，整幅画面到处充斥着条纹衬衫和绒线帽，让人无法忽略。

安妮的手机短信提示音响起。她目前两只手上都提着东西，一时没想好怎么接。应该是托马斯，想确认奥莉芙是不是安好，有没有听话。安妮终于随着人流爬上了最后一级台阶。她把两个帆布袋搁在地铁指示牌下面，招呼奥莉芙：

"等我一下，奥莉芙，我得回个消息。"

奥莉芙咕哝着表示对这一延误之举的充分不满，一屁股坐在水泥地上。安妮不知道是不是该叫她赶紧站起来，尽管奥莉芙穿了深色的牛仔裤，但谁知道地上有没有鸟屎呢？安妮有点担心禽流感的风险。

每到这种时候，安妮就后悔不迭。明明有一万种更简单的方式来巴黎寻亲，偏偏她给自己挑了难度最大的一个，现在好了，还要额外分出精力应付一个小屁孩。而这个小屁孩还不是一般地不好对付。两天之前，她才信心十足地给自己制订了想尽办法赢取奥莉芙爱戴的阶段性目标，而此时此刻，她只想平平安安撑到八月，在此之前，她可不敢担保她不会一时冲动把小丫头掐死。

她回神查阅手机，是凯特姨妈的短信：

> 给你妈妈回个电话，安妮。只此一次，下不为例。你的电邮害她担心死了。爱你，宝贝儿。

这下可好，不仅是后悔，思乡情更切。此外，凯特拉响了另一则警报："你的电邮害她担心死了。"姨妈所说的"她"是谁？妈妈吗？她还好吗？安妮一时思绪纷纷。尽管妈妈一直看上去十分坚强，甚至从不落泪，但安妮知道妈妈的内心和她一样脆弱，眼下的任何一根稻草都可能把她彻底压垮。

安妮决定暂且把小克丽丝送给她的"独立宣言"放在一边，在手机上敲下妈妈的号码。只此一次，下不为例，她对自己说，八月以前再不给她打电话了。

"就一分钟，再等我一下。"她对奥莉芙说，不知道她听见没有。小丫头不知道从哪儿捡了张地铁废票，正拿着它和地上的蚂蚁作对。安妮不知道一张地铁票上会沾染多少细菌，但是与其挑起一场和她的正面交锋，安妮乐得由着她专心对付蚂蚁。不管最终是她会战胜蚂蚁，还是被病毒战胜，至少她现在能安安分分地待在原地，不会再给安妮惹出什么麻烦。

电话铃只响了一声就被妈妈迅速接了起来："安妮，宝贝儿，真高兴你能回电。我担心死了。我……对不起，都怪我。"

安妮喉咙发紧，停顿了片刻才挤出四个字，"没关系的。"她说。

"我很想你。我现在在麦基诺岛上，本来是想来接你回家的。"

才不是呢。她去麦基诺是去找克丽丝汀。在她打给凯特姨妈的电话里，安妮听得一清二楚。"你是说你要来麦基诺是因为克丽丝汀而不是安妮？可安妮才是幸免于难且此刻最需要你的那一个啊？"

"你怎么没告诉我你要去巴黎？你在那边还好吗？"

"还不错。我住在一个美国教授家里，他现在正在轮休，来这边客座。"安妮差点忍不住告诉妈妈这位英俊潇洒、温文尔雅的教授先生有多性感、多迷人，又担心妈妈发现她对一个四十岁开外的老男人春心荡漾，准会吓出个好歹。何况，男主角的宝贝千金就坐在她旁边，说不定正竖着耳朵监听她的一切动向。"他人很好。"安妮低头看了看趴在地上的奥莉芙，后者刚刚从帆布袋中翻出一盒口香糖。明明说好了要等她乖乖回到家，才能得到糖果，作为奖励。"我先前的确担心过教授的女儿可能很不好对付。"

奥莉芙一下子警惕起来，扔下糖，抬起头，噘着小嘴盯着安妮。

"不过现在看来完全是我多虑了，小丫头简直是个天使。"安妮低头朝着奥莉芙也做了个噘嘴的表情。奥莉芙这才放心地翻了个白眼，又把糖盒捡了起来。

"那就好。"妈妈说，"安妮，还有一件事，你得告诉我，那些电邮是你发给我的吗？"

"什么电邮？"

电话的另一头忽然安静了，安妮一度以为是不是断线了。半晌，妈妈的声音再次响起："也就是说你真的不知道？"

"不知道什么？"

"求你了，安妮，现在不是开玩笑的时候。我需要你认真点。"

"天哪，妈妈！你到底要我说什么？"

奥莉芙吓了一跳，瞪着圆滚滚的大眼睛望着安妮："你好凶！"

安妮用手在胸口顺了顺，说："抱歉，妈妈。"

她听见对方也舒了口气："我最近接连收到了三封奇怪的电邮，写信的人自称'奇迹'，新的内容都摘自我们的家传格言剪贴簿。"

妈妈复述了信件中的摘句，安妮越听越激动。

"是克丽丝汀。"安妮捂着心禁不住叫出声来。

妈妈也提高了音量："噢，宝贝儿，我不想给你错误的诱导。"

"她一定还活着。"安妮说。

"可能性微乎其微，安妮。但是看看这些邮件，我也觉得纳闷。还有，我还找到了克丽丝汀的剪贴簿。"

"真的？我俩找了好久都没找见。你是在哪儿找到的？"

"在她毯子下面。"

安妮愣住了："你……你是说那本银色的？"

"对啊。"

眼泪上泛，妈妈怎么可以忘了，那本银色的剪贴簿明明是她的才对。姐妹俩的笔迹固然相仿，但妈妈一定能区别出来，对吗？安妮其实并没有十足把握，毕竟这几年，她们之间的体己话都是先说给手机和电脑听的。

"你知道吗，她还在页边上留了不少批注。"

批注？她说的可是安妮的批注？去年在哈弗福德的时候，每每想家，安妮就会掏出她的家传格言簿，一边读一边写点什么，比如自己彼时的一点想法，这些所谓的批注时时提醒着她，生活，以及妈妈和妹妹，对她来说究竟意味着什么。甚至过去半年多以来，她也一直保持着这个习惯。时不常就会溜进小克丽丝的卧房，翻翻剪贴簿，在上面发泄一下伤心。

"妈，那些批注其实是……"

"那些匿名邮件，"妈妈并不容她把话说完，"再加上克丽丝汀的这些批注，足以让我觉得是她在暗示我、指引我。"

安妮捧着一颗扑通扑通直跳的心脏，出事以来的第一次，她在妈妈的言语间感受到了她的希望。对她来说，现在有两个选择：把真相告诉妈妈，等于把她的希望彻底击垮；或者，顺着妈妈，让她暂且相信批注是小克丽丝留下的。安妮必须赶快做出艰难的抉择。

"那就是她在指引你。"

"我本来想找韦斯·戴文聊聊，但是他已经不在麦基诺了。"

"这我知道，"安妮说，"而且我已经提前'提审'过他了。看起来他对克丽丝汀的行踪一无所知。我现在能确定的是，她应该不在岛上。"安妮顿了顿，犹豫着该不该告诉妈妈她预感小克丽丝可能就在巴黎，而她此行来法就是为了找到妹妹并把她带回家去。安妮希望如果一旦真的能找到小克丽丝，大家是不是能原谅她那天让小克丽丝一个人出门的疏忽。

"她夏天就会回家，"安妮不想过早剧透她的盘算，"她那天早上就是这么跟我说的，说我们应该去冒险，去体验生活，然后八月再聚在一起的时候，就可以彼此分享各自的故事。"

"可是安妮，我亲爱的，克丽丝汀并不能预见她的命运。听我说，好吗？我不想让你再经历一次失望。你妹妹生还的可能性真的不大。"

"也就是说并不是完全没可能。我不会放弃希望的，你也不要。求你了，妈妈，要保持信心。"

妈妈在电话另一端深吸了一口气："我这就去巴黎找你。我们见面再说。"

"你要来巴黎？为我？"

"对啊，当然。"

安妮有点踉跄。妈妈的护照现在在她手上，不过没关系，她可以快递回去。顺利的话，她们周末就可以见面了！精神紧张的时候，安妮又抠起了小手指上的指甲油。不行，她忽然想到妹妹最后的叮咛："你可真不能一天到晚这么妈妈长妈妈短的，学着独立点好不好？"

"我想我还是一个人的好。"安妮咬着牙闭起眼睛，逼自己下定决心，"而且，我拿走了你的护照。"

"安妮！真的吗？！"

"况且，我们不能两个人都跑来巴黎，万一小克丽丝提前回家，总得有人在家等着。"

"我以前居然从没这样想过，总是把你们单独留在家里。是你妹妹留在剪贴簿上的那些话，让我反省了不少。"

"那就好好琢磨一下那些话，妈妈。就当是她给你的建议。"

"我答应你，我一定会的。而且，我以后一定要多陪陪你。我想我应该退赛。"

安妮张大了嘴巴，她说什么？她真的愿意退出行业竞赛？

"别，小克丽丝一直很支持你参赛。你不用退赛，只要……只要你别忘了什么才是最重要的就好。"安妮低头看看奥莉芙，真希望这个小跟屁虫原地消失，这样她也好跟妈妈好说清楚那天早上的事，换得她的原谅。"小克丽丝说了很多。她希望你能学会放手，学会原谅。你觉得呢……"安妮觉得她想说的每一个字都让她耗尽气力，"你觉得你能吗？如果真的做不到也没关系，我能理解。"

安妮屏住呼吸，静待母亲怎样答复。一只鸽子大摇大摆地从她们身旁经过，奥莉芙追了上去。终于，妈妈说话了：

"我会尽力的，我保证，亲爱的，我一定会的。"

"那就足够了。"安妮松了口气。"不过，"她忽然变了语气，"在我回家之前，我还是会继续屏蔽你的来电的。"

安妮揣起手机。妈妈听上去态度缓和了不少，让她重燃希望对安妮来说也是好事。只要小克丽丝还有一线生机，妈妈就不至于太讨厌她，尽管她一直以来只是个安慰性的替代品而已。

安妮摩挲着自己的脖子，不知道把妈妈拒于千里之外的举动会不会太过火了。如果她们依旧像现在这样互相保持缄默，就算妈妈真的有一天原谅了她，她也无从知道。

不知为什么，奥莉芙看上去也有点郁郁寡欢，跟刚刚的状态截然不同。她安静地跟在安妮身后，一路上始终保持两步远的距离，既不主动追上，又不轻易落下。回到家，安妮把买回来的东西分门别类地放进厨房，全程，奥莉芙抱着胳膊坐在橱柜台面上看着她，却始终不发一言，对今天新买回来的填色书和香味书签也置之不理。直到安妮把鸡肉洗干净扔进锅里，她才忽然发动。

"还想再来杯牛奶吗？"安妮边洗手，边回头问她。

小丫头假装没听见。

安妮边剥洋葱，边在《烹调的乐趣》上寻找下一步操作指示。她很小的时候就学会了做饭，最开始显露身手是在爸爸的单身公寓。她不知道从哪儿得到的启示，迷信妈妈的菜谱能够拴住爸爸的胃。后来，妈妈成了单身妈妈，重回职场，在她加班的那些日子里，安妮就成了厨房里的主角。可惜迄今为止，她能拿得出手的菜仍然只有基础意面和墨西哥牛肉什菜卷。今天，她决定放手一搏，第一次挑战工序复杂的砂锅焖鸡。

昨天晚上，她和托马斯在奥莉芙睡着后聊了起来，她听说教授先生居然还有一半意大利血统，这就不难解释他迷人的小麦色肌肤和棕色瞳孔了。她希望自己今晚的意式炖鸡可以博得男主人垂青，如果教授先生也能同时爱上她准备的另一道佳肴就更理想了，这可是安妮用自己的名字命名的大菜——安妮·布莱尔主厨之招牌推介。

她开始切蒜，奥莉芙终于也开始讲话了：

"你骗了我。"

安妮猛地抬头："什么？怎么会呢，奥莉芙，我怎么可能骗你？"

"你这个大骗子，大胖子！大胖骗子！"奥莉芙大喊。

她被"胖"扎了心，不由看了看门口。尽管时间尚早，但是托马斯随时可能进屋。按照原计划，她可是要以鸡肉的焦香和乖巧的奥莉芙欢迎他回家的。如果更理想一点，他推门进屋的一刹那，映入眼帘的应该是一幅温馨而美好的画面：一大一小两个女孩嬉笑着蜷在沙发上分享今天新买的故事书。但是此刻，奥莉芙正处在情绪失控的边缘。

安妮把蒜瓣丢进烧热的油锅，抽出一条凳子坐在奥莉芙身边，想把手放在她背上，却被甩开了。

"走开！我讨厌骗子！"

"这一点我跟你一样，我也不喜欢骗子。不过，能不能先告诉我，我什么时候骗你了？"

奥莉芙没精打采地倒在椅子里，胳膊抱在胸前："你说你妹妹死了。但是你打电话的时候却说她还活着。"

安妮心中一沉。怎么这么大意？果不出所料，奥莉芙一直竖着耳朵在听她的每一句话。

安妮把椅子转了九十度，两只手一边一只拉起奥莉芙："甜心，事情没有那么简单。我妹妹有个秘密，她有的时候常会做一些莫名其妙的事情，所以我怀疑她是假装死了。"

奥莉芙拍开安妮的手："那我妈妈一定也是在假装。"她顺着吧凳滑下来，冲出了厨房。

大事不妙！托马斯特意提醒过她，奥莉芙一直难以接受母亲离世的事实。假如让他知道安妮给了自己女儿不切实际的幻想，他一定会很失望。可是，她要如何才能兼顾理性与情感，与奥莉芙坦诚相对呢？

安妮追进了客厅，奥莉芙趴在沙发上，把脸埋进靠枕。安妮蹲在她跟前："奥莉芙，抬头看看我，好吗？"

奥莉芙无动于衷。安妮想拍拍她，手伸出去又缩了回来。这回，她换了个姿势，手肘支着沙发，凑到奥莉芙耳边，声音极尽温柔：

"你瞧，我因为没有机会在我妹妹离开之前见见她，跟她好好道别。这让我很难接受她已经离我而去的事实。"

奥莉芙慢慢从脸上放下靠枕，坐起来，但是依旧拒绝安妮的眼神交流。安妮看来，这招兴许管用。

"我也没有见到妈妈，我醒来的时候，她已经在天堂里了。"

果然奏效了！昨晚，她从托马斯处得悉了事故的始末。"对方喝醉了。"他告诉安妮，格温，他的爱妻，死于当场。而小奥莉芙折断了一根腿骨，被送进了急救室。"麻醉剂和止疼药让她昏昏沉沉的，一个星期后，当她彻底清醒过来，格温已经落葬了。"

"我以为这反而不会让她太难过，"托马斯失焦地望着远方，"但是一切恰恰相反。她完全不记得那天的任何事。就好像，一个万千宠爱的孩子某天一觉醒来，发现妈妈不见了。太残酷了。"

"奥莉芙，"安妮柔声说，"相信我，我能体会你失去了妈妈的感觉。

你知道吗，我是被收养的……"局势有点失控，她不知道她再说下去会怎么样，"玛丽亚，我的生母，她甚至根本不认识我。"

"不，她当然认识！我听见你给她打电话了！"

"电话里的是我的养母。我这辈子都没见过我真正的母亲。"

奥莉芙攒在一团的小眉毛终于舒展了，语气也温柔起来："也就是说，你有两个妈妈。现在至少你还有一个，所以，也不会太伤心。"

"是的。我现在的妈妈爱我、疼我，就像我的生母一样。"

奥莉芙眼睛一亮，这回彻底坐了起来："那我也能再有一个新妈妈吗？"

安妮为之心碎，感到眼前这个失去了妈妈的小可怜和她并无不同。她们都在向上帝乞求一个妈妈，如果硬要说有什么不同，那就是安妮现在还有一个。安妮被自己的想法吓了一跳，觉得有所辜负。

她还没想好怎么回答奥莉芙的问题，就听见钥匙响了，是托马斯回来了。托马斯一脸震惊的表情方才让安妮恍然闻到、看到、意识到，黑烟滚滚，已经漫出了厨房。

糟了，是蒜！

第三十三章

爱莉卡

日暮时分。我坐在凯特家客厅壁炉前的地毯上打电话，露西趴在我腿上。

"如果您还有别的需求，请务必告诉我。任何需求。谢谢您，鲍尔先生。"我挂了电话，搂着毛茸茸的露西。

"嘿！"

露西忽然一跃而起，吓了我一跳。原来是凯特回来了，正在门口换拖鞋。她脖子上挂着围巾："你在和谁聊天？"

我脸上一红："没……没和谁。"

她以洞悉一切、无所不察的眼神慢慢向我逼近，直至我缴械投降：

"好吧，布鲁斯·鲍尔，一个私家侦探。他在帮我调查克丽丝汀的下落。"

凯特跌进沙发："不是吧，小莉！"

"安妮觉得克丽丝汀八月就会自己回家，我今天和她通上电话了。说起这个，我还没谢你。鲍尔探长目前正在搜集机场、青年旅社等地点的信息，已经联系了不少线人，能想到的地方都会找一找。"

凯特猛揉太阳穴："你要闹到什么时候是个头呢？"

"不找到证据我是不会罢手的。据说运输安全委员会的调查也差不多收尾了。我应该不用等太久就能拿回她的随身物品了。"

"然后呢？你就会接受事实，且真的放手吗？"

我深吸一口气。会吗？我真的能放手吗？

"为什么，凯特？为什么你也好，'奇迹'也罢，你们所有人都希望我放弃最后的希望？信件不是安妮发给我的，我如果不说，她根本不知道这件事。她也觉得应该是克丽丝汀发的。"

凯特走过来坐到我身边："小莉，你必须听我说。安妮大概已经走投无路了，为了挽回你，她想了各种各样的办法。也许正是这样，她才给你写了那些信，反过来，还要假装是克丽丝汀写的。"

"不是的。安妮不会骗我的。"

凯特咬着嘴唇，我猜到她一定对我有话要说："假如，她是在担心万一让你知道邮件是她写的，你就不会听劝了呢？"

晚上，我坐在被窝里查收"欧托兹"的电邮。她在邮件中简明扼要地分析了拿下锦绣华府的胜率，并罗列了十几个竞争对手。可是在此之前，锦绣华府的独家代理权明明十有八九就是艾米丽的。

> 卡特估计得没错。锦绣华府目前尚无任何签约记录，也就是说，鹿死谁手还不好说。我已经替你安排了明天下午两点的电话会议，你、我，还有对方首席开发商斯蒂芬·道格拉斯。如果我们能啃下这块硬骨头，爱莉卡，你前五十的位置就坐定了。拭目以待！

我感到胃里一阵翻腾。从业这么多年以来，我还从没干过挖同行墙脚的事。

但是，如果我真能搞定这个楼盘，比赛就赢定了。况且，我现在已经获得了两个女儿的支持，拿下比赛，然后彻底把艾米丽·兰格踢出局，简直一箭双雕。

我枕着胳膊望着天花板，又想到了今天和安妮的对话。尽管据她说，那些匿名电邮可能是克丽丝汀写的，但是她有没有正面否认过写信的人其实是她呢？

我一骨碌坐了起来，好像，她真的没有否认。

那么，有没有这种可能，安妮就是"奇迹"，就像凯特说的？我的安妮从不妒忌我对她妹妹的关切，但是有没有可能，她为了与我和好，写了那些信？而现在呢，她还会像以前一样爱我吗？

我按下"编辑"键，把"ISO_AMiracle@iCloud.com"填进了收件人一栏。每敲下一个字，都似乎要耗掉千钧之力：

求你原谅我，求你。我爱你，我的孩子，就如向阳花永远爱着阳光。

我在信的末尾补了亲吻的表情，然后按了"发送"键。不论收到信的是哪个女儿，我所说的都是真心话。

正要关掉收件箱，又一封新消息跳了出来——托马斯·巴雷特。赞！我像饥渴的女人发现了甘霖。远水难解近渴，但是，继今天早些时候的电话之后，能从旅法教授的嘴里多听到点安妮的消息，哪怕一点点，也是好的。

嘿，爱莉卡：

我想我也许可以从你这里讨教一点养女经验。我担心我可能不小心伤了安妮的心。

事情是这样的，我猜，她原本打算以一顿可口的晚餐给我们送上惊喜，但是不小心失手了。我回来的时候，发现房间里都是烟。

事后想想，我当时的确有点反应过激，事实上只是烧煳了锅而已。但我看见冒烟的第一反应是房子着火了，生怕奥莉芙再出意外。所以，我可能无意中凶了安妮。我告诉她以后离开厨房以前千万不能忘了关火，恐怕语气过于严厉，不知道有没有把她弄哭。她冲去厨房抢救，结果烫了手。

后面的事，我不说，你大概也猜到了。晚餐自然是泡汤了，我们开了罐头，凑合了一下，但是全程三个人谁都没有说话。我感觉糟透了。所以，虽然现在才凌晨四点，但是我实在没法接着睡觉。此刻，我在阳台上给自己沏了杯咖啡，万籁俱静，整座城市愈显迷人。我的右手边，可以望见圣母教堂的尖顶。向左远眺，则是埃菲尔铁塔。正前方，几个街区以外，越过商铺和洋房的屋顶，就是安静的塞纳河。如果换了平时，我一定会安享宁静之美。但是今天，我觉得我就是个彻头彻尾的笨蛋！

可不可以请你提供一点治愈安妮的独家秘诀？我该保持沉默，还是主动道歉？拜托这回一定要捞我一把。

托马斯

托马斯的这封信让我伤心之余，又忍不住好笑。可怜的安妮。我知道她这么做无非是想取悦于他。至于可怜的托马斯，和安妮朝夕相处一定不会轻松。体贴是她最大的优点，然而体贴必然伴随着敏感。想象一下，如果是克丽丝汀遇到一样的事，她多半不会理会托马斯说什么，反而有自己的一套方式自嘲："您说得一点没错，从今以后，让我珍爱生命远离厨房，抱着微波炉坚强而勇敢地活下去吧。"

我的确有必要伸手捞他一把：

亲爱的托马斯：

我为你二人皆感忧心。安妮脸皮薄，向来敏感。总是需要我额外小心呵护。但是相信我，比起我曾经搞砸过的场面——还记得我第一次联系你是为什么吗——你这都是小意思。告诉你一个好消息，安妮恰巧也是世界上最懂得体谅别人、最愿意原谅别人的孩子。

但是，她会有一天也原谅我吗？

　　哪怕她真的生气了（我可不信），明天早上睡醒觉也就忘了。她还是那个阳光快乐的她。在我看来，她可能只是有点难为情罢了。安妮总是一心想着让人开心，所以，你只需稍稍夸赞或者鼓励她一下，她的烦恼就烟消云散了。相信我。

　　谢谢你和我分享。希望我的分享能真的帮到你。至于现在，争取再睡一会儿吧！

　　祝你好运！

爱莉卡

　　我想象着一个独自坐在阳台上的男人，整座城市在眼前熟睡，而他独对忧愁。一时兴起，我打开搜索引擎，搜索了"乔治城托马斯·巴雷特教授"。一下子蹦出来几十个词条，其中多半是学术期刊上发表的文章。我随手点开了最上面的一个。仅文章的摘要就充斥着大量多音节长单词，我读都读不顺，更别说理解是什么意思了。网页拉到最下面，一张照片映入眼帘：帅气的脸上挂着灿烂的笑容。照常理说，女儿今年才五岁，我一直以为他也就三十出头，显然他本人要更为老成，看起来与我年龄相仿。

　　我看了看床头的闹钟：22 点 26 分。也就是说这封信是他大概半小时前发来的。我咬着指甲思索了一会儿，在回信中又添了一行：

如果你想聊聊，我刚好还没睡。

我留下了我的手机号码，然后按了"发送"键。然后睁着眼睛躺着等了两小时。电话铃并没有响起，这让我觉得自己愚蠢而丢脸，没来由地受到了冷落。

整个星期三上午，我和凯特坐在她房间的阳台上，喝着咖啡，穿着睡衣大吃花生酱吐司。如果把咖啡换成柳橙汁，简直就是回到了小时候。

"天哪，不用上早班可真爽！"凯特抻抻腿，伸了个懒腰，"快点告诉我，那他到底有没有打给你？"

我脸涨得通红："没有。我居然说出这种话，他肯定也很莫名其妙。我究竟在想什么？"

凯特舔着手指尖上的花生酱："我只是好奇让安妮知道她妈妈和她老板成了越洋笔友，她会作何感想。"

"千万别跟她说，凯特。绝对不是时候。他现在可是我与安妮之间唯一的信息纽带了。听他偶尔说说安妮，我都安慰不小。"

对话突然被一阵电话铃打断。

"快接，说不定就是他打来的。"凯特凑上来想从来电显示上看出些端倪，"见鬼！是卡特。"

不得不说，我也一样失望，但是该接还得接："你好，卡……"

"欧丽兹说一直没收到你的回复，"卡特在听筒中咆哮，"到底怎么回事？"

我叹了口气，抓抓额头："哦，天哪，实在抱歉。的确是我忘了回她。"

"我们需要你出马，对方可是锦绣华府的大东家。能不能从兰格手里截和，全指望你这张牌了。"

我起身走到窗前："呃……好吧，好的。你说什么就什么好了。"

"欧丽兹已经安排妥了今天下午两点与斯蒂芬·道格拉斯的电话会议，你必须在场，听见了吗？"

"一清二楚，"我答道，"我会准时在线。抱歉让你担心了。"

挂了电话，我揉着脑袋，一时充满了舍我其谁的自负，又有点难当重任的隐忧。

"老天爷啊，"凯特一把拉过我颤抖的双手，"我还以为天底下只有父亲对你才有这么大的远程威慑。"

"摊上这种变态老板我能怎么办？"

"你居然还能忍辱负重坚持这么久，简直让人难以想象。为什么不辞职？看看你现在也算要钱有钱，要资本有资本，干吗不另立门户，去他妈的变态老板！"

凯特的提议让我汗毛倒竖，这与克丽丝汀在我那天出门前说的话如出一辙。说得是啊，为什么不把布莱尔地产公司的牌匾再挂起来呢？为什么不为自己一直以来的梦想再做点什么呢？

"改天吧，也许。"我含糊地敷衍她，把手抽回来揣进睡袍口袋，"眼下，我得想想看怎么才能让艾米丽·兰格把到手的代理权再吐出来。还记得这个人吗，我的前老板？就是她当年忽悠我另起炉灶，然后她可好，隔岸观火，眼见我起朱楼，眼见我宴宾客，眼见我楼塌了。"我转身看着凯特，旧事居然仍能牵动肝火，"就是她，口口声声说我可以把自己的客户也带过去，最后还不是翻脸不认人？"

"想起来了。"凯特点了点头，"这话说起来也有……五年了吧？"

我背对着她："整整九年了。等她发现是我抢了她的独家代理，一定气炸了！"

"呃……"凯特犹豫着，"会不会不太厚道？"

"她这叫自作自受、罪有应得。"

"嗯，"凯特点点头，我自己的亲妹妹，看上去像个大圣人，"我记得最近某人刚刚说过一句话，大意是要适时放手什么的……"

我知道她的意思。但是她可别想拦住我。她根本不懂，当初可是艾米丽·兰格出尔反尔，才把我害得那么惨。

"这位智者朋友，需不需要我再提醒你一下前半句的内容——有的时候，只有坚持，生活才能继续下去。"

我换了套装坐在电脑前，桌子上提前备好了一沓白纸、两支钢笔。斯蒂芬·道格拉斯根本不会发现和他通电话的人此刻身在曼哈顿九百英里以外的小岛咖啡馆里。

13 点 58 分，手机铃声大作，屏幕提示是一个陌生号码。我以礼貌而客套的办公室套路接听了电话：

"您好，斯蒂芬。感谢您如约来电。"

"抱歉，请问是爱莉卡·布莱尔吗？"

我连忙点头："正是在下。稍等，我现在就连线欧丽兹。"

"是我，托马斯·巴雷特，安妮的雇主。"声音平和而温润，像一碗热汤。

"哦，托马斯。"时钟已经指向了 13 点 59 分，他可真会挑时候！

"抱歉，早上给你写完信，我打了个盹，"他说，"没承想就一觉睡过了头。所以直到快中午才看见你的回信。怕你见怪，就没敢贸然给你打电话。"

"哦哦，"我想笑又有点不好意思，"不要紧的呀，"感觉自己做作得像个傻瓜，不由得皱起了眉头，"不好意思，我正在等一个电话。没什么特殊的事情吧？"

我得想个说法，让他知道我不是不想理他，只是，晚点，如果他愿意的话。

手机叮的一声，提示又一通来电正在等待接听。该死的，这回必是斯蒂芬无疑了！

"感谢您的来电，托马斯·巴雷特先生。"

等一下！我刚刚说了什么？！托马斯·巴雷特先生！显然已经来不及改口了，对方挂断了电话，斯蒂芬的声音切进了听筒。

两分钟后，斯蒂芬、欧丽兹和我已经渐入佳境，看起来远程电话会议与三个人面对面坐在一起也没什么差别。薄荷糖小姐试图以我的信用背书和近三年以来"我和她共同达成"的既往业绩推波助澜，飞快地罗列着海外投资人、亚洲客户和经纪人的名头。

"真是了不起。"斯蒂芬听上去音调高得奇怪，紧接着报出了他的预期价格点。

"有点激进，不过也不是不能。"我说。

欧托兹突然抢过话锋："全权交给我们怎么样？"

"你们的确掌握了不少海外资源，"斯蒂芬紧跟一步，"不过，爱莉卡，在曼哈顿与你们资历相仿的地产经纪大有人在。你凭什么觉得我该选你呢？"

我听说去年春天艾米丽·兰格刚刚结婚，对方不仅小她十岁，还负担着三个学龄儿童的监护权。我猜我的这点内幕消息足以一针见血地点明相比而言我的优势所在，不过这种背地里说人闲话的伎俩太低级了，我还不至于靠踩她上位。

"我的工作就是我生活的全部，比之其他经纪人，我可以每天二十四小时投入且全年无休，只要能让客户满意。"

"我也做了我的功课，"他难道在窃笑，"你工作狂魔的名声看来有目共睹。"

"欣然笑纳。"然而我并没有像以往那样，为此而感到任何沾沾自喜。我想起安妮的话："只要……只要你别忘了什么才真的重要的就好。"过去的十一个月里，我嗜工作如成瘾，工作成了我一而再、再而三的借口，有的时候，像是为了报复生活，而有的时候，又像是在逃避生活……或者说是在逃避面对自己的女儿。我感到羞愧难当。想想艾米丽·兰格，新晋继母，也许不得不周旋于自己的工作、孩子们的课业辅导以及业余体育活动之中，但是有无可能，当我还在假装沉浸于工作的时候，她已经先一步发现了生活中真正重要的部分？

"情况就是如此，"欧丽兹接管了局面，"不论是基于往年业绩、客户资源等客观条件，还是个人意志的主观投入，爱莉卡和我都是您的不二选择。"

我咬着嘴唇，等待斯蒂芬说出最后的宣判。

"不得不说，我很受打动。电话会议之前，我还以为今天只会是一场礼节性的寻常问候。我心中已经有了代理人选，而我这个人又向来不会质疑自己已经做出的判断。"

我等着他说出"但是"，显而易见，他一定会有这个"但是"。

"但是，二位今天的一席话，让我愿意再做考虑。"

薄荷糖小姐松了口气："只要你把全部十六套房源的独家代理权交给我们，我们就敢向你承诺在九十天内让锦绣华府挂牌售罄。"

我飞快打开日历，十六套物业，九十天，可不是说着玩的，不过未尝不可一试。

"三十天。"斯蒂芬落槌定音。

我倒抽一口凉气："抱歉，我得求证一下，您是说三十天？三十天内售空十六套物业？"

"你们既然敢说你们是最棒的，那总要拿出点实力证明一下。"

开玩笑吗？我的脑袋嗡的一声："的确，斯蒂芬，我们是你最好的选择。但是我们也不是神仙下凡。买卖房子靠的不是主观意志，毕竟需要时间来……"

我当场被他尖厉刺耳的高音打断："你们这是在浪费我的时间。我今天明明已经准备好了同另一个经纪人签约，他们的承诺是九十天。既然你们说你们能做得更好，那我就给你们三十天。成交吗？"

如果拿下这一单，佣金自不必多说，更棒的是，终于能让艾米丽尝尝自食其果的滋味。

但是，内心深处，一个柔软而细小的声音仿佛在拷问我："真的这么重要吗？你反省过去了吗？你学会放手了吗？"

我明明可以，且应该，用简单的一句话结束这场荒谬的战斗。

但是我竟没有。

第三十四章
安妮

时间来到了星期三，安妮、托马斯、奥莉芙三人之间的默契已经逐渐形成：六点，安妮起床，打开脸书，给克丽丝汀发送每日例行问询，然后走到厨房，打开教授先生的高级咖啡机，开始准备早餐，新鲜可口的果酱和奶酪，酸奶和果汁。洗完澡，她会先吹干头发，再涂上一点唇彩。然后，等听到托马斯关了浴室的水龙头，她就会敲开奥莉芙的房门。

"早安，小瞌睡虫。"她会轻轻拨开奥莉芙脸上的碎发，温柔地叫醒她。而几乎每一天，看着奥莉芙睁开惺忪睡眼，眼神从期待变成失望，都会让安妮黯然神伤。是的，坐在她床头叫她起床的只会是安妮，不是妈妈。

这天，因为下雨，略有点凉意。安妮铺好床，给奥莉芙挑了一条黑白条纹裤袜和一件红色的长袖罩衫放在床边，走了出去。像以往每天一样，奥莉芙径直绕过小床，直接忽略了安妮的时尚建议，自己从抽屉里翻了一身行头，但是看起来穿得毫无章法：红绿紧身裤袜（看上去像是圣诞节的装备），粉橙相间的波点裙，还有一件像今天这种温度未免过于单薄的紫色 T 恤衫。安妮的鼻子和眉毛绞在了一起。

"奥莉芙，今天外面可冷了。你真的不打算换件长袖吗？"

奥莉芙不搭话，扭着身体钻进了 T 恤。

"快过来，你这个小傻妞，"安妮蹲下来，"还是让我来帮你一把吧，你看，穿反了，前面穿成了后面，里面穿在了外面。要是这么出了门，你一天都得倒着走。"安妮哈哈大笑，奥莉芙却嘟嘟囔囔的。

门开着，门外传来托马斯的笑声。安妮窃喜，自己的幽默感终于得到了赏识。

"一点也不好笑。"奥莉芙怕安妮自信心太过膨胀，及时泼了冷水。她大步流星地走出卧房，拒绝了安妮的帮助。

巴黎的学校千千万，为什么偏偏让奥莉芙挑到一所不要求必须穿校服的？

安妮紧随奥莉芙进了厨房。托马斯正在煮牛奶。听见奥莉芙的声音，他高兴地转过来：

"早安，小捣蛋鬼！"

苍天啊，他为什么还是这么帅？牛仔裤、棉 T 恤，外套和短靴，托马斯今天还是惯常的休闲打扮。鞋尖上一块粉红色的印渍全拜奥莉芙的草莓冰激凌所赐。他把手上的牛奶放在一边，弯腰把奥莉芙抱了起来："昨晚又做了什么美梦呢？"

小丫头扯着爸爸的耳垂，像抓到了两块太妃糖："你今天还要去上班吗？"

"是的，宝贝儿。你呢，要去上学。也许安妮中午接你的时候，可以带你去公园转转。"

她噘着嘴："我讨厌公园！"

"别闹情绪啦，要不我们晚上出去吃饭怎么样？我可以早点下班。"

小丫头终于燃起了兴致，睁大眼睛："乔治餐厅？"

"好啊，听你的。"

"哇哦！"

安妮张着嘴看着这一切。想到和自己父亲难能可贵的亲子时光，特别是在他刚刚结交了又一任新女友而急于表现的时候，就会拉上她和小克丽丝一起出去，他和女友如果去健身，就带她们去游泳，他和女友如果去打高尔夫，她俩还有机会在草坪上试驾他的球车。但是这样的时刻总让安妮很不自在，觉得父亲总是在特意为了她们而从自己的时间表中挤出点时间。就像书架摆满了，还要硬插进去一本。而在托马斯而言，亲子时光来得如此自然。奥莉芙永远可以霸占他时间表上的优先项。他几乎就是安妮心目中未来孩子父亲的绝佳范本。

"早啊，安妮。"托马斯看见了她。

"您也早。"安妮把刘海扒拉到一侧。

"卡布奇诺？"托马斯放下奥莉芙，问她。

"多谢。"

"你今天气色真好。"

安妮低头看看自己，和平时也没什么两样——运动汗衫和紧身瑜伽裤，箍着一身横肉紧紧地绷在身上。星期一的煎蒜危机发生以来，托马斯一直表现得倍加悉心，时不时就会向她奉上赞美。安妮不禁怀疑，难道她不是单相思，教授大人也一不小心爱上她了？理智告诉她，对方仅仅是出于礼貌客套几句而已，但是，试问她什么时候理智过？

他递上咖啡，两个人的手不小心碰在一起。她脸上一红，眼睛飞快地逃开了。"谢谢。"声音小到几乎听不见。她朝奥莉芙努了努嘴，小丫头此刻光顾着贪婪地舔舐面包上的果酱。"事先声明：她可是自己硬要穿成那样的。"

托马斯这才留意到奥莉芙的时尚宣言，呛了口咖啡："我的天哪！"

安妮笑了："要我帮她换掉吗？"

"随她好了。我可学乖了，以前为此没少斗嘴。"他居然跟她碰了杯，"干杯，真是要好好谢谢你，安妮，有你在，我感到很欣慰。这个家就缺你这样的存在。"

安妮一颗心差点从嗓子眼蹦出来！二十年了，第一次有这么帅的男人对她说如此动听的话。

美语育幼院门前，安妮蹲下来，看着奥莉芙。"几小时后见咯！"安妮替她抹掉沾在脸上的果冻，"要乖，要加油哦。"接下来是计划好的拥抱，但是奥莉芙像往常一样，灵巧地一闪，然后头也不回地冲上了台阶，样子像刚刚逃出人贩子的魔掌。

安妮沿着巴克街继续搜寻妹妹的身影。她系统地安排了排查的路线，每次一个区域，估计还得等上一个星期才能得到大使馆的答复。今天，她把重点放在了卢浮宫—杜伊勒里一带，搜寻将绕着著名的艺术殿堂卢浮宫展开。

她向河边走去，一路上睁大了眼睛，不放过任何一个身材娇小的金发女郎。但是，克丽丝汀也许已经不能称得上"娇小"了吧，八个月的身孕，肚子应该至少装得下一个西瓜。安妮被自己的想法逗乐了，但是转瞬，辛酸就涌了上来——她，马上就要当阿姨了！

她把手揣在兜里不知不觉走到了旧巴黎宫苑花园，十七世纪的园林设计如今看来依旧魅力非凡。绿草如茵，雕塑林立，整座花园好像一张巨大的棋盘，而她漫步其间，满脑子想的都是克丽丝汀。

一条夹在树篱中间的碎石路吸引了她的脚步。两边绿树上的每一枝、每一叶都似乎经过了园艺大师精心的设计和修剪，换作克丽丝汀，一定会视之为剪刀手爱德华的杰作。精致的巴黎女郎三三两两聚在长凳上谈天说地，儒雅的绅士坐在椅子上，口吐莲花，故事讲到精彩处，胳膊也跟着挥舞起来。老人们安静地坐在绿荫下，或读书，或看报。不妙，她发现自己一直在溜号，不由暗骂：专心点，别忘了你可是来找妹妹的！但是，每一张擦身而过的面孔，每一秒如水而逝的时间，甚至她的每一次心跳，都让希望更靠近失望，心愿更接近心灰。找到妹妹的希望就像受了伤的小兽，伤口在滴血，生命在流逝。

中午，安妮接到奥莉芙的时候，心里还在难受。又过了一个上午，但是距离找到小克丽丝的目标，依旧没有丝毫进展。整个下午她心烦意乱，假如小克丽丝根本不想被人找到怎么办？安妮了解自己的妹妹，独立，坚持，但固执有余而理智不足。如果小克丽丝下了决心要藏起来，看不出有什么能让她改变主意。

时钟刚刚指向四点半，奥莉芙已经跪在了沙发上，紧盯着窗外。安妮捧着一提篮洗好的衣服走进屋：

"看什么呢，奥莉小甜心？"

见她不答话，安妮把篮子放在了地板上：

"一起叠衣服呗？或者，我们一会儿再收衣服，出去转转？"

"不——"她拖着长声，听起来安妮的主意烂透了。

"那么，一起玩一会儿怎么样？优诺牌或者填色书，或者，我们来烤小饼干？"

"不。爸爸说了他今天会提前下班。"

安妮点点头，想起托马斯早上的许诺："对哦，没错。"

"我们去乔治餐厅吃晚饭，我会点一大杯奶昔！不带你去！"

"哦，当然，我就不去了。"奥莉芙说得没错，说白了，安妮只是个保姆，保姆不属于亲子时光的参与者。她得时刻提醒自己别忘了这一点。她也爬上了沙发，和奥莉芙一起，肩并肩地趴在窗户上，望着楼下的人行道。

"小克丽丝和我小时候，爸爸喜欢带我们去一家叫作杯子与碟子的老店。我们会在吧台上找个位置，我总是点芝士汉堡和薯条，克丽丝汀点鸡肉三明治，爸爸一般只吃煎蛋卷。"

"你妈妈呢，她吃什么？"

安妮扭头看着小奥莉芙，有点吃惊她会这么问："哦，我妈一般不会一起去。那个时候他们已经离婚了。"

"什么是离婚？"

安妮迟疑了片刻，思忖着怎么说才能既贴切又委婉："离婚就是妈妈和爸爸不想再兼职妻子和丈夫了。当然，妈妈还是妈妈，爸爸也还是爸爸，只是会住在不同的家里。"

奥莉芙也扭过头看着安妮："那他们的小孩住在哪儿呢？"

"这个嘛，克丽丝汀和我多数时候跟妈妈住在一起。每个月之中的两个星期六和星期天，我们也会去爸爸家住。"

奥莉芙皱着眉头："就是说你们不能和他们俩同时住在一个房子里了？"

"不能。"

奥莉芙不再看她，两个人彼此无声地望着窗外。安妮心中打鼓，不知道自己是不是说得太远。奥莉芙柔弱的小心脏也许还不能理解，在残酷的现实中，爱情有时就是难以善终。

"以前，我的妈妈和我，还有爸爸，是住在一起的。"奥莉芙像是在夸耀，安妮忍不住笑了。

"是的，你很幸运。"

奥莉芙也点点头，额头贴着窗子，在玻璃上留下一团哈气。"快点。"她自言自语，"加油，爸爸。"

安妮在沙发旁边的架子上发现了一副望远镜，举起来，在当中寻找一个穿着蓝色牛仔裤、棕色夹克衫的帅气身影。但是忽然意识到，她真正该找的应该是一个挺着大肚子的金发女孩。

"嘿！"奥莉芙叫起来，"这是爸爸的，不能拿来玩。"

安妮笑着说："我知道，我会很小心的。只是想看看能不能用它帮你找到爸爸。你知道什么是望远镜吗？就是能帮你望到很远的地方有什么的眼镜。"

"真的吗？"奥莉芙夺过望远镜，"让我试试。"

安妮这回简直笑出了声，小丫头终于露出了一点兴趣。"好的好的，慢点，小姐！我来帮你。"她把望远镜的背带绕到奥莉芙脖子后面，扶着镜筒，"要很小心，很小心哦。"

"什么也看不到！"奥莉芙抱怨。

"稍等一下，"安妮旋动镜头，"能看清的时候告诉我。"

"看不见……看不见……还是看不见……"奥莉芙极不耐烦，忽然"哇哦"一声惊呼。

奥莉芙紧贴着镜头。"我能看见里面有好多人！"但是她很快就放弃了向下的观测，转而把镜头对准了天上，"喂，走开！你挡住我了，破楼！"

"那只是一栋公寓楼，和我们住的这栋没什么不同。你爸爸不会在那儿的。我们还是在人行道上找一找吧。他应该会从那个方向过来。"安妮轻轻地把奥莉芙的头掰向右边。

还没等奥莉芙调整好方向，门外就响起了钥匙的声音。奥莉芙赶忙把望远镜从脖子上摘下来推给安妮：

"快放回去，"她压低声线，"这可不是随便拿来玩的。"

"哦，对！快点，快点！"安妮夸张地执行了奥莉芙布置的顶级机密任务，还特意调整了盆栽的位置，让望远镜显得没那么可疑。最后，在托马斯开门进来的一刹那，安妮冲回了沙发上。奥莉芙咯咯直乐，笑声宛若天籁，安妮简直要纵情为之歌唱。

安妮捧着电脑坐在床上，门半掩着。隔壁房间里传来奥莉芙的歌声："乔治餐厅，我们来啦——我，还有爸爸！"

正在这时，她被敲门声吓了一跳。

"和我们一起去吧。"托马斯出现在门口。

安妮心神荡漾。好极了，没问题！不如我们干脆给那个小捣蛋鬼找个代班保姆，然后独享二人时光？

"除非，"托马斯说，"你更想一个人静静，当然我也理解。"

一个人静静？她可从没这么想过。她情愿和他分分秒秒在一起，甚至是……从今以后的分分秒秒！但是她忽然想到自己小的时候，最大的期待莫过于和小克丽丝还有爸爸，享受只有他们三个人的亲子时刻，那是她的小确幸。但往往最扫兴的就是爸爸的时任女友有时偏会跟来凑热闹。她想，也许奥莉芙也有她的小确幸吧。于是，她把电脑摆在一边，对托马斯说："多谢邀约。不过还是你们两个去吧。奥莉芙对这场父女之约期盼已久了。"

托马斯笑了："果然还是你想得周到。那改天我们再一起吃饭，好吗？"

"当然，改天。"她耸了耸肩，嘴上这么说，心里可不这么想。

他正要转身走开，忽然发现了安妮床几上的照片，指了指："家庭合影？"

"我妹妹、妈妈，当然，这个是我，"安妮捧起照片递给托马斯，"高中毕业时的合影。"

托马斯凝视着照片——此处，毫无夸张成分，凝视——安妮站在他旁边。照片里，她和克丽丝汀一左一右站在妈妈两侧，三个人胳膊环着彼此。拍照那天，风很大，每个人的头发都飞了起来。妈妈吻向安妮的额头，快门按下，抓住了这个瞬间。妈妈目光闪烁，以前，她的眼睛永远像这样，亮闪闪的，还有左脸颊上的酒窝，小克丽丝也有一个。

"真美。"托马斯说。

"是啊，她真美。"安妮说。安妮把照片放回到床几，尝到一丝似曾相识的嫉妒：他一定觉得克丽丝汀美极了，每个人都这么觉着。

"我是这个家里唯一一个芝士汉堡的拥护者，不过我想你应该也已经看出来了。"安妮觉得自嘲应当辅以假笑，却力不从心地卡在了一半。

第三十五章
安妮

　　尽管她内心里很想去跟托马斯和奥莉芙凑个热闹，但是空出今天晚上，她就多了一个机会去找小克丽丝。小克丽丝是出了名的夜猫子，这也许就是为什么安妮白天从没撞见过她。

　　安妮迈进狭小的电梯间，按下大堂的按钮。电梯刚要启动，门又开了，闪进一个男孩。

　　"晚上好。"安妮只是出于习惯性的礼貌，根本没抬头，两只手交叉抱在胸前。

　　"你好，安妮。"男孩的英语带着德国口音。

　　安妮猛地抬头，原来是走廊对面住着的瘦竹竿，她到巴黎的第一天，托马斯介绍过。

　　"哦，嘿，是你……"安妮眼看说不下去了，没办法，她居然忘了人家的名字！

　　"罗里。"罗里微笑着主动解围。站在电梯间的投影里，罗里看上去比那天气色好很多，至少没那么苍白。他穿了一件深蓝色的卫衣，脖子上绕着绛紫色的围巾。"你是怎么降服奥莉芙的？她一定很喜欢你，对吧？"

安妮扑哧一笑："哈哈！你的英语学得不到家啊。我猜你真正想说的是'我猜她一定很想打你，对吧？'"

他放声大笑："你可真逗，安妮！"

安妮欣然笑纳，有那么一瞬间，甚至觉得自己就是女谐星艾米·舒默的进阶版。

"去大堂？"安妮问。罗里点了点头。

电梯间小而逼仄，安妮感到脖子发烫。站在纸片人罗里身边，自己就像个庞然大物。她松了松围巾。

"今天晚上不用工作？"罗里问。

"是的。"

"我能冒昧问问你是要去哪儿吗？"

安妮直勾勾地注视着前方的电梯门："随便转转。我在找……"她觉得再说下去，下一秒钟需要操心的就是怎么面对别人同情的眼神了。况且，她既不想让罗里觉得她是个傻子，也不想让他觉得她是个疯子。"我在找人。她在巴黎。不过我找不到她的电话了。"

罗里兴奋异常："你觉得她会在夜店吗？我可以带你去呀，可以从迷墙开始，或者疯猴——那儿总有不少漂亮的美国小姑娘扎堆，像你一样。"他最后四个字说得很轻，安妮不确定他说的是不是就是她听到的意思。上一次有人用"漂亮"夸她还在后面特意补上了"相对你的身材而言"，以求精准。

"不，"安妮无法想象妹妹挺着大肚子出现在那种场合，"她应该不会在夜店。"

电梯停住了。罗里为安妮推开门，绅士地示意请她先走。两个人一起出了大堂。

忧郁的天空飘起了雨夹雪。两个人站在门口雨篷下。

"我们一起去找你的那位朋友怎么样？"罗里提议。

安妮原计划一家餐馆、一家餐馆地找过去，把巴黎翻个底朝天。但是如果他非要跟着一起来，她暂时还想不出有什么理由拒绝。

"为什么不呢？"

但是她婉言谢绝了他说她可以挎着他的胳膊的提议，而是竖起风衣领子，两个人一前一后穿过了车水马龙的圣日耳曼大道。

"我最喜欢的就是飘雨的夜晚，"罗里说，"氤氲空气让街灯看上去多了一圈迷人的光晕。"

安妮望向迷蒙中的街灯，扬起嘴角。他的话让她想起自己写过的一句诗，是啊，那个时候的她还会写诗。"我也是，"安妮说，"唯一烦恼的是，氤氲空气让我的脑袋看上去也大了一圈，真是活见鬼。"

"我觉得你的自来卷这样看起来更美，"罗里在自己头上比画了一圈，"很衬你的脸型。"他在说话的时候并不看她，脸颊泛着红润。

他们路过佛罗拉咖啡馆巨大的白色雨搭，情侣们开心地啜着红酒，把盘子里的牛扒、奶酪和面包送进口中。朋友和家人肩并肩挤在一起，抽烟，闲话，嬉笑。安妮巡睃其间，一张脸、一张脸地找过去。

"坐下来喝杯奶油咖啡怎么样？"罗里又提议。

"不怎么样。她不在这儿。"

他们于是继续去了另一家餐馆。一样的套路，安妮不肯放过任何一张脸。安妮留意到一张小桌前的一对母女，漂亮的妈妈带着年幼的女儿，不知道女儿说了什么，让妈妈大笑不止。画面让她想起妈妈，心中涌起一阵巨大的渴望。女人发现安妮盯着自己，脸上笑容冷了下来。安妮转身就逃，生怕下一个巨浪拍过来，她就要被自己想家的情绪淹没了。

一只手搭在她的胳膊上，她抬起头，遇上罗里深沉的目光："在这座美妙的城市中，你却无时无刻不感到孤独，对吗？"

她把湿淋淋的头发从脸上拨开："你怎么知道的？"

"因为我也有过一样的感觉。甚至现在，有的时候，依然这么觉着。"

他把她领去了双叟咖啡馆，海明威、毕加索、达利等响当当的艺术大家都曾经光临过的著名街角小店。一张张露天小桌前坐满了人，旁边还摆着电暖炉。

雨势见猛，食客们纷纷抬起椅子挪到条纹雨搭下。安妮依旧没有放弃。拜托，克丽丝汀，快点现身吧。我要急死了！

"一定一定得让我请你喝杯咖啡，"罗里说，"告诉我你的这位朋友长什么样，我一定一定会竭尽所能帮你找到她。"

安妮在罗里眼中看见了希望："你人真好。"

他们也在雨搭下给自己找了张桌子，并排坐下。安妮悉心研读菜单。

"你为什么没去上大学？"罗里问她。

安妮尴尬地不知该做何回答。她一直努力地想把哈弗福德和被学校停学的事忘到脑后，并不打算为了罗里再捡起来："我决定先休息一年。"

"你好呀，罗里！"安妮抬起头，迎面一个苗条的法国女郎，眼睛躲在一副夸张的眼镜后面在朝他们夸张地微笑。她穿了一件短打羊毛衫，下着黑色紧身裤，安妮觉得自己十岁以后就再没把自己塞进过这么瘦的裤子里。好吧，也许是九岁。

罗里脸颊绯红："你好，洛尔。介绍一下，这位是安妮，我的朋友。安妮，这是洛尔，和我一样，都是蓝带学校的。"

"幸会。"洛尔的声音跟她本人一样纤细。"明天见，罗里。"她在罗里脸上留下浅浅一吻，然后飘然而去。

安妮打趣他："看来人家姑娘对你可真是一片痴心啊！"

罗里连忙摇头："才不是呢，安妮。我还真的约过她喝咖啡，但惨遭拒绝了。"

安妮向后靠在椅背上："那怕什么？再约啊！"

"生米已熟，"罗里摇晃着脑袋，"我现在过得很好。"

安妮想了半天才明白过来，他想说的是大势已去，他现在已经死心了。

"说真的，"安妮没有放弃，"如果你真的喜欢洛尔，就应该趁早告诉她，别等到将来后悔。这现在就是我的人生信条。千万别把该说的话放在肚子里，否则你会后悔一辈子。"

一个拒不与自己亲妈说话的女儿居然劝别人直抒胸臆。

安妮和罗里分食一条法棍面包，桌上的盘子里摆着各式各样的美味奶酪，都是她见也没见过的。罗里告诉安妮他曾以交换生的身份在华盛顿读过一年书："我挺喜欢美国的，不过德国才是我的家。"

罗里还告诉安妮他的家在德国莫赛尔地区一个叫科赫姆的小镇。"我的父母和妹妹现在还住在那儿。科赫姆的许多人家里都有葡萄园或者酒窖，我们家在那儿开了个小餐厅。等我成为主厨，就可以回去接手父亲的生意了。"

除了偶尔会混淆语序，罗里的英语说得很好，安妮看得出来，他的法语也相当了得，可以和餐厅服务生对答如流，今年是他在巴黎顶尖烹饪学校蓝带学校的最后一学年。

"我准备了一道菜，参加厨艺大赛，"他靠过来，"而且目前已经晋级到了决赛。如果我能最终问鼎，这道胡椒酥皮鸭佐意式樱桃醋就可以出现在杜卡斯的餐单上了！"

"听上去真棒！不过什么是杜卡斯？"

他激动地挥舞着手臂。"杜卡斯——巴黎最最一流的餐厅！"忽而又垂头丧气地说，"我有点后悔告诉你了。这可能会影响我的运气。你一定得保证，坚决不会告诉别人！"

安妮赶紧举起右手："我以童子军的荣誉起誓。"

"童子军的荣誉？"罗里皱着眉头，"我怎么听不懂你在说什么。"

"我是说：'我向你郑重承诺。'"

"十点了？不会吧！"安妮呆呆地望着手机上的时钟感到难以置信。

"是的，没错。"罗里说，"无聊的时候，时间就慢；和喜欢的人在一起，时间反而过得飞快。"

安妮朝他笑笑，迅速把盘子里的奶酪往嘴里塞："最后一块给你吧，确定不要？"

"不用啦，"罗里笑着拍拍胸脯，"按照你们美国人的说法，我已经塞饱了。"

于是安妮把最后一块布里奶酪丢进嘴里。罗里示意服务生结账。

"你还没告诉我你的朋友长什么样呢。"罗里说。

安妮嚼着嚼着，忽然愣住了。今天晚上跑出来的首要目的明明是寻找克丽丝汀，然而却花了一整晚的时间坐在这儿和罗里天南地北、海阔天空地侃大山。怎么能只顾着自己开心呢？

她把嘴里的奶酪吞进肚子，抓过一张纸巾抹了抹嘴。"她个子不高，但是长得很漂亮，"安妮望着雨中匆忙的路人，"肤色很白，像牛奶一样又嫩又滑。特别是笑起来，美极了，就像五月的玫瑰。"

"听上去和你很像。"罗里插嘴。

安妮把一缕不听话的头发别向耳后，奇怪，好像气温一下子升高了不少。"不，小克丽丝她……"她搜肠刮肚想找一个贴切的比喻，"她如果是香槟，我就是白开水。"

"那我选白开水。香槟喝多了头疼。"

"但是香槟多好啊，香槟冒着气泡、闪着光。"

"话是没错，但是人离不开水。"罗里微笑着望着安妮，"我猜你很爱她。"

"是的，我爱她。"

罗里扬起下巴："哦，我懂了。"也许是安妮的错觉，她觉得他有点伤感。

"她叫克丽丝汀。"

"克丽丝汀。"罗里盯着自己的空杯子，呆呆地跟着重复。

"她是我妹妹。"

"你说你妹妹？"罗里忽然抬头，"你是说你在找你的妹妹？"

"是的。她怀孕了，应该算起来有八个月了。"

终于把心底的秘密说出来了，安妮如释重负。看着罗里的脸，她敢肯定，罗里的脸上也写着一样的四个字：如释重负。他把钱包揣进口袋，站了起来。

"快点，"他向安妮伸出一只手，"我忽然想到一个绝妙的主意！"

罗里拉着安妮在人行道上暴走。雨点打在雨衣上，安妮要小跑着才能勉强跟上他的脚步。他们路过一家鞋店，一家卖贺卡的文具店，一家私人诊所，在一扇巨大的木门前一个急停。

安妮不明就里。罗里指着门边一块青铜招牌：妇产专家。

妇产专家，安妮喘着粗气，太对了，她怎么之前没想到呢？

"如果你妹妹人在巴黎，她就得到这种地方来，对吧？"

"对，太对了！"

"那我们就把巴黎城的每一所妇产医院都走个遍，"罗里笑着说，"你说能有多少？几百家顶天了吧？消失遗忘。"

——什么"消失遗忘"，是"小事一桩"啦，安妮知道他的意思，但是没有纠正他。内心深处，她觉得也许他的措辞才更传神。如果她始终不肯放弃，坚持找下去，她会找到消失的小克丽丝吗？还是应该现在就选择遗忘呢？万一，妹妹真如除了她以外所有人相信的那样，真的在那趟火车上呢？

第三十六章
爱莉卡

现在是星期四的上午。我在一家名为幸运豆的小咖啡馆里成立了临时办公室。我给自己选了一个靠近壁炉的角落，支开电脑，桌子上摊着厚厚的各种资料，还有一枚奶油芝士贝果。薄荷糖小姐接受了斯蒂芬的全盘要求，我没有别的选择，只能全力以赴。至少卡特是这么跟我说的。

我大口嚼着面包，把头扭向窗外：邮局楼顶上的旗帜在空中一动不动。安妮现在怎么样？鲍尔今天会来电话吗？"奇迹"还会不会再发邮件？克丽丝汀呢？我不敢抱太大希望。凯特和父亲也许是对的，克丽丝汀也许真的已经死了。但是我依旧感到无法放手，也不知道未来会不会有放手的一天。

还是静下心来好好看看欧丽兹发过来的物业蓝图和实景照片吧。目前的思路是，我准备制作一段酷炫的广告片，并辅之以在线文案宣传。"华府生活，锦绣人生"。下个星期二，我还会举办一场开放日参观。截至此刻，现场从吧台到乐池，从当天的活动流程到门口的代客泊车，已经事无巨细，安排停当。美食美酒缺一不可，而曼哈顿的每一位地产经纪也都已收到了我的邀约，也就是说，届时会有不下百人济济一堂。如果说还有什么人会错过此次盛事的话，那个人应该就是我了。

是的，这事让我一想起来就想要咆哮。难道这辈子都要被困在这儿了吗？天气预报声称接下来的这个周末气温会持续回暖，但是星期一早上温度可能又会突降至冰点以下。也就是说，要么星期日冰面完全开化，我就可以坐渡船回家，要么，我就得继续在岛上待着，顺便祈盼冰桥中间的裂缝再冻回去，鬼知道这是要等到什么时候！

手机铃声大作。准是我的强力薄荷糖又忘了什么事没告诉我。可是看见来电提醒，我吓了一跳：

"鲍尔探长，您好。"

我屏住呼吸，等着听他是不是要告诉我"您女儿找到了"。

"爱莉卡，我打来是想征得您同意。抱歉，我决定不干了。实在没有任何证据能够表明您女儿还活着。"

我眼前一黑。

"爱莉卡，你在听吗？"

半晌，我才说出话来：

"我在听。"我听见自己的声音小得可怜，"感谢您一直以来的付出。但是，拜托您，能不能再想想办法、再找找？求您了！"

挂了电话，我把脸埋进手中。不会的！克丽丝汀一定活着，就像安妮说的那样。她必须活着。因为如果她死了，安妮这辈子都不会原谅我。

良久，我把头抬起来，托着下巴。窗外飘过一朵云，大地只暗淡了一瞬，旋即又明亮起来。为什么阳光总是能穿透一切阴霾。

绝望中，我把电话打到凯特的咖啡馆，渴望得到安抚。尽管已经是午餐时段，电话只响了一声，她就接了：

　　"喂，小莉。怎么了你？"

　　我紧闭双眼："凯特，她是不是真的死了？如果她真的死了怎么办？"

　　"嘿，别担心，有我呢，"凯特的声音像一只手轻抚我的后背，"告诉我你人在哪儿？我这就去接你。"

　　我慢慢调匀呼吸："不用，我没事。就是想听听你的声音。谢了。"

　　"你知道我爱你，小莉。所有的事都会好起来的，我保证。"

　　"我就是想她，"我揉着鼻子，"好想她，太想她。我真不该回来，这个岛，还有这里以前发生的事，太叫人伤心了。"

　　"记得吗，你以前难过的时候告诉过我的，妈妈常说'想把自己的烦恼忘掉，最好的办法就是去关心别人的烦恼'？"

　　我点了点头，说不出话。

　　"也许，你也可以试试？"

第三十七章
爱莉卡

　　我收拾了东西逃出咖啡馆，把背包扔在了凯特店里，然后一个人去了镇上。每想一次克丽丝汀，就在心里重复一遍妈妈的话："想把自己的烦恼忘掉，最好的办法就是去关心别人的烦恼。"

　　我用力拽开杜德杂货铺的铁制门把手走进去，鼓起一阵风，身后门砰地又合上了。顾店的男人正在码放汤罐头，一美元两罐。我认识他，儿时的同学再见已经成了大人。

　　"戴好帽子别被吹跑了，今天风大。"他拍拍绿色的工作服，算是跟我打了个招呼。

　　"是啊。"我也捋了捋头发。

　　"买点什么，要帮忙吗？"

　　"谢谢。随便看看。"

　　我沿着一排又一排的货架寻宝，不知道应该给一个失去了行走能力的男孩买点什么。如果换了是在纽约，我大可以挑一套时下最新款的电子游戏，只需要手脑配合就能帮他打发掉不少时间。但是恐怕在旅游淡季里唯一开门营业的小杂货铺中从来没卖过类似的东西。

214

橡皮球，不行。纸风车，不行。填色书……怎么几个月前我就没想起来从纽约买点什么寄过来？现在可叫人如何是好？

我找到一只塑料风筝，一只忍者神龟在对我挤眉弄眼。我把它从架子上摘了下来。但是对乔纳而言，未免太幼稚了。况且他现在不能跑，我不知道他要怎么送它上天。

但是耳边忽然响起妈妈的声音："拉着风筝线的人很难不开心。"我扬起嘴角，在妈妈看来，放风筝无疑是治愈心伤的一剂良方。虽然我不知道为什么她依旧会伤心。

"这种天气正适合放风筝，是吧？"我光顾着想事，被不知道从哪儿冒出来的店员吓了一跳。

"你们店里有更适合十几岁孩子玩的东西吗？"

"那得等到夏天货船回来。不过，谁不喜欢风筝呢？老少咸宜，你说是吧？"

我只有耸肩："我想应该是吧。"

我又选了本填色书和一盒荧光蜡笔，然后跟着他去了收银台。

"不管别人背后怎么说，小莉，你在我眼里一点也没变。"

我奉上信用卡："真的吗？你大概是唯一这么想的人吧。你叫……凯文，对吗？"

他咧了咧嘴，露出歪歪扭扭的牙齿："正是。我还记得你刚搬来的时候，我们还在读四年级。你的袜子从来配不成对，这是我印象最深的了。"

"哈哈，"我想了想，"我都不记得还有这事了。"我双唇颤抖，有点哽咽，脸上勉强保持着刚才的微笑。我花了三十年的时间把这些忘掉，现在当然不能让往事就这么轻易将我击溃。

走出杜德的杂货铺，我继续沿着街边疾行。越是不想想起，越是想起更多。妈妈的身影凭空出现在脑海中，眼神异常明亮，脚边脏衣服堆成了山：

"把这些袜子一双一双挑出来太累了，你不觉得吗？不如每次随便穿两只，以后，不配对的袜子就是我们的时尚标签。"

我接受了她的提议。接下来的三个星期里，每次低头看看自己的脚，我就会情不自禁地笑出来，好像做了一件离经叛道却了不起的事，让我一跃成为妈妈的闺中密友。直到有一天，妈妈忽然出现在我们学校，短了半截的裤管露出了一只红袜子和一只蓝袜子，还有两只脚上的鞋子——白色的运动鞋和棕色的乐福鞋——明显也不是一双。我忽然觉得，一切没那么好笑了。

我拐进加里森路，努力摇头，试图把那些画面甩开。最近是怎么了，为什么一直想起这些不开心的事？在纽约的时候，每当想起妈妈，记忆总是快乐而美好的。

还是说，因为彼时我从没真的反省过过去？

莫莉看上去至少比四十三岁要老出十岁。她开门的时候犹豫了一下，我还在担心她是不是也没认出是我，可她接着点点头："小莉，我早先就听说你回来了。"

不需要太花心思，就能听得出她话中的冷漠。我一时窘困："抱歉，一直没来看你。"

"你忙而已。"

"忙不是借口。我早就想来，但是……"

但是什么？但是我本来就是个自怨自艾的小心眼女人？但是我不想听你以过来人的身份给我推销鸡汤？但是我失去了女儿，而你的儿子起码还活着？

我耷拉着脑袋，充满羞赧："我不该找借口。我感到真心实意的抱歉，莫莉。真的，请相信我。"

"进来吧。"她说。

我走进莫莉家小巧的黄色客厅，大大的凸窗上挂着白色的扣带窗帘。一套绒面组合沙发占据了绝大部分空间。"房子看着是不大，"她说，"但毕竟是个家。当然，没法同你的豪宅相提并论。"

"你这儿更温馨，"我发现橡木桌几和柜子上摆着不少小摆件，还有好多复活节的小玩意儿，"我又想起你以前的闺房了。一直很眼红你书桌上的架子，满满一架子豆豆洋娃娃！"

她笑了，笑起来依旧像小姑娘一样，让我也跟着开心："对，你怎么没提墙上后街男孩的海报？"

"那我可忘不了！"

一个小姑娘坐在椅子里，腿上摊着一本书。这一定就是莫莉七岁的小女儿了。科尔蒂斯告诉我，哥哥出事后，小姑娘一直很难过。

"你还是第一次见到萨曼莎吧？"莫莉走到女孩身旁，帮她理了理额发，"我最近这几个月一直在家辅导她学习。不过她已经准备好了，随时可以回去上学，对吧，莎莎？"

"真棒，莎莎，"我从包里抽出新买的填色书，"希望你能喜欢迪士尼公主。"

她接过去，一页一页翻了起来："喜欢极了！尤其是爱尔莎！"

接下来见到的是乔纳，他自己把轮椅倒进了客厅。

套在底特律雄狮队的运动衫底下，乔纳跟街上那些十几岁的毛头小子没什么两样。唯一让他鹤立鸡群的就是身下的轮椅。乔纳的腿上盖着毛毯，脖子上套着塑料护具，每一次呼吸都会发出艰难的喘息，让人于心不忍。我赶紧上前一步伸出手：

"嘿，乔纳。"

他握了握我的手，喉咙中发出一串含糊的声音。

"还记得爱莉卡吗？船长的女儿，我最好的闺密。"

最好的闺密？早就是老皇历了吧。但是就像从一而终、矢志不渝的天鹅，在麦基诺的岛民心里，友谊也是天长地久一辈子的事。

"我的孩子们听说过你的不少事，"莫莉转过来对我说，"记得吗？乔纳。爱莉卡在纽约卖房子，她还是安妮和小克丽丝的……"她忽然慌张地看着我，"哦，天哪，对不起，爱莉卡，是我失言了。"

"没关系。"我说，但是声音已经异样。我再看乔纳，他也在认真地看着我，仿佛看穿了我内心的悲恸。我不愿他难过，想笑，但是脸和嘴角却拒不配合。我只能扭过头去。莫莉抱住了我。

"真的，真的对不起。"她重复着抱歉的话。

"那些花，你寄给我的，真美，"我总算说了点什么，"你真贴心。"

"抱歉我没能陪在你身边。"

"别这么说，"我说，"我也没能陪在你和乔纳身边。一直以来，我都过分自私地沉浸在自己的痛苦当中，不配被原谅。对不起，莫莉，我早就应该给你打个电话，但是我太不够朋友了。你能原谅我吗？"

她不让我再说下去："完全是因为你当时还有别的更重要的事要操心。"

安妮的脸跳出来，还有她的泪水和愤怒，我把自己隔绝于周遭之外，始终没有勇气向她忏悔。"我也以为是这样，但事实是，我一直忽略了什么才是真的重要的事，该是家人和朋友啊。"

"家人和朋友，"莫莉看看乔纳，"不论遇到什么，让我们都能一直撑下去，对吧，乔纳？"她从柜子上取下一张硬纸海报，"岛上的每个人都给乔纳签了名字。我尤其喜欢克丽丝汀的留言。"

我接过来，彩色的海报上留下了不少用粗毡笔手写的寄语。好在我对克丽丝汀的笔迹早已了然于心：

"痛苦，"我大声读了出来，"不可逃避，不可讨饶，唯有撑住。"

我被话中蕴含的深意击中。这难道不正是我一直以来在做的吗？能逃就逃，不能逃就讨饶，唯一没有做到的就是坚强面对、勇敢撑住。

"说得真好。"我语音哽咽。

莫莉接过海报："是啊，说得多好。不过，这句话的作者是安妮，还不是克丽丝汀。"

"不，怎么……"我刚要反驳，发现下面果然署着名字——

安妮！

我一时困惑了。可在我眼里，这明明就是克丽丝汀的笔迹。我扶着桌子，撑住自己不要跌倒。难道说一直以来我在看的都是安妮的剪贴簿？银色封皮的那本究竟是她们俩谁的？布莱恩以前一直觉得我这么做相当无聊，但是我不想两个女儿因为金色或者银色就觉得哪一方受到了偏爱。所以，在把剪贴簿送出去之前，我事先用包装纸裹了个严实，然后随机分别贴上了两个人的名字。

"这才是我说的那条。"莫莉指着下角落里一段字体更为花哨的留言：

相信我，大好人生还在前面。相信自己，撑过今天又是一条好汉。假如你敢偷懒，我保证我会从纽约赶回来专程踢你的屁股！

别看了，说的就是你，你就是最棒的。

克丽丝汀

我把差一点夺眶而出的眼泪吞回肚里，一字一句又读了一遍，手指反复地摩挲着克丽丝汀的笔迹。这些写给乔纳的话，说是写给她妈妈的也不为过。莫非她在写的时候已经知道自己注定要离开，而我终有一天会读到她临行前的寄语吗？她，这是在鼓励我吗？

我一只手捂着嘴："克丽丝汀一肚子俏皮话，安妮可从来不这样。"

现在就都说得通了。我觉得我终于掌握了真相。安妮就是"奇迹"，她自己不但是格言剪贴簿的正主，而且，就像凯特预料的那样，也是那些匿名邮件的始作俑者。但是不管她做了什么，全都是为了我。我的安妮，爱我如此深切。我的安妮，希望我从自责中走出来，重新开心起来。

我看看乔纳，乔纳也在看我，眼神里仿佛急于表达什么……也许是……同情吧。

但是我不需要被人同情，因为我又有了希望。如果说邮件是安妮发来的，一定是这样，那也不能证明克丽丝汀就死了。我冲他笑笑，掏出了风筝：

"有没有人想一起放风筝？"

十分钟后，我们来到了高地上的马凯特公园，从这里可以俯瞰休伦湖湖景。乔纳坐在轮椅上握着线轴，萨曼莎和我的任务是努力让风筝飞起来。但是一次又一次，风筝栽在地上。我不肯放弃。一阵风忽起，我对萨曼莎大叫"快跑"！

她全速冲刺，在最后一刻松手将风筝托向风中。"拜托，飞起来吧！"风好像听见了我的祷告，忍者神龟像一只小甲虫被卷上高空。乔纳以最快的速度放出手中的线。萨曼莎开心地尖叫着。身后，莫莉也跟着在欢呼：

"哇！快看！"

乔纳的喉咙中发出嘶哑的声响。我急转身。看见他握着线轴，张着嘴，表情扭曲，好像父亲那瘫痪的半张怪脸。喉咙深处发出一声令人紧张的声响。天哪，上帝，我在干什么？这么目不转睛地盯着他，生怕他不知道我发现了他的不幸吗？

莫莉冲上去，一把将他的脸捧在怀中："乔纳！天哪！"她激动地摇晃着身体，"你笑了！你终于笑了！"

乔纳紧握着线轴，目光从天上收回来，刚好落在我身上。四目相交，两个同病相怜的个体，通过眼神，彼此分享着片刻的喜悦。

风筝时而向上，时而向下，紧接着又呼啸着在蓝天的映衬下高高跃起。想把自己的烦恼忘掉，最好的办法就是去关心别人的烦恼。从他的眼神里看得出，这一点，乔纳一定也会赞同。

在回去的路上，我还在慢慢消化"奇迹"就是安妮、安妮就是"奇迹"这件事——不是克丽丝汀，是安妮。若不是看到了那张她们签了名字的海报，我还真是不知道。这么解释就合理了，安妮试图让我相信那本格言剪贴簿属于克丽丝汀。她在意的事，她需要确保我也一样在意。

安妮也一定会喜欢今天这样的安排，特别是和乔纳一起放风筝。等她下次回家，我要再买两个风筝，然后我们一起去公园玩。我最了解她，她表面上会表现出对这种幼稚举动的不屑，但背地里一定会绷不住笑出来。

我过了马路。现在应该是巴黎时间晚上八点，不知道安妮吃晚饭了吗？帮奥莉芙洗好澡了吗？以及，想我了吗？要是她肯让我给她打个电话多好。我就能把乔纳的近况告诉她，顺便告诉她，我已经在反省了，反省我的过去，我已经在改变了，而这么做都是为了她。

我拽出手机，滑到布莱恩的号码。也许可以让他转个口信，或者至少跟他打听打听女儿的近况。至少截至目前，他还一点力也没出过呢。不知道他是知道得很有限，还是故意不透露给我，从他嘴里套出来的都是些无关痛痒的内容，安妮很好、教授很好、巴黎下雨了之类的。

对了，教授！托马斯·巴雷特当然知道得更多，前提是他愿意跟我分享的话。我不由皱起眉头，一想到昨天下午我是怎么鲁莽地掐断他的来电的，难道还敢现在再给他拨回去？

我翻到了他的号码，拨通了电话。

"我是托马斯·巴雷特，请讲。"是他。

"托马斯，嘿，我是爱莉卡·布莱尔，安妮的妈妈。"以防他突然挂断，我赶紧自报家门，"希望不会太打扰您。我就是，想问问安妮怎么样了。我的丈夫……呃，前夫，不肯告诉我太多。"

"不打扰，"他说，"我也是为人父母的人，你忘了。我很理解这种被自己的宝贝孩子拒于千里之外的感觉。"

他的声音深沉而充满善意。我倍感安慰地闭上眼睛："那她还好吗？"

"谢谢你的育儿箴言，她好多了。对于适时奉上赞美这件事，我现在也得心应手了不少。"

我笑着举着电话，沿着人行道漫步。一辆马车从身旁嘚嘚经过。我朝车夫热情地挥挥手，转了个弯，拐上了一条向南的小径。"让你费心了。我敢说，你的赞美她一定受用极了。"

"哦，是的。尽管每次她都会脸红，但是看得出她是高兴的。我想说的是，我的赞美都是百分之百出于真心，她真的是个超棒的孩子。"

"你能这么说，我也很开心。"

"她还和我们的德国邻居成了朋友，罗里，来巴黎学烹饪的大男孩。说实话，她对新生活适应得很快。我真希望我自己的宝贝女儿也能快点适应起来。"

我当然盼他多讲讲安妮，但是凯特为此批评过我，说我忽视了对别人的关心，我没忘了这一点。

"也给我讲讲她吧，你的小奥莉芙。"

接下来的十五分钟里，他悉数拆解了小丫头的种种恶作剧，以及两个前任保姆是怎么被她的冷言冷语和火暴脾气吓跑的。高潮是其中有一次，奥莉芙把一个保姆锁在了储物室里。"当我一小时后下班回到家把艾西从里面解救出来的时候，她头也不回地冲进自己的房间收拾起东西就走了。后来，为避免重蹈覆辙，我只能把家里每扇门的门锁都拆了下来。"

我难以自持地大笑起来："撑住，娃她爸，你做得很好！"

"你也何尝不是啊。安妮把她妹妹的事告诉我了。"

我勉强说出接下来的话："事实让她一时很难接受。我也是。"

"我明白。"我听见他在叹气，"一年前，奥莉芙失去了妈妈。出事的时候，她和格温，我太太，都在车上。司机喝了酒。"

"噢，托马斯。我感到很惋惜。"

"我也是。事实上，有的时候，我也觉得是格温在指引着我。她在家里留下了许多大大小小的包裹，每一个上面都贴着'万毋开启'。当然，每一个我都拆开了，我急于找到能说服自己的答案。"

"那你找到了吗？"

"找到了。包裹里的东西解开了我的不少疑问。"

"那就好，"我小心翼翼地说，"这就好像，答案一直都在，等着我们自己去找。"我犹豫了一下，末了又补充道，"或者说，就好像现在的我，感到被催促着做了许多原本不太情愿的事。"

我完全不知道自己是在哪一刻以及为什么失控的，当我意识到的时候，已经把家传格言剪贴簿的悠久历史向大洋彼岸的一个生人和盘托出了。"现在，送出去的剪贴簿上的格言居然又以匿名邮件的形式被送还给了我。"我尽可能把邮件的事向他解释明白了。

"是有点奇怪。你真的一点也想不到是谁写的？"

"尽管安妮坚称不会是她，我还是有九成的把握。另外一成，也许这说起来有点荒唐，但我觉得也许是克丽丝汀呢。"我紧闭双眼，等着听他的理性训诫，或者更惨，他会不会就此挂了电话，不理我了？

"你只是还没准备好放手而已。"他的声音温柔得像水一样。

我捂着脸努力让自己平复下来，才好接着说："我是不想放手，不想放掉最后一点希望。甚至，也不想放过自己。所以现在，我才渐渐有了点头绪。安妮不过是觉得，如果我相信那些都是她妹妹写的，就会更容易听劝。"

"看来你现在别无选择，一定要采纳那些建议了。"

又过了三十分钟，对话的内容已经彻底从安妮和奥莉芙转移到了我们彼此的工作和家庭。他告诉我他从小在首都华盛顿长大，爸爸在世界银行工作。

"读完博士后，我很幸运地在乔治城大学谋得教席。我的父母目前仍住在马里兰州。格温的父母在弗吉尼亚。当然啦，他们都很宠小奥莉芙。但是车祸之后，我总觉得换个地方生活也许对奥莉芙和我而言都是好事。"

"所以一换就换到了巴黎，世界上大概没有哪儿能比巴黎更好了。"

"太对了。但是，说实话，我现在反而不确定这是不是好事了。我在这边申请的研究项目会持续到八月，不过之后我们就会回乔治城去。我们两个都已经做好了回国的准备了。"

此时的我，坐在石头教堂外的水泥长凳上，向前伸展着两条腿。"你具体是教什么的？"

"从学生们的考试分数看，我恐怕真的没教什么。"

"对此我表示审慎的怀疑。"我笑了出来。

"我给医学院的学生教授生物化学，此外，也做肝脏疾病的研究。"

"失敬，失敬。"

"而你也是了不起的房产经纪人，最顶尖的那种，安妮说的。"

我唯有摇头，庆幸他起码看不见我现在有多疲于奔命。和他的事业相比，向那些不具名的富豪兜售奢华的公寓或者气派的洋房，不过是肤浅而无脑的营生罢了。

"我想，"我冒出一句让自己都觉得难以置信的话，"也许有一天，我会开一家属于自己的房产公司。"瞧，这种话，单是说说，都让人飘飘欲仙。还没完，接下来更是在做白日梦方面里程碑式的突破，"公司不用大，我就能有时间认识和了解每一个客户，特别是打算第一次置业的买家，帮他们找到理想中的那个家。"

我隐约觉得，这些话都是我刻意想要说给他听的。我妹妹、女儿们，甚至还有父亲，他们都没说错。我把以前的那个自己搞丢了。一直以来，我深陷于自责而难以自拔，不只这六个月，甚至是三十年或更长，让我几乎完全忘了我也曾是一个无忧无虑的小女孩。许多年以来的第一次，我萌生了一个想法，我得把那个自我找回来。

第三十八章
安妮

嘿，小克丽丝。我今天应该都会待在家里。雷恩巷 14 号——怕你忘了，再说一遍。来找我吧，我等你。爱你哦！

　　"奇才队昨天晚上真是手感火热。"星期五早上，安妮走进厨房的时候感慨地说。她感到面颊发烫，不知道有没有被托马斯看出来她在装腔作势。其实，就在两天以前，她尚还分不清华盛顿奇才和夏洛特黄蜂。

　　因为听到托马斯说他从小就很迷华盛顿的篮球队，于是安妮特意收看了昨天晚上的球赛。安妮原本的计划是，他们两个人、一张沙发，可以凑在一起分享她的十三英寸手提笔记本电脑屏幕。

　　把奥莉芙哄上床以后，托马斯就坐到了客厅的沙发上。两个人等球赛开场的空当，她被问了不少关于哈弗福德的事，连同纽约的生活，乃至人生的规划。说起来，他还是第一个认真听她说话的人。当然，如果不算罗里的话。安妮当然也没把被停学一年的事告诉他，但是她的确对今年秋天就要返校流露出些许不情愿。"保持开放的心态，给自己留有选择的权利。"这是他听过后对她的建议。

可他所谓的选择是什么呢，安妮还没来得及细问，他的手机就响了，就在开场跳球的前一秒！他抓过手机，看见上面的来电提醒，显得有点高兴。安妮简直不敢相信，他就这样径直回了房间，然后再也没有出来。真是白白浪费了安妮特别为今晚化的妆！

"我看了网上的新闻，"托马斯说，"看起来双方旗鼓相当，很是精彩。"

是什么重要的事让他错过了比赛？或者更糟，是什么人居然比球赛还要重要？

步行把奥莉芙送去学校后，安妮转身回了家。快走到公寓楼门口时，她刻意加快了脚步。下星期一之前，应该都不会有使馆方面的消息。但是安妮有种预感：今天她就能找到妹妹。

她把钥匙插入锁孔的同时，走廊另一侧的门开了。

"早上好！"罗里端着一只盘子，盘子上还盖着一块餐巾。白色的牛仔裤和蓝白条纹 T 恤让他显得越发可爱，越来越有法国人的气质。

"早啊，罗里！必须得对你那天晚上的建议再说声谢谢。我昨天一整天都在网上收集巴黎市内妇产诊所的信息。准备今天开始给他们挨个打电话。"

"赞！我来帮忙。"他揭开盘子上的餐巾，"这是我给你准备的一点心意。"

她垂涎三尺地盯着盘子里的几枚奶香馥郁的薄片可颂，心里有点犹豫。尽管托马斯和罗里早就彼此认识，但是现在他和奥莉芙都不在家，她不知道单独邀请一个男孩进屋是不是略有些不妥。

"你不用钻研参赛的菜谱了？"

"我下午才有烹饪课，"罗里把盘子凑得更近了些，好像故意在引诱她，"这可是巧克力馅的哦。"

"怎么不早说？"安妮夺过盘子，同时大力拉开房门。她半只脚已经迈了进去，这才扭头问罗里："哦，你是打算一起进来吗？"

罗里大笑："好吧，安妮，我就当你这是欢迎的意思。"

安妮给罗里和自己各沏了一杯浓缩咖啡，然后两个人围着一盘可颂，在客厅地板上席地而坐，就此成立了克丽丝汀寻亲行动组，安妮称之为寻亲行动大本营。

"小克丽丝应该会挑个女大夫，"安妮边分析边打开了她整理的产科医生名录电子表，"应该会是一位很有经验但不会年纪太老的大夫，而且得会说英语。我已经把可能对象的范围缩小到了以下四十六人。"

罗里点头表示认可："你很有侦探天赋，怎么样，考没考虑以后从事这一行？"

安妮不理他，拨通了第一个电话。女接线员的声音让安妮心跳提速：

"您好，这里是热纳维耶芙·富凯医生诊所。"

"您好。我想找我的妹妹，克丽丝汀·布莱尔，一个美国女孩。"安妮和罗里对视了一眼，手指交叉背在身后，祈求好运，"请问她是富凯医生的患者吗？"

"鉴于对患者隐私的保密守则，"对方的英语标准而流利，"抱歉恕无奉告。"

安妮攥着电话："拜托，请……情况紧急，我必须知道。"

"抱歉，女士。"对方挂断了。

安妮沮丧地望着罗里："他们不肯说！"

罗里竖起食指："让我来。学着点。"他拨通了电子表格上第二个医生的电话，然后按下了免提键。

接下来，安妮见识了罗里的整套表演。罗里策略性地放弃了发问，而是采取了陈述句式转守为攻：他告诉对方自己想帮太太克丽丝汀·布莱尔调整一下预约时间。对，布娃娃的布，布—莱—尔，生日？他瞄了一眼安妮，后者会心一笑，把日期写在纸巾上。是的，他很确定她太太已经提前预约了下次产检的时间。没有吗？好吧，也许是他搞错了。十分感谢。他挂断了电话。

"搞定！"他朝安妮送上一个志得意满的表情。

安妮佩服极了。两个人兴奋地击掌。她拍掉手上的面包屑，继续拨通了下一个电话，这次，她扮演的是克丽丝汀·布莱尔本人，声言她忘了预约好的产检是哪一天了，当然，也向接线员准确提供了"自己的"生日，并在对方答复说没有在系统中找到她的记录时，表现出得体的惊讶："抱歉可能是我自己搞混了。"

她咧着嘴："你可真是个天才，罗里，一肚子鬼把戏。我爱死你了！"

"'鬼把戏'是褒义，对吗？"

"对，现在看来，千真万确！"

但是接通的电话越多，安妮的希望越显渺茫。不到一小时的时间，四十六个会说英语的女性产科大夫名单已经被划去了四十五人。

"怎么办！"安妮在第四十六个名字下面画了一条线，佯作伸手再拿一只可颂，眨着眼睛想把眼泪挤掉，"现在该怎么办？我必须找到克丽丝汀，可看起来几乎没什么希望了。"

罗里捉住她的手。"不，别这么说，安妮，"他一脸郑重，"如果你说没希望了，希望哪怕真的有，也会因此消失。你妹妹一定就在这座城市的某一处，我们一起找，找到为止，你和我。"

真相会是他说的那样吗？还是——安妮犹豫了——像姨妈、外公、父亲，甚至是心理医生说的，克丽丝汀已经死了？她向后倒在沙发上，拽过一只靠枕抱在胸口："有件事我现在不得不告诉你，罗里。"

罗里也坐到了沙发上，挨着她，神情严肃："是不是其实怀孕的是你，不是你妹妹？"

安妮掀开枕头，低头看看自己魁梧的身形："才不是。我的肚子一直这么大。"

罗里的脸唰的一下变红了："噢，不，不是，我……我的意思是……"

她打断他："我要说的事跟我无关，是关于我妹妹的。"安妮咬着嘴唇，真的应该告诉他吗？然而最后，她长松一口气，把火车脱轨以及后来一系列的事从头到尾说了一遍。"所以，你看，只有我相信我妹妹跑来了巴黎，躲了起来。但是其他人都觉得小克丽丝已经死了。"

罗里额头冒汗："让我理理，也就是说她没在火车上？"

"是……不是……我，我其实不知道。"

罗里眼里充满了怀疑。天哪，她一定听起来像个疯子。"好了，我知道我这么说显得有点痴心妄想。但是我有我的理由。"她转向窗外，树枝上已经长出了春芽，"而且我错不了。我会找到她，然后带她回家。"

他拍拍她的肩膀："你就是这个家里的英雄，会的，对吗？你会把妹妹平安带回家，让妈妈重新开心起来。"

"但愿如此，也不仅如此，"她为自己自私的念头而惭愧，眼睛瞟向一边，"你想啊，如果她真的死了，那就是我杀了她。"

他没被吓跑。安妮看着他，咽了咽嗓子，有一种想伸手摸摸他脸的冲动。

"是我催她一定要赶上九点的火车。她本来还想等等。她那天整个人都很异常，说想告诉我一个秘密，但是我没在意。所以她连再见都没说就走了，而我却没有追。我应该看着她的。那样的话，她就不会出事，只要……"

他扬起下巴："啊，我明白了。这回明白了。如果你妹妹死了，就是你的错。"

安妮叹了口气。所有人可能的想法被罗里确凿地说了出来。

"正是。"

"因为她自己决定不了自己走不走、坐不坐火车。而你，安妮，拥有极大的神力，可以一力阻止可能发生的任何事故。"

"不，我不是这个意思……"

他摇摇头，笑了笑，拨开她脸颊上的乱发，望着她泪涔涔的眼睛："既然你知道不是你的错，为什么还要自责呢？"

第三十九章
爱莉卡

我走进麦基诺岛公共图书馆的时候，时间已经接近星期五正午。图书馆一直是我的避难所。纯木质结构建筑装饰有手工雕琢的塑像和挑高的天花板，室内弥漫着纸墨书香。就是觉得比印象当中空间缩水了不少。原本桃红色的墙被漆成了绿松蓝，木地板上现如今也铺上了地毯。

读者借还柜台后面，穿着羊毛开衫、戴着镜框眼镜的，依旧是我母亲和我的好友，哈姆里柯太太，那个曾经在我恐慌症发作时救了我的女人。

"小莉！"她高兴地招呼我，从柜台后面冲了出来，"我听说你回来了。一直盼着你来呢！"

她给了我一个妈妈式的熊抱，我闭上眼睛，一下子想起若干年前那个形单影只的自己，背靠在书架上大口大口地喘着粗气，心里揣着难以对人言说的小心思——要是哈姆里柯太太能成为自己的继母就好了。

"我对克丽丝汀的事感到十分惋惜，"她耳语，"我们岛上的每一个人，都很爱她。"

"她也爱你们。"我把自己从她身上雅诗兰黛化妆品的香气中扯出来，"你看起来气色真好，哈姆里柯太太。"我环视四周，"这里看着也和从前一样好。"

"三年前翻新过一次。加装了 Wi-Fi 和新的照明系统，这还不算，最棒的是装了空调！"她压低声音，"你爸爸常来这儿辅导乔纳，难能看见弗兰策尔船长原来也有温柔的一面。"

我哼了一声："真希望哪天我也能亲眼见识一下。"

她拍拍我的胳膊，看见背包里露出的笔记本电脑，骨瘦嶙峋的手指指了指馆内的画廊："壁炉旁边有个好位置。我就不多打扰你了。"

人只有和过去和解，才能有未来可言。

"才不打扰呢，"我的心怦怦直跳，"事实上，如果你有空的话，我正想找你好好聊聊。"

于是我坐进了哈姆里柯太太办公室的丝绒椅子里。她给我俩分别倒了杯洋甘菊茶，然后挨着坐在我身边：

"快，跟我说说，"她把一块方糖丢进茶杯，"最近又读了什么好书没有？还是对罗曼蒂克小说情有独钟吗？"

罗曼蒂克小说？我都忘了我几乎把图书馆里所有丹尼尔·斯蒂尔和诺拉·罗伯茨这两位美版张小娴的小说啃了个遍。我摇了摇头："说实话，我都想不起来上次好好看书是什么时候了。不过有一点我可以向你保证，绝对不是爱情小说。"

她有点惋惜："太遗憾了，你大概太忙了。"

她遗憾的是我抛弃了阅读，还是我被爱情抛弃了的生活？我点了点头，反正这两个答案没什么差别。

"我听说你如今在地产界可谓如日中天、叱咤风云。"

我摆了摆手："凯特太夸张了。倒是你，我听说你被提名了今年密歇根杰出图书管理员奖。"

她靠在我肩上，摩挲着我的手说："而且他们居然真的把奖颁给了我，难以相信吧！"

接下去，她给我讲了颁奖典礼的细节，讲了她今年已经十四岁大的约克夏，还有她侄孙的婚礼。我安静地听着。

"你人那么好，老天爷就应该让你快快乐乐的。"

"光顾着说我了，"她又凑近了点，"说说你吧。"

我咬着嘴唇，颤抖着放下茶杯，转过来看着她："哈姆里柯太太，你说我为什么总是爱生气？"

她歪着脑袋，我看得出她在回忆什么："我不确定你是在生气，还是在难过。你毕竟失去了亲人。"

"失去了……亲人……"我重复着她的话，一个字一个字在舌尖上翻滚着。我抬起眼睛看着她，她是我百分之百信赖且愿意交付所有秘密的人。我心如鹿撞。"可不可以，求你说说我母亲生前的事。"

"她是个可爱的女人，"然而为什么她的微笑之中不无伤感，"她就好像你的克丽丝汀。"

一小时后，我走出图书馆。我找到两小时前自己停在原处的凯特的自行车。风拍打着我的脸，我把自行车蹬得飞快。快点，再快点，好像这就能逃离所谓的真相："她就好像你的克丽丝汀。"

商店，旅店，凯特的房子，在我身旁依次呼啸而过。我看见爸爸的房子，想要赶紧转弯，却不小心看到了卧室床上的蕾丝窗帘。那是我和妈妈最后吻别的地方。多年以来，发生在这个房子里的苦乐参半的记忆，早已被润色成了一幅画面，妈妈背着凯特，站在门口，轻吻我的前额，递上准备好的午餐饭盒，临出门前不忘叮嘱"要乖，要加油哦"。

直到今天，真实却痛苦的记忆慢慢清晰起来。我用力踩下脚踏，想让回忆随风而逝。

然而回忆不肯善罢。

记得那天早上，我抱着刚换好尿片、喂得饱饱的小凯特，踮着脚，轻声走进爸妈的卧室。没开灯，窗帘也合着，房间里很暗。爸爸早上五点就有出航任务，两小时前已经出门了。我俯身趴在枕头上的母亲耳边："妈，我得走了。"

她翻了个身，头发沾在脸颊上。下巴张着，眼睛紧闭，呼吸均匀，告诉我她还没醒。凯特闹腾起来，我连忙把她背在身后，在床上找到她的安抚奶嘴塞在她嘴里，然后把小家伙轻轻放在了妈妈的旁边。

"乖哦，小凯。"我轻轻地吻了吻十八个月大的妹妹，然后摇了摇母亲的胳膊。

"妈妈，醒醒，不能再睡了。"

她的眼睛猛然睁开。盯着我，仿佛逮住了一个天使，于是伸出两只手，暖暖地捧住我的脸："你今天能不能留在家里陪妹妹，"她几乎是在恳求。

我把手覆在她手上："恐怕不行。今天轮到我喂仓鼠。上次我就忘了，墨雷小姐说我要是下回还不记得，就再也不选我了。"

"求你了，小莉，"昏暗的光线中，我依旧无法忽视她眼里的乞求，"求你，最后一次，我保证。"

但是每一次都是最后一次，每一次又都不是。我早就学乖了。

我不由退后一步，地板随之发出咯吱的声响。妈妈的胳膊垂了下来，搭在床边。我把她的胳膊掖回到毯子底下，吻了吻她的脸："我保证，放学之后第一时间回家。我会拿出体育课上最快的冲刺速度。"

"别走，"她求我，"最后一次，以后再也不了。"

谁承想，这一次，她说的竟是真的。

我一路飞奔向奥潘岬，从主路骑上了一条铺着松针的砾石小路，自行车左摇右晃，前后颠簸。我把车扔在一边，径直冲向湖岸，直到水边才急停下来。

天空像一块淡烟色的窗帘垂荡在眼前。我眺望着已经解冻了的湖面和翻滚的水波，憎恨是这个四面环水的孤岛把母亲生生从我身边夺走，甚至也夺走了我。我对着天空大喊：

"为什么？！"声音被北风载向水面。我感到没顶的孤独。没有人能看见我，也没有人能听见，妈妈站在一样的位置上也是一样的感觉吗？

"为什么要离开我？！"我声嘶力竭，"我需要你啊！！你怎么能说走就走了呢，妈妈啊！！"

我听见自己令人毛骨悚然的尖叫声，一声接着一声，用尽全身气力，耗干最后的愤怒，嗓子干了，哑了，仍不肯善罢甘休。

悲恸在心中溃烂成伤口，但终于慢慢平静下来。我垂手背靠在一棵树上，喘着粗气。三十年以来的第一次，我在真相面前再无处可逃。

眼前出现一张模糊的面孔，一步步向我逼近，我气喘吁吁，连连后退。是妈妈，却越走近越像克丽丝汀。她曾经可人的面庞在事故中化为一团可憎的焦炭。

"不！！"

我紧闭双眼，乞求她消失。

耳边传来凯特的声音："人只有和过去和解，才能有未来可言。"

我堵上耳朵，感到直面现实让我万分痛苦。但是，不，如果我别过脸去选择不看，依旧会痛苦万分。

一直以来憋在我眼里的泪水即将决堤。我用力撕开胸膛，一瞬间，所有幽闭已久的心绪喷薄而出。远方传来一只受伤的小兽撕心裂肺的哀号，我终于听清了，发现原来那个声音来自自己。

"我好想你啊！"我跪倒在地，任眼泪肆意横流，"没有你，要我怎么一个人活下去？"我啜泣着，"对不起，是我不该抛下你。是我本该保护好你。"那张脸变换着她的面孔，克丽丝汀、安妮、妈妈，还有，十岁的我自己。我哭得涕泪交加。

"对不起，"我轻声说，"你病了，需要人帮助。然而我却因为自己的害怕，不肯承认。"

我不知道一个人在地上待了多久，直到听见背后沙沙的脚步声。我急回头，一只母鹿从树丛里探出头。我的心又沉了下去：我难道还指望着回头就能看见克丽丝汀吗？我呆呆地望着鹿，鹿也静静地看着我，仿佛因为同为人母，彼此竟能跨越物种而短暂交流。但是最后，它还是跳着跑开了。

我倒在潮湿的地上，把头埋进胳膊里放声大哭。为女儿，为妈妈，为安妮，也为凯特。为我失去的种种，更为安妮失去的更多。

再抬起头的时候，日头已经西落。我久久地凝望着墨青色的水面，最后一抹斜阳的余晖下，微波粼粼，偶尔，漂过一两块浮冰，像孩童们躲猫猫的游戏。

我望向苍穹，发现早先的愤恨好像已经换了对象。我不再浑然不觉，而是感到心中涌起对一个女子痛彻而坚强的爱意，一个曾经年轻且快乐过，原应永远年轻且快乐着，如今却不复年轻和快乐的灵魂。

我的母亲。

我的女儿。

甚至我自己。

我意识到，我们三个人当中至少还有一个人还有机会把握青春和快乐。

第四十章
爱莉卡

我伴着街灯往回走，感到身心俱疲。从海湾深处，传来隆隆的雷声。前面已经能看见凯特家的房子了，我停下脚步，给鲍尔探长发了两句话：

谢谢您的帮助。但我想以后应该不用再麻烦您了。

雨开始落下来，我收起手机。现实中的真相尽管难以接受，却清晰得毋庸置疑。我终于接受了母亲自杀的事实、女儿罹难的事实，以及，我有意或无意在二者中扮演的角色。也许，一旦真的接受了，痊愈也就不远了。但愿原谅也不会来得太迟。

"你可回来了！"凯特大叫起来。她不知道已经在门廊下坐了多久，大概是脚麻了，看见我走上人行道，终于摇摇晃晃地跳起来，歪着头注视着我："你是一路哭着回来的吗？"我看到她脚边上还堆着两大袋吃的东西。

我点点头，不好意思地笑了："没事。我……我想我总算是跟自己的过去和解了。"

她也笑了："也是时候了。"

"我还以为你今天要值两班。"

"没啊。"她从左脚换到右脚，"玛尔尼家的小鬼病终于好了，已经回来上班了。"

我指着她手上的一整瓶红酒："你这是打算在自己家门口把自己灌倒？"

"总得想法子打发时间吧，谁叫某人走的时候把门锁上了。"她说着又从右脚换回了左脚，"先别说旁的，我有点内急！"

我这才恍然："抱歉，我的习惯是出门上锁。不是吧，别告诉我你连自己家的钥匙都不揣一把！"

凯特白了我一眼。"钥匙？呵呵，我要是带了，还至于巴巴地等着你吗！"她咧了咧嘴，"钥匙我是从来不带，门我也从来不锁。好了，快点把门砸开！我要尿裤子了。"

"给爸爸打电话吧，他应该有办法把窗户撬开。"

"别折腾他了，他最近背疼得厉害。"凯特振臂一挥，"跟我来！"

我紧随其后，贴着墙，顺着屋檐，绕到了房子背后。千小心万小心，还是被雨淋湿了。

"把我垫上去，"凯特指了指她卧室的窗子，"应该没落锁。"

我站在她背后，伸出胳膊环住她胸口，使劲儿向上举，她小时候，我总这么抱她。她的脚终于离开了地面约有……六英尺高。

她哈哈大笑，掰开我的胳膊："不是这样！把膝盖给我，记得吗，就像我们当初模仿啦啦队那个团体造型动作一样？"

我也笑了，屈膝扎了个弓步："真不敢相信你连这都记得。那时候你才多大，六岁？"她沾着泥巴的鞋底说时迟那时快已经踩在了我裤子上！"喂！你弄脏我了。"

"扯平！谁叫你锁门。"她哈哈大笑。但是窗子实在太高，依旧够不到。她跳下来，"用你的肩膀，把我扛上去。"

我叹了口气："好吧。"蹲下身去。

凯特跨过我的脖子，坐在我的肩膀上。实在太重了，我怎么也站不起来："对我这么苗条的人来说，你也太重了！"

"快点，"她用力拍拍我的头，"我要尿裤子了！"

"憋住，在脑海中想象一片干燥的沙漠……"

"已经不管用了！"

我擎着她，摇摇晃晃，扶着旁边的矮树几欲站起来："你可别尿在我脖子上！"

她咯咯笑："哦，天哪，你别在这种时候逗我笑啊！"

"那就别笑！"我掐了一把她的大腿。

这一掐，凯特反而犯了瘾症，边笑边念叨着"沙漠""沙漠"……"沙漠"！

我忽然听见一串疏远而又熟悉的声音，像一首埋在记忆深处的老歌，不知道在什么时候忽然奏响。良久，我才发现，原来是我自己的笑声，久违的笑声。

我稳了稳膝盖。肩膀上，凯特笑着，叫着，又笑着。我摇摇晃晃地直起腰，保持平衡，尽量想把她举高一点。终于两个人功亏一篑，笑瘫成一团。我倒在湿漉漉的地上，笑得直不起腰。凯特躺在旁边的草地上，也捂着肚子。我跳到她身上，两个人大笑着扭作一团。脸上的泪水和雨水交融，我肩膀颤抖着，内心翻滚着。

而这，我在心里对自己说，这就是放手的感觉吧。

然而突然间，我笑不动了，笑声变成了不连贯的抽泣。

"喂，喂！"凯特凑过来，"怎么了你？"她用袖子替我抹干脸上的眼泪。

"不，"我举起手，"不该这样！"拳头重重地捶在地上，"我怎么笑得出呢？我的女儿死了。"

凯特的脸上还挂着雨水，她微笑着，轻轻亲吻我的前额："会笑是福气，不是背弃。小克丽丝如果泉下有知，也会希望你有事没事多笑笑吧。别再自己难为自己了。"凯特从地上跳起来，向我伸出一只手。"好了，快起来，你还得背我呢！"她朝我挤挤眼睛，"谁叫我们是亲姐妹。"

第二天上午，我骑着凯特的自行车沿着市场街一路向着幸运豆咖啡馆飞驰。天上的云彩终于放弃了无谓的顽抗，阳光普照，清风拂面。路过杜德杂货铺的时候，凯文正在清扫店门口的人行道，依旧穿着绿色的工装。

"早啊，凯文！"我飞快地打了个招呼。

他也举起手："早，小莉！"

咖啡馆里的油酥点心焦香四溢，肚子已经忍不住咕噜咕噜叫唤开了。"嘿，小莉！"收银台后面的金发美人玫格笑着跟我打了个招呼。

我也摇摇手，回应了一个微笑。麦基诺岛民们彼此间的亲切让我心情大好。可惜，以前我住在这里的时候怎么没发现？……还是说，只是我自己没发现而已？

卡布奇诺配贝果面包，我端着自己的早餐选了一个靠近壁炉的位置，然后打开了邮箱。跳出一封欧丽兹发来的新邮件：

> 距离卖掉锦绣华府的终极任务只剩二十七天。不过，别担心。我已经给城里我认识的每一个经纪人都打了电话。星期二的参观日你会现身的，对吗？

温馨和宁静被瞬间戳破。我非但无法赶回去准时现身，也不觉得我们真的能在不到一个月的期限里把那么多房子都卖掉！

绝望扬言要让我再次粉身碎骨。但是，当我想到安妮，孤身一人在巴黎执意地寻找妹妹的下落，想到轮椅上的乔纳，还在为重新站起来而坚持，还有凯特，甘愿为生命中的真爱而一次又一次地将自己的真心置于痛苦的锤炼，我越来越觉得，卖掉十六套房子固然重要，然而相比于他们，与斯蒂芬的协议，与艾米丽的较量，种种一切，早就无足轻重。而人呢，一旦想通，心境也不一样了。

我关掉页面，打开下一封未读邮件。"寄件人：托马斯·巴雷特"勾起了我嘴角的笑意。我靠在椅背上，把电脑拽到跟前。

嘿，爱莉卡。那天晚上跟你聊天真的很开心——说起来其实是你那儿的下午。已经很久很久没有这么开心地和别人聊天了，但愿没有耽误你太多时间。你电话打过来的时候，我们正等着收看奇才队和华盛顿的球赛，你的宝贝女儿已经调好了频道。补充一句，骑士可是我们主队这个赛季的最大威胁。所以，我本来想长话短说，但是没承想，你……彻底迷住了我。

有机会再长叙。

托

我呆呆地盯着屏幕。"迷住了"？我抓了抓头，才意识到自己今天戴了凯特粉色的鸭舌帽，身上穿的也不过是凯特的瑜伽裤和运动鞋。但是长久以来的第一次，我忽然觉得自己魅力非凡。

第四十一章
安妮

安妮星期三早上睁开眼睛的第一件事就是戴上眼镜，打开电脑。心跳都要停止了。等足整整九天，现在，大使馆的"护照交验回函"答复终于老老实实地躺在了她的未读新消息里。安妮深吸一口气，单击，打开了收件箱：

亲爱的安妮·布莱尔：

美国驻巴黎大使馆已经核实了您的问询内容，并未检索到 12 个月内美国公民克丽丝汀·露易丝·布莱尔任何在法出入境记录。

她咬着拳头勉强不让自己大哭出来。怎么可能！她的妹妹一定活着，必须活着！如果不是，她岂不等于尽失所有。

她倒在枕头上，看着窗外灰蒙蒙的天空，就如现在她的心情。时间一分一秒，良久，她才重新振作起来。她打开脸书，飞快地敲下一行字：

嘿，小克丽丝。我们今天下午会去卢森堡公园。你可一定要来哦。

然后，抹抹眼泪，按了"发送"键。

小克丽丝既然持有别人的身份证，八成应该用的也不是自己的护照。

上述推测的合理性存在就是安妮最后的希望所在。

今天早上，安妮发现奥莉芙粉红色的背包又装得鼓鼓囊囊的，这已经不是第一次了。距离安妮教会她使用双筒望远镜已经至少过去了一个星期。于是现在，几乎每天，她都会发现奥莉芙在偷偷端着望远镜望天。一般是在她自己卧室的窗前，偶尔，像今天，小丫头也会斗胆尝试把望远镜偷渡到学校。

出门前，她朝奥莉芙摊开手："乖，拿出来吧。你知道爸爸的规矩，不可以把望远镜带去学校的。"

"我什么都没拿。"

安妮摆摆手，为什么一个五岁的小丫头会对一架望远镜产生这么大的兴趣？她只能拉开奥莉芙的书包拉链，把望远镜拽了出来。"再接再厉，小鬼！"

"我再也不喜欢你了！"奥莉芙咆哮着。

"再也不"？安妮反而为她的措辞感到有点小小的窃喜。

中午，安妮照例在学校教学楼外面等着奥莉芙。她蹲下身子，微笑着跟小丫头打了个招呼："小甜心，今天上午过得开心吗？"

"还行。"她的小甜心耸了耸肩膀。

"那么老师教了什么好玩的没有？"安妮想起以前妈妈的样子，问奥莉芙。

"学会了一首新歌。春季音乐会的时候，我要独唱。是歌颂祖国的歌，歌名叫《美丽的阿美利加》。"

"这可是一首相当动听的歌哦。"安妮边走边说，"我们现在就排练起来怎么样？"

奥莉芙白了她一眼，夸张地吐出个"不——怎——么——样——"！

但是安妮自顾自地已经快唱到了副歌部分："阿美利加，阿美利加，愿主把阳光赋予她。"

"不要唱啦，不要唱啦！"奥莉芙恨不得用手封住安妮的嘴。"快住嘴，安妮，不要再唱啦——而且，你唱错了——应该是'愿主以荣光庇佑她'。"

安妮哈哈一笑。"怪我咯。"接着拍了拍自己的手提袋，"差点忘了，我给你准备了个惊喜！"

"但愿别又送我书！"

"这回还真不是。不过，你要是万一看了不喜欢的话也没关系，我可以自己留着。"安妮掏出一个裹着紫色包装纸的盒子，上面还用亮粉色的丝带系了个蝴蝶结。

奥莉芙瞪着眼睛，盘算着应该选择抱紧"惊喜"还是继续和安妮作对，显然，扎着丝带的"惊喜"最终以压倒性优势取得了胜利。

"快给我，快给我，快给我！"小丫头恨不能跳得再高一点。

安妮哈哈大笑，偏不让她轻易染指："我们等一下到了卢森堡公园再拆开看怎么样？"

安妮尤其喜欢这座由亨利四世的遗孀在四个多世纪前兴建的法式庭院，有鲜花、喷泉，还有许多上古智者的雕像。公园中央的水塘是她最喜欢的去处，小孩子们喜欢把竖着各国旗帜的模型帆船放进水中。这也是为数不多的能让奥莉芙像同龄孩子一样跑起来、笑起来的地方。不过不同以往，奥莉芙今天并没有第一时间冲向水塘，而是挑了入口处最近的一把长椅，一屁股坐下来："把礼物给我！"

"注意礼貌，小姐。"安妮走到她跟前。

奥莉芙夸张地叹了口气："请，把礼物给我。"

安妮满意地笑了，揉了揉她的头发："你最乖了，小甜心。"

奥莉芙翻了个白眼，理了理头发。但是安妮依旧留意到挂在她脸上的笑意。于是，把盒子交到她手上：

"拿好哦。"

奥莉芙雀跃地解开丝带，扔在地上。正准备撕开包装纸，忽然停了下来。"今天并不是我的生日，你知道的。"她盯着腿上的盒子一时不知道接下来该怎么办。

"我知道啊。但是我恰巧在路上看见了一件你一定会喜欢的东西，所以就决定带回来送给你。"

"但是我可没什么能送给你的。"奥莉芙垂着头咬着嘴唇。

"没关系呀，我正好也没什么想要的。"

小丫头抬起头，看着安妮："我可以明天给你补一个礼物。"

"不用了，一样谢谢你。能和你做朋友就已经是最好的礼物了，这就是我最想要的。"

奥莉芙撕下了包装的一角，忽然又停下来："我可从来没说过我跟你是朋友，你知道的。"

"噢，你当然没这么说过。不过也不必说，你看，真正的朋友不用说也能感觉到。"

奥莉芙点点头，这回用了点力气撕下了一大块包装纸。"哇！"紫色的包装纸被丢在了地上，里面的盒子被她高高地举在手上，"是望远镜！"她扑闪着大眼睛，看着安妮，"给我的？"

"是啊。"

她打开盒子，掰开镜筒，端起望远镜。安妮笑着把背带挎在她脖子后面："别着急，等我先把镜头盖取下来。"

这厢奥莉芙早就等不及了。她把望远镜架在脸上，笔直地望向天空。半晌，她忽然放下镜头，拉住安妮的手：

"快走！我们去埃菲尔铁塔，现在，立即，马上！！"

安妮看了看时间。距离罗里的晚餐之约还有差不多四个钟头。

"求你了！"奥莉芙双手作揖。

"好吧好吧，埃菲尔铁塔就埃菲尔铁塔吧。"安妮打开手机上的优步叫车软件，"但是我有点奇怪，你不是说站在铁塔上你会恐高吗？"

"现在不会了。因为我有了这个！"小丫头拍拍挂在脖子上的望远镜，扬起了下巴，"你不许碰，"不知道哪儿来的自信，"这是我的！"

电梯载着她们攀向第三级瞭望台。奥莉芙站在电梯间里也没闲着，她把背带挎在脖子上，保持双手紧握望远镜的姿势，嘴里不停地念着"快点！快点！"好像在敦促电梯。

在电梯开门的刹那，奥莉芙像箭一样射了出去。"慢点！"安妮追在后面，边跑边喊。

奥莉芙冲到金属扶栏前，把望远镜紧紧贴在脸上，既无意饱览脚下的城市风光，又不打算远眺塞纳河，而是将镜筒笔直地对准了空无一物的天空。"不！"她跺着小脚大叫，"在哪儿？你在哪儿？！"

安妮忽然感到巨大的不安。奥莉芙放下胳膊，把望远镜颠来倒去看了个仔细，然后又向上举起镜筒，反复几次，终于不再努力，呆呆地望向安妮。

"不管用！"奥莉芙声音颤抖，失望溢于言表，眼看着就快哭出来。自打遇见她那天算起，这么久以来，安妮还从来没见过小丫头为任何事情真的掉过眼泪。"我……我找不见妈咪……"

安妮的心都要碎了！原来奥莉芙是想用望远镜找妈妈。她轻轻摇了摇她的肩膀："我们回家玩'爬梯子与打滑梯'的游戏怎么样？改天再来找。"

奥莉芙不理，执着地再次把望远镜瞄准了头顶。

"是这样的，望远镜也需要勤加练习才能看得远啊，"安妮说，"也许现在它们的确还不管用。对了，商店里卖望远镜的人告诉我，他说有的时候有些望远镜需要花上好几年的时间不断练习，才能看到很远很远的东西呢。"

"不！"奥莉芙哭了，"我现在就得看到她！"

安妮蹲下来，伸出手掌："那，让我试试好吗？"

奥莉芙不理，继续埋头于自己毫无进展的科学实验："她在哪儿啊？这破玩意儿一定是坏了！"

"甜心小宝贝儿，你看，我的眼睛比你的大，一定也比你看得远，说不定可以把望远镜交给我来试试看哦。"

至少又过了三分钟，奥莉芙才不情愿地从背带底下钻了出来，把望远镜交给了安妮，下巴颤抖着："一点也不管用！"

安妮举起望远镜，佯装专注，"嗯……"装模作样地举起又放下，拽着衣角擦了擦镜头，才重新把望远镜推到眼前。

"你是在找克丽丝汀吗？"奥莉芙问。

安妮一愣。若不是奥莉芙提起，她早都把克丽丝汀给忘干净了。这时才想起来，明明早上在私信里告诉了小克丽丝，她今天一整个下午都会待在卢森堡公园，但是刚刚奥莉芙说要来铁塔，她拉起小丫头说走就走，居然片刻都没迟疑。

她朝奥莉芙点点头："对啊。不过天堂看来的确有点远。"她举着镜头一会儿看看这边，一会儿看看那边，边看边说，"太逊了！我居然看不见她！"

"但是你知道她就在天上，对吗？"奥莉芙的声音中满是希望，让安妮不忍戳破。

"对，我知道，"安妮有点哽咽，"可光是知道却看不见真让人难过。我真的好想她啊。"

奥莉芙咬着嘴唇："那你现在能帮我找找妈妈吗？她也在天上。"

"让我找找看……"安妮慢慢地把望远镜调向左边，"啊哈！在这儿啦！"

"你看到她了？！"奥莉芙拽着安妮的衣服使劲儿地摇。

"哇哦，真不赖。我看见云朵里面藏着一个好漂亮好漂亮的地方。"

奥莉芙跳起来，又落在地上："快给我说说什么样！"

"到处都是好开心、好开心的人，"安妮说，"还开着好鲜艳、好鲜艳的花，还有各种各样漂亮的小猫小狗小动物！"

"那你看见我妈妈了吗？——棕色头发，和我的一样！"

"让我再找找看……"安妮看起来全神贯注，"哦！我想是了……对！就是她！"

"哪儿？"奥莉芙大嚷着，"她在干什么？"

"看上去她好像在跳舞……边跳边唱。她手上还捏着一张照片。"

"我的？"

"呃，照片上有你、她，还有你爸。"

"她在看照片？"

"是的，她在看照片。她在给她天上的朋友讲你的故事。"

"她在天上还能说话？"

"对啊。而且，看得出来，她很开心。"

没有一丝防备，小丫头忽然放声大哭。安妮赶紧放下望远镜，重新蹲下来，把奥莉芙拉进怀里："噢，奥莉乖乖小甜心。没事了，没事了……"

这一次，奥莉芙没有挣脱，而是顺从地把脸埋在了安妮肩上。安妮感受到奥莉芙的泪水，沿着她的脖子流了下来。

"没事了，宝贝儿，没关系的。妈咪现在去了一个开心的地方。"安妮紧紧地抱着怀里小小的身体，摩挲着她的头发，心也随她起伏。

小丫头好容易呼出一口气："这……这……不公……公平！"

安妮听见自己心碎的声音。她说的一点没错，让五岁的宝宝失去妈妈，让不懂事的孩子举着望远镜在天上寻找一个本该夜夜抱她入睡的人，这一切，没有一样是公平的。

"我知道，都知道，"安妮说，"这的确很不公平。"

"不，不公……平，"奥莉芙反复啜泣着，她推开安妮，眼镜片后面瞪着一双泪涔涔的大眼睛，"你……你能看见我的妈妈，却找不见你妹妹。"

安妮诧异地看着眼前小小的泪人，原来奥莉芙口口声声的"不公平"竟是在替她鸣不平。

愿主以荣光庇佑她。

人的生命总是由千千万万个时刻构成的，说不准其中在当时看来也许与寻常无两的哪一刻，就足以改变一个人生命的轨迹。而直到很久以后的另一刻，这个人才会渐渐发现，她的生命轨迹已然在此转弯，被先前的一刻清晰地划分成了此先和此后。站在铁塔上的安妮也许并没有意识到，她与奥莉芙分享望远镜的这一刻恰恰就是这万千分之一。自这一刻始，一片难以言说的爱意已经翩然而至，轻轻地落在了她心里。

"你今天最好哪儿都别去。"奥莉芙对着镜子前的安妮说。

镜子里，小丫头抱着胳膊坐在安妮床上。"爸爸今天会带你去舞厅咖啡馆吃早餐。接着带你去杜乐丽花园，你很喜欢的那个，有旋转木马的公园。"

"和你一起吗？"

"不。我今天约了罗里。不过我回来的时候可以给你捎一个柠檬马卡龙。"

"我要巧克力味的。两个！"

"注意礼貌，小姐。"安妮一心只想着怎么才能把下巴上的痘痘遮起来。

奥莉芙嘟囔了一句，不过还是乖乖地照办了："请，给我买两个巧克力味的马卡龙。"

安妮在镜子里对她挤挤眼睛："真乖。等我回来，我们一起排练你春季音乐会的独唱片段。"

"你这是要去哪儿？"

"'新页集'，克鲁瓦西那边的一个神奇小书店，罗里在杂志上看到的。改天咱俩也可以一起去逛逛。"安妮在痘痘上又盖了一层粉底，然后在嘴唇上抹上薄薄一层唇彩，回身给奥莉芙也抹了点。

"你爱他吗？"奥莉芙伸长了脖子，看着镜子里自己的嘴唇。

"罗里？！当然不！！"安妮把声音故意提得很高，如果托马斯关心的话，他一定能够听见，"我们只是朋友。"

"那为什么你还要把自己打扮得这么漂亮？"

安妮嗤之以鼻："我有吗？"

"明明就有。"

安妮把化妆包推进抽屉，半对着敞开的房门，尽量清晰且洪亮地说："相信我，罗里和我只是朋友关系。"

奥莉芙端着胳膊："最好是这样。总之，不许你嫁给他。"

安妮被逗乐了："别担心，小管家婆。不过，能跟我说说是为什么吗？"

奥莉芙把脑袋扭向窗户，声音轻得不能再轻："因为那个时候你可能就不想住在这儿了。"

安妮闭上双眼，把她的话一字一句装进心里。那些闪闪发光的音节仿佛是散落在丝绸上的钻石，绽放出耀眼的光芒。

第四十二章
爱莉卡

　　星期天上午，管风琴终于奏响了最后的颂歌。我趁戴维神父和其他人不留神，从最后一排椅子上抬起屁股，猫着腰悄悄溜出了礼拜堂。不然呢，面对面碰上了我又能说点什么？说我还在生上帝的气吗？也许我这辈子都没办法原谅他从我身边夺走了克丽丝汀，也没办法想通他为什么没在该他出手的时候救救我的母亲。但是，大概内心里还残存着些许支离破碎的信念，在这座快要发霉的小破教堂里、冰凉的橡木长凳上、让人昏昏欲睡的冗长仪式中，我居然找回了一丝久违的宁静。

　　我跨上凯特的自行车，在空无一人的路上漫无目的地瞎晃。比之人满为患的中央公园，这里安静得像另一个世界。一阵引擎的轰鸣声从头顶划过，一架飞机正在徐徐降落，抬头看上去像是嵌在蓝天上的一枚雅致的别针。忽然，我像挨了当头一棒：也就是说跑道恢复通航了？也就是说苦等了两个星期的我现在可以回家了？但是，我为什么并不感到欢呼雀跃呢？

我蹬着脚踏车顺着停机坪找到了那架单引擎小飞机，发动机还没完全熄火，声音震耳欲聋。塞斯纳公司的两名乘客走下飞机，紧随其后的是他们的飞行员。"我能预订回内陆的飞机吗？"我问。

飞行员从行李舱中拽出最后一个背包递给等在他身边的那个男人。"一会儿就返程。下次有飞机过来要等一个星期之后。"

熬了整整两个星期，现在，终于有一架飞机，就停在我面前，等着载我回家，然而我却犹豫了。我还没待够，还想和凯特多开心几天，还没和父亲好好道别，还有莫莉和她的孩子们，我得再去看看他们，还有明天下午和哈姆里柯太太的下午茶之约，她说会给我带几本爱情小说过来。

"您能不能明后天再飞一次？"

"要不就现在上飞机，要不就等下星期。悉听尊便。"

我只好咬咬牙："我得回去取行李。等我一小时。"

他看了眼手表。"最多四十五分钟。"然后从口袋里掏出一沓纸，"姓名？"

"莉琦·弗兰……"我只说出了一半，却被自己吓了一跳。一个我花了多少年时间试图抛弃的名字和身份，居然自然而然脱口而出。"布莱尔，"我更正说，"是爱莉卡·布莱尔。"

星期一早上六点十五分，我打开顶灯，走进办公室，时隔两个星期，我又回来了。厚厚一摞文件夹和一个沾着欧丽兹荧光粉色唇印的咖啡杯就摆在我的电脑旁边。看来有些人是把我的办公室当成自己家了。这要是换作以往，我一定会视此为巨大的职场威胁。但是现在再看见一心扑在事业上的欧丽兹，只会让我觉得同情。难道她也在借工作逃避什么吗？

我从桌子上拿起一个上星期寄到的包裹，看了看，又放了回去。然后转身走到窗前。脚下，整座城市正在慢慢苏醒。我咬着自己的拇指指甲，从二十八层的高空俯瞰窗外。郭德华大桥上的汽车打着头灯排成一条长龙，东河上一艘搭载着往来于两岸上班族的摆渡船点着灯穿行于薄雾之中。不知道船长是不是也有一个女儿，一个他甘心为之赴汤蹈火的女儿？

我有点不敢相信，仅仅一天之前，自己还身在麦基诺。可惜只来得及和父亲匆匆忙忙地交代了一句，就赶去了机场。我甚至一度还天真地以为老头儿会开口留我，或者至少表达一下对我这次能回来的欣慰或者开心，或者哪怕说他想我也行。但是，我只得到了一句临别赠言："做好本分。"

我这么说，并不想标榜自己这个女儿就做得有多好。那些攒在一起一直想说给他听的话，现如今依旧还搁在自己心里。船长大人和我几乎从不彼此袒露真情，或者至少面对面的时候，从不流露。但是想想看，他也已经是八十多岁的老人家了。想想他的酒糟鼻子和半瘫脸，我还能有多少时间、多少机会呢？假使他有一天又开着那艘小破艇出了港，而这一回却再也没能平安回来呢？

我颤抖着拨通了他的号码。当然，他八成已经醒了，人上了年纪，只会瞌睡，不会好好睡觉。他接电话的声音听上去气哼哼的。

"早上好。"我的心怦怦直跳。

"你倒是起得够早的。"

"我有好多话想要跟你说。"这是真的，我攥着电话，谢天谢地，至少现在他看不见我的表情，我鼓起勇气开了口，"爸，我不该在船上说那样的混账话。"

"你说什么了？我早想不起来了。"

鬼才信，他一定知道我是什么意思。我闭上眼，再次鼓起勇气：

"我不应该怪你害死妈妈。你说得对，我什么都不知道。这次回去，我花了点时间，好好反省了一下过去的事。我才意识到，当时妈妈已经病了，对吗？我不是说她的身体，而是精神出了问题。"

我第一次承认了这件事。被麦基诺岛重新唤醒的记忆让我意识到，原来长久以来我一直坚信的所谓过往，不过是童年时添枝加叶的自我安慰。妈妈并不是像我以为的那样，当时只是想冒险去对岸给家里人买点吃的。

"这也是为什么你把一家人搬去了岛上。你想让她和外婆住得近一点，而你换个工作也好每天晚上回来陪她。是你牺牲了自己的事业……"

他大声且尖锐地打断了我："没有什么牺牲，听见了吗？"接着稍稍调小了分贝继续说："人应该为自己的家庭做他该做的。我出事的时候，不也是她坚定地始终站在我身旁。"

"出事？"我谨慎地追问，想把我一直不知道的事都搞清楚，"是说你的脸，对吗，爸爸？"

他没搭话。我想可能是我问得过分了。好在隔了一会儿，他又开了口："我当时在卸货，你那时还是个婴儿。链条松了，滑下来，正好砸在我脸上，伤到了面部神经。"

尽管我从前也并不是百分之百相信械斗的谣言，但是知道真相的一刻，我依旧觉得羞愧难当。因为我甚至从没有在人前为父亲辩解过。

"出事后不到一个月，"父亲接着说，"你妈妈就开始失眠了。"

"天哪，爸。"我轻声回应，现在终于凑全了真相。妈妈的第一次产后抑郁，或者也有可能是躁郁症，正好和父亲的事故不谋而合。就像我食言的那次，正好赶上了火车事故。我闭上眼，总算知道了真相。

"发生这么多事不能怪你。"

"我说过怪我吗？"

他难道就不能好好说话一回？"还有她溺水……自杀……"我揉揉脖子，"也都不能怪你，爸爸。该怪的人是我，我一直没敢告诉你。我太惭愧了。事情是，那天早上我非要去上学不可，尽管她说……"

"赶紧打住！"他厉声呵斥，"你知道你的问题出在哪儿吗，爱莉卡？你始终不能接受一个事实，那就是，生活中的很多事并没有必然的因果关系。事实上，很多不好的事情发生了就是发生了，没有为什么。这一点，你怎么就想不明白呢？"

我挂了电话，久久地坐在桌子前。也许我这辈子都别想从父亲嘴里听到一句软话，别指望他能亲口说一句没关系，说因为我那时还太小，说他依旧爱我，尽管我没能救回妈妈……或者，尽管我也没能在三十年后救回自己的女儿，他对我的爱始终不改。

我现在总算明白，父亲是不会原谅我的。

因为在他心里，没什么好原谅的，他从一开始就没怪过我。

我把脸趴在桌子上，流下泪来。一场甜蜜的救赎。

第四十三章
爱莉卡

四月的天，孩子的脸。不得不又穿上了靴子和风衣。不知道通往麦基诺的冰桥是不是又冻上了？凯特的男朋友麦克斯还能不能在五月如约而至？希望爸爸每天去图书馆看乔纳的时候，路上不要走得太急。

收到托马斯的短信时，我刚把车开进锦绣华府的地下停车库，准备上楼陪客户去看房。两个人每天你来我往的电话和短信让人不觉心情大好，也让我觉得离他和奥莉芙的生活近了很多。而且，得知安妮在巴黎过得如鱼得水，我也大大地松了口气。最近，她都在陪奥莉芙排练学校春季音乐会的独唱片段。我举起手机，上面是他刚发来的：

能相信吗？我的一个学生居然在考场上自拍！

我在电梯前停下脚回复：满脸紧张，无处安放，只能上传。
迈进电梯前一秒，叮的短信提示音：拍拍更健康是也。

那就但愿他们考场上拍的都美、试卷上蒙的全对。

我跟着电梯上到一楼，全程笑得像个扯着风筝线的小姑娘。然而意想不到的是，电梯门打开的刹那，我迎面撞上了艾米丽·兰格。

"爱莉卡，"她递上名片，"你看起来气色真不错。"

"过奖。"我说。她看起来也是，只是我不愿意主动这么说罢了。一丝不苟的波波头修饰了她的面部线条，海军蓝的裹身裙则凸显了玲珑的身段。她比我们上次见面的时候的确老了一点，但是风韵犹在，特别是笑起来的时候。很难想象，这么美的一张笑脸背后藏着怎样一副蛇蝎心肠，她可差点毁了我。

我们握了手。我把她的名片收进包里："我……我还以为要见的人是贾妮思·纽曼。"

"是我让贾妮思帮我约的你，我担心你可能不会轻易答应见我。"

她担心的没错。我要是知道约我的是她，一定会派欧丽兹替我出马。不过既然来都来了，我拿出了一张职业性的微笑："抱歉，可能让你空跑一趟了。是这样的，余下的三套物业马上也要签约了。"

我可没骗人！今天上午，我刚刚向塔伊先生，一个我无缘得见的亚洲富豪的新助理，提交了一份捆绑销售协议，可惜斯蒂芬并不领情，不但不打算优惠，还要求塔伊必须在今日内给出答复。也就是说，在塔伊和他的客户落槌定音之前，这三套物业目前仍在待价而沽。

"那太糟糕了，"艾米丽说，"我的客户对其中第二、第四套都很有意向。"她扫视四周，镶嵌了胡桃木墙板的大厦大堂，大理石地面和摩登的现代照明。"其实也不意外。斯蒂芬·道格拉斯的品位向来一流。我从第一天开始就在关注这个楼盘了。"她无奈地摇摇头，"知道吗，我当时还以为我能拿下独家代理权。"看她的眼神和微笑，我觉得她还不知道是我抢先一步截了和。"对了，说起来还要祝贺你签下这么大一单。"

我把头发别在耳后："谢谢。"

我不知道为什么这时候回想起妈妈一句不相干的话："先反省，再出发，永远……"

这有什么好反省的？明明我才是当年的受害人。明明落井下石的是艾米丽，出尔反尔的也是她。

我耸了耸肩膀。"不过斯蒂芬还没有最后签字，"故意摆出一副若无其事的样子，尽管彼此心知肚明，潜在的合同只会让这三套物业的价格有涨无跌，"你还想转转看看吗？"

她跟在我身后，等我打开第一套物业的房门，然后是走廊另一侧的一套。我带着她一路走走停停，对博德宝整体橱柜、萨索斯仿石瓷砖，以及沃弗龙吊灯等一一做了介绍，都是最首屈一指的品牌、最新问世的款式。

"太赞了。我能拍段视频吗？"

"当然，请便。"

她掏出照相机，我则掏出手机打给了卡特：

"你肯定猜不到是谁看中了最后三套中的两套，"我尽量压低声线，"艾米丽·兰格。我觉得是票大生意，应该会比塔伊出价更高。"

"真的？这可不妙啊！"

"啊？为什么？"

"排位赛这个月内就要见分晓了，我可一直在盯着呢。你要是能尽快解决剩下的三套，坐稳前五十肯定没问题。"

"好的，不过这跟卖不卖给艾米丽有什么关系？"

"要是艾米丽搞定了这一单，同样也能跻身前五十。这是你要的结果吗？当然不是。所以，听着，现在就给塔伊打电话，想办法让他接受斯蒂芬的还价。至于你，赶紧让各方签约，然后尽快走人。”

“但是，卡特，我……”但是卡特的电话已经挂断了。

“妈的！”我咬着嘴唇，感觉举在手上的手机忽然重了不少。最终，我还是拨通了塔伊的电话。

“有了这段视频应该就没什么问题了。”艾米丽说着把照相机妥当地放进了背包。

我深吸一口气：“抱歉啊，艾米丽。刚刚是客户打来的。他已经签了合同。”

她瞪着眼睛诧异地看着我，好像看出是我从中作梗。“拜托，爱莉卡，一码事归一码事，生意是生意，私交是私交。我知道你心里是怎么看我的，也不指望你能原谅我当年置你于不顾。但是，至少让我把话说清楚。”

真的真的很抱歉，亲爱的。希望你能理解，我真的是分身乏术……

“我一句也不想听。”我听上去和弗兰策尔船长有什么分别？

“我承认是我太㞞了，”她忽略我的抗议，只管继续说，“担心自己摔倒了会爬不起来。房地产市场滑坡是谁也没想到的，当时公司日常开销很大，二十几个人等着我发工资养家糊口，爱莉卡。养活他们是我作为老板的责任。”

我抵着胸口一字一顿地说：“可我也有我的家要养。”

“你前夫是个医生，真出事了，你还有地方能躲，至少当时我是这么说服自己的。”

“那只能说是你错了。你承诺过，不会追诉我反竞争条例，会让我带着我的客户走。但是你食言了。”

呃，不如……我们想想晚饭一起吃点什么怎么样？

“对，”她揉着太阳穴，“是我做的决定，一个自私的决定，这我承认。

为了保住我当时的公司，只能想方设法尽可能留住那些亚洲客户，也就是我许诺你可以带走的那些。"

她垂下头，说道："那段日子对我来说不堪回首。我也希望老天爷能再给我一次机会。"

如果能再给我一次机会……只要，只要能再给我一次重新来过的机会……

"我真的很抱歉。不应该拒接你的电话，但是只有躲着你才能让我自己心里尽量好过点。好几次，我都想打个电话解释清楚。但是，我太惭愧了。"

我退后半步，艾米丽的每一句话几乎都切中了我的心事，反而更像是我的台词。

她深吸一口气，声音激动起来："但是，一切的一切，我最不愿看到的，是你居然把自己卖进了一家没有灵魂的公司，"她与我对视。"是你竟然甘愿忍受卡特·洛克伍德的盘剥。我为此感到抱歉，要不是因为我，你就不会创业失败，也就不会落得今天这样。看到你变得畏首畏尾，再也不敢为自己的梦想而不顾一切、放手一搏，才是……才是最令我痛心的。你明明是块金子，一直都是。爱莉卡，你明明已经具备了成功的所有先决条件，却就是不肯相信自己真的配得上获得成功。"

她笑了笑，但是眼睛里分明有了泪花："祝你好运吧，爱莉卡。希望还有机会再见。"

第四十四章
安妮

也许五味杂陈说的就是这样一种感觉，担心与期待交织在一起，既为之骄傲，又为之心焦，一个小女孩即将登台献唱《美丽的阿美利加》，而你渴望她的成功，这辈子，还没有什么事让你燃起过如此强烈的渴望。安妮屁股搭在椅子边上，坐不敢坐，站又不是，学校礼堂的观众席上黑压压全是人，罗里和托马斯分别坐在她左右。

舞台灯光暗下，奥莉芙走到台中，一束追光打在她身上。她今晚穿了一件蓝白条纹连衣裙，搭配红色的高筒袜，是安妮特意买给她的。安妮看着她娇小的身影在台上摇摇晃晃，仿佛随时有可能跌倒，脸白得像纸一样。即使坐得这么远，安妮仍旧能感受到小家伙眼镜片背后的恐慌。

安妮感到呼吸急促，她咬着拳头，一遍又一遍祷告，祈祷奥莉芙记得每一句歌词，祈祷奥莉芙得到观众的鼓掌，祈祷老师会对她送上大大的赞扬，祈祷同班的同学们会因此而更喜欢她。

礼堂内鸦雀无声，安妮甚至能听见自己的心跳，也可能是奥莉芙的心跳。"加油，宝贝儿。你行的。假装你现在是坐在公园的长椅上，或者自家的床头，或者我们手拉手正走在上学的路上。假装是我们排练过的任何地方，哪儿都成。"

"哦,美哉福地,"奥莉芙唱起来,声音中有一丝丝颤抖,"海阔天空……"

安妮的心都要化开了,泪水上涌,夺眶而出。罗里递上一只手,被她紧紧地攥住,直到奥莉芙一曲唱罢,她才松开。她、罗里,还有托马斯第一时间站了起来。泪眼婆娑中,她看见奥莉芙微微一笑,向台下鞠躬致谢,就像她教的那样。礼堂内掌声雷动。

这辈子,安妮还没有听谁唱出过如此般的天籁。

安妮跟着各家的妈妈钻进后台,帮奥莉芙找到外套和围巾:"太为你感到骄傲了,甜心!"

"我看见你了,"奥莉芙说,"你在给我鼓掌。"

"对,我在给你鼓掌。每个人都在给你鼓掌。"安妮把小姑娘揽入怀中,"瞧见了吗?决心的力量——你决心好好唱歌,就唱出了这么动听的歌。"

当天晚上,一行四人选择在乔治餐厅举行庆祝,奥莉芙的最爱。但是看来即便是诱人的意大利面也未能在当晚博得奥莉芙小姐足够的宠幸,她几乎没吃几口,而是兴奋地帮在座诸位亲朋重温着刚刚台上惊心动魄的五分钟,一遍又一遍。

回去后,罗里邀请安妮到对门他那里坐坐。他从网上下载了《乌云背后的幸福线》的电影,只可惜整部电影的对白音轨都是法语,安妮挨着罗里坐在沙发上勉强撑了十分钟,已经昏昏欲睡,幸好罗里提前准备了各种零食。

安妮吧唧吧唧吃得不亦乐乎，她把一块酥皮奶酪条塞进嘴里，闭上眼睛感受着唇齿间慢慢融开的浓香，大口吞进肚子，接着又迅速拿起了另一块："再吃一块。好吧，那就两块。嗯……这回是认真的，最多三块，就三块，我就不吃了！"

罗里捧腹："你简直是每个主厨梦寐以求的理想情人，安妮。如果我赢了比赛，就和你一起去一次杜卡斯，好不好？"

"好啊！就这么愉快地决定了：算是你约我。不过到时候要我来请客。"

罗里歪着脑袋："很多人约过你吗，安妮？"

安妮哼了一声，佯装掰起了手指，又放下，扭头对罗里说："我给你讲讲最烂的一次。"殊不知也是唯一的一次，"事先并不知情，我的一个朋友莉亚就撮合了我和她表兄恩尼斯。"

"恩尼斯？"

"好啦，我知道你想说什么，名字是烂了点，不过更烂的还在后头。我们一起去看了电影，《星际穿越》，相信我，那真是世界电影史上最漫长的一部电影，真的！我一整天都没吃东西，然后饿着肚子坐在那儿，熬了几小时之久，而这位仁兄全程一次都没有表示。直到后来，电影过半，我肚子的抗议声已经打搅到了旁边的观影群众，我甚至已经接收到了从三排开外远投过来的怒目。我告诉恩尼斯我得去搞点吃的。你猜他怎么着——扔了张十美元钞票附送一句'去吧'。我简直气得要死！"

罗里哈哈大笑："你把钱砸他脸上了？"

安妮皱着眉头。"美得他！我毫不客气地斥他的巨资给自己买了多滋乐，还有一桶超大号爆米花！"她把话题扯向罗里，"你呢？给我讲讲你的噩梦之约！"

罗里以浮夸的演技诠释了什么叫作气宇轩昂："噢，你要知道，我在情场上那可是无往不利，颇有爱尔兰人风骨。"

"啊哈！可惜你是德国人。"

"是的，不过我也算有一半爱尔兰人的血统——我妈妈娘家就是科克郡的。"

"所以才给你起了个名字叫罗里是吗？"

"是的。我就是一个游荡在法兰西、来自德意志的爱尔兰小伙儿。"

安妮点了点头，觉得和罗里颇多了点同命相怜的意味："我的生母是墨西哥人。我能体会那种四海为家却无处是家的感觉。"

罗里眉毛拧在了一处："无处是家？说什么呢，安妮。我们俩，我和你，命不要太好。我们是四海皆可为家，而不会故步自封于一处的那种人。"

罗里的话仿佛打开了安妮心里的一扇门，从门缝中漏进来的些许光线照亮了她心房里一直以来阴郁的一角。她发现自己一直以来的想法和不安都在发生转变，人生中的第一次，她发现，自己不是孤立无援的，只要愿意敞开心扉，自己的身世反而让她有了更多的归属感。

接近午夜，罗里一直把安妮送到了走廊另一头托马斯家的门口。"我喜欢和你一起看电影，安妮，尽管你大概也没在看，其实，"罗里说，"我可能就是喜欢和你待在一起，不管干什么。"

安妮感受到来自对方温暖的怀抱，微笑着回应："我也是。"

她还没来得及反应过来，罗里就已经凑了上来，鼻尖碰上了鼻尖，嘴唇遇见了嘴唇。安妮顿感天晕地旋，失去了平衡，重重地撞在背后的门板上。脸颊被罗里双手捧在掌心，安妮感受到嘴唇上存留的一丝湿润。我的神哪！就刚刚，她送出了初吻！不过不得不说，感觉还挺美的！

说时迟那时快，背后的门猛地被拉开，安妮一个没站稳，整个人一骨碌跌进了托马斯家的玄关。

"天哪，安妮，亲爱的，对不起。"

她还没从刚刚的眩晕中完全苏醒，抬起头，就迎上托马斯俊朗而关切的面庞。

"我听见门外一声巨响，所以就……"托马斯声音渐微，好像忽然意识到自己撞见了什么了不起的事。

"没错，"安妮接过托马斯温暖的手掌，把自己从地板上拉起来，"巨响可见必是我无疑。"

罗里一言不发地站在一旁，显然是在等托马斯先撤的意思，但托马斯也许是怕失礼的缘故，反而犹豫着没走。安妮不知道这种场面下是不是应该由她率先说点什么来打破僵局，她其实很想说："抱歉，托马斯，再给我点时间，刚刚一吻还没尽兴！"她现在脑袋里一片混乱。当然了，刚刚的一吻余温犹在，的确尚未尽兴。不过托马斯这一声"亲爱的"似乎又足以令她对他濒死的热情死灰复燃。

她转向罗里，与平常无二，送上一个哥们儿间的拥抱：

"谢谢你请我看电影。明儿见！"

然后没再管在场另两人是否继续尴尬，先行飘回了自己的房间。

第四十五章
爱莉卡

六点整，二十八层楼。脚下，晚高峰时段的第一大道，汽车排起了长龙。我挂断与产权公司的电话跌进椅子。锦绣华府的最后一套也卖出去了。我稳稳地坐进了前五十把交椅。这下斯蒂芬·道格拉斯应该高兴了，薄荷糖小姐应该高兴了，我呢，也应该高兴吧。

大块头卡特闪到我门口，我赶忙坐起身。

"你就偷着乐吧，布莱尔，"他边说边大踏步走进来，"《纽约时报》刚刚打电话来，说他们在筹备一期专访——'女性经纪人引爆曼哈顿地产热潮'，届时将有五位女性代表登报亮相。"

我目不转睛地看着他，等着他抛出下一句：

"你，就是其中之一！"

我从写字台后面跳了起来："你说什么，《纽约时报》？真的吗？"

"他们想约你看你什么时候方便，去你家里拍些照片，顺便做个采访。大概时间定在六月中旬，而且——还没完——还是周末商业版特刊！"

"周末特刊？！"卡特短短几句话，信息量不小，我还有点没回过神来。从没想过有朝一日能成为《纽约时报》的专访对象，更别说还是周末商业版特刊了。"艾米丽·兰格是另外四分之一吗？"

"我上哪儿知道去？"卡特剜了我一眼，"得了，我的亲姑奶奶，你可别告诉我你还在为锦绣华府的事情内疚？！"

"可那十六套物业，"我无力地趴在桌子上，"真的是我从她那儿偷抢过来的啊，卡特。"

"生意归生意，别你侬我侬的。"

"可我连报价都没给她一个。"

"反正就算是报价了，也过不了斯蒂芬的最后一关。本来就是塔伊一起看上了三套。好了，布莱尔，你的赎罪之旅也应该到头了。"他递给我一张便利贴，"给这个记者回个电话。等到采访登报，到时候新生意都忙不过来。"

我当然理解，卡特才不会在意《纽约时报》的专访是不是谁的人生巅峰，对他来说，只要知道对生意有帮助，其他的都无所谓。

但是我又有什么立场指责他呢？这么多年以来，我行走地产界，唯一的动力不过是自己的愤恨、内疚和报复心罢了。

我接过他手上的便利贴，在心里默默祷告，希望我不要有一天变得和他一样就好。

"好样的，布莱尔。"他使劲儿拍了拍我的肩膀，我差点一个趔趄，"这次行业竞赛的加冕盛典定在了华尔道夫，五月二十日。"他从西装口袋里掏出一沓入场券扇了扇，"你要多少张？"

盛典。加冕盛典。曼哈顿前五十地产经纪人的加冕盛典。我吃过的苦，流过的汗，付出的所有，为的不就是这最后一刻吗？我飞速盘算了一下。曾几何时，我确有幻想过克丽丝汀和安妮陪同出席，现在当然不可能了。凯特大概没时间。父亲多半不愿来。我当然不会邀请布莱恩。那么，我该跟谁坐在同一张桌上？

"两张好了。"我说，衷心希望自己到时候能找到愿意陪我的人。

现在是星期六凌晨五点。我裹在睡袍里和托马斯聊着电话。太阳还没有跳出地平线，黑暗中唯一的光亮来自厨房的咖啡机指示灯。

"你猜怎么着？我要上《纽约时报》了！"

"这么赞！说你什么好呢——所向披靡！"托马斯说，"难以想象你都已经是曼哈顿排名前五十的地产经纪人了！"

"现在我受邀出席颁奖晚宴。问题是，安妮不在国内，我不知道该请谁同去。"我揉揉鼻梁骨，不由得皱起了眉头，刚刚这句话听起来多半惨兮兮的。

"什么时候？"

"五月二十日。"

"该死，"他说，"为什么不是六月三日呢！我前后那几天会回华盛顿参加一个学术研讨会。或者，你跟另外四十九个人商量商量，他们介不介意改个日子？"

"这就着手去办！"我笑了，脑袋里甚至已经在勾画出与托马斯约会的场景，丝毫没意识到这有多遥不可及。"你这次回来会待多久？"

"应该不会太久，五天左右。奥莉芙也会和我一起回去。我打算送她去弗吉尼亚与格温的父母小住几日。"

"也就是说安妮到时候会一个人过周末？"

"是的，"他的声音明显有些犹豫，再开口时，换了一种更为郑重的语气，"我也会一个人过周末，华盛顿离纽约不过几小时的路程。我在想，我也许可以坐火车去纽约市中心转转。"

电话两端同时陷入了沉默。我不确定现在是不是该我积极发言的时候，只听见自己的心在狂跳。"哦……"良久，我终于发声，算是回应了一下，自己一到关键时刻就口拙这件事真是一点改观都没有。

"那……有没有机会见一面？喝一杯，或者如果能一起吃个晚饭当然更好？"

我闻声起身，被兴奋和紧张挑弄着神经，闪身晃进厨房，把日历飞快翻至六月：每一个星期五和星期六目前都是空窗。这意味着我终于有机会见到托马斯了！

我从微波炉的镜门里发现了一时忘形到原地转圈的自己。天哪，彻头彻地像个花痴。我赶快躲到一边，闭起眼睛，一时羞愧难当。我这是在干什么？密谋着约会吗？我的女儿不在了，我怎么还有脸开心得起来？！

"抱歉，"我抵着额头，"那个周末工作排满了。"

"了解。如果行程有变，请一定告诉我。"

"好的。"我嘴上说。

心里知道不会有变的。我不在乎凯特对此会怎么说，开心对我而言仿佛是可怕的不忠。

第四十六章
爱莉卡

每一年，纽约最成功的地产经纪人都会齐聚于曼哈顿地产经纪人协会一年一度的颁奖盛典。这说白了就是一场打着为成功歌功颂德的幌子来炫富的盛会，珠宝、皮草、香车、腕表，单拎出哪一样都能直接砸下父亲麦基诺的整栋房子。每一年，我都想尽托词恕不到场。唯独这一次，我也成了盛典的座上客，可我一向面对大场面就要却步，想象自己即将淹没在锦衣华服、脂香鬓影之中，就感到绝望。

然而又不得不前去赴宴。卡特以我的名义预留了一张桌子。而我呢，等这一天难道不是已经等足了一年？

梳妆台镜前花瓶里插着托马斯寄来的鲜花。我把好不容易戴在脖子上的镶钻红宝石项圈又摘了下来，换了一条珍珠项链在胸前比了又比，也收了起来。生命中最需要光彩夺目的一夜，我却迟迟下不了决心到底以什么造型出场。终于，我把目光锁定在女儿们母亲节那天送我的那条银项链上。

看时间，司机应该已经候在楼下了。我抓紧捏了张自拍发给凯特：

灰姑娘即将闪亮登场，真希望有你在我身边。

按下"发送"键，我捏了捏脖子，稍稍解一解喉咙痛，从梳妆台上拿起那两张入场券，并把其中一张丢进了废纸篓。

我把我的香奈儿手袋夹在胳膊底下，收腹挺胸，阔步走进宴会厅，四下搜寻卡特和公司同事们的身影。大厅内摆满了一张又一张圆台，每一张上又极尽铺张地堆砌着巨型烛台和各色鲜花。厅堂一角的爵士乐队给现场仿佛注入了另一种躁动不安的因子。我还在搜索，同时不忘对错身而过的熟悉面孔点头示意，无非是些过去这几年打过交道的同行。他们三五成群聚在一起，大口喝酒，大声说笑。当然也不乏终于得偿一见的业内大牛，斯基普·施密德、克丽丝·赛博尔德、布莱恩·哈格勒、梅根·道尔，悉数在场。我真心希望他们当中的任何一个能上来拍拍我的肩膀，邀请我加入他们的话题，证明我真的已经成了他们当中的一员。但是这些都并没有发生，他们只是在我走过时也礼貌地点了点头而已。

我在宴会厅左侧一排找到了立着我名牌的桌子，三十三号，桌摆风格与邻桌并无二致，花枝招展，烛光摇曳。唯一的不同，在于名牌旁边多了一枚写着数字的金色星形贴纸，标榜着爱莉卡·布莱尔睥睨群雄的不凡身份，在同城地产界忝列第二十四位。什么，第二十四位？！震惊之余，显然得特别感谢锦绣华府在最后时刻的添柴加薪。我掏出手机准备留念，转念又迅速收了回去。

洛克伍德的其他人都死哪儿去了？！我给自己挑了张椅子，决定独享此刻，属于我一个人的这一刻。就像去年八月时我向克丽丝汀许诺的那样，前五十，我真的做到了，而且还不仅如此，甚至挤进了前二十五。可为什么此时此刻坐在这里的我心虚得像个装腔作势的骗子？

我不得不想到艾米丽，还有她在排位结果公布后发给我的贺信：

> **你果然不负众望，我果然没看错你。**

但是，她真的一直没看错吗？她真的至今没发现吗？她真的丝毫未察觉是我偷走了她的独家代理权吗？

叮，手机新消息提示音。我伸手去掏，赫然被屏幕上发信人"奇迹"两个字吓了一跳。将近两个月没有她的消息了。我赶快打开收件箱。

> **祝贺。**

没了？就两个字？！我鼻子一酸，是该怨她太狠心，还是太刻薄？我翻来覆去盯着手机屏幕上的两个字。如果发信人真的是克丽丝汀，大概后面还要跟着一串夸张的感叹号和表情吧。但是敏感如安妮，早就嗅到了真相，这并不是值得开怀庆祝的时刻，没什么好庆祝的。我迄今都尚未明了什么才称得上真的重要。

> **真希望此刻身边有你，我亲爱的，我爱你。**

按下"发送"键后，我把手机放到一边，打开了今晚盛典的节目单。大概是羞愧之心作祟，我第一眼就看见了"兰格事务所代表艾米丽·兰格获授慈善贡献奖"这一条。艾米丽也在今晚的获奖名单之列，获奖原因不是前五十的业绩，也不是别的看似重要的理由，而是为其真的重要的贡献：她以及所属事务所无偿帮助退伍老兵安家置业的公益之举。

我腾地起身，需要换个地方透口气。在靠近走廊的吧台一角，我看见了她，被一小圈人簇拥着，正与身边的人手舞足蹈地热络地聊着什么，显得兴致很高。艾米丽一向都是讲故事的高手。看她半卖关子地举起了一根手指就不难猜到，接下来马上就要到了今天故事的高潮了，果然，听众顿时回报以热烈的笑声。凯伦·奎恩拉着她的手，另一个女人扶着她的胳膊，还有身边那个高个男人——多半是她的现任吧，我想——轻轻地揽着她的腰。多么动情的画面，眼前的这个人被爱环绕四周。

"原来她在这儿！"

我闻声转身，看见卡特和他的现任太太丽贝卡，各自端着马天尼向我款款走来。感谢上帝，总算找到组织了！

"嘿！"我赶忙回应，"你今天太美了，丽贝卡！"

"可不是嘛！"卡特在丽贝卡的屁股上拧了一把，下流得令人作呕。

紧随其后是一身亮眼银色短裙的欧丽兹，身边的一对很优雅的夫妇大概是她双亲，另外那个年轻小伙儿多半就是今晚的男伴了。不过看来她并没打算给双方介绍人物关系。

我主动送上拥抱："如果没有你，大概也没有今天的我。"

"这还真说不好，"她毫不推辞，"我们是不是应该找个地方赶紧坐下？"

我只得带着众人重返三十三号桌，希望这一次感觉能轻松点。一圈人纷纷落座，唯独我身边空着一把椅子，明晃晃的，甚为扎眼。八缺一，要是安妮在就好了。

丽莎·弗莱彻，协会今年的轮值主席款款走向讲台，敲了敲麦克风："欢迎各位曼哈顿地产精英！"

人群附之以尖叫和喝彩，所有人纷纷入席。同一张座子的另一侧，卡特附在欧丽兹母亲耳边滔滔不绝："您女儿绝对天生就是做地产经纪的料！在我们洛克伍德房地产公司，我可不想管过程如何，只要你能签下合同，别的都不是问题。她显然深谙此道！"

我瞠目于他，忽然，如醍醐灌顶，仿佛一切都想通了：我不是不喜欢这一行，而是不喜欢在卡特手底下打工，不喜欢向素昧平生的人推销他们可能要住一辈子的房子。

"爱莉卡，你明明已经具备了成功的所有先决条件，却就是不肯相信自己真的配得上获得成功。"

我想起艾米丽的话，她无疑是对的。创业失败让我不再对梦想抱有希望，以为自己不配，就像自己不配得到安妮和父亲的爱一样。但是梦想呢，梦想始终都在，只是安静地睡着，像等待阳光的花蕾。我忽然有个想法把布莱尔地产公司再开起来，开成一家小小的、属于我的公司。然后从今天开始，做我所能做的一切，让自己成为一个值得的人。

我掏出手袋，强抑心跳，旋开笔盖，在餐巾的背面写道：

> 你说得没错，艾米丽。我原谅你，抱歉我花了这么久才想通。往往我们揪住自己念念不忘的与我们对别人耿耿于怀的都是同一件事。所以，请你也原谅我。

然后，我拿起所有东西，站起身走到卡特身后，轻轻地搁下一句："缘分已尽，就此别过。"

在离开宴会厅的路上，我把那张餐巾丢在了艾米丽的桌上。

第四十七章
安妮

嘿，小克丽丝。奥莉芙和我今日目的地是秀蒙丘公园。我们在西比勒神庙下等你怎么样？

进一步，退两步，这就是安妮与奥莉芙现在的关系走势。

暖融融的星期一下午，去公园的路上，安妮身边的小家伙显得格外躁动："我要走啦呀我要走，但是不带你呀不带你！"

如果换作两个月前，安妮八成要为此伤神。不过这话在今天听起来一点也不让她介怀，因为小别在即，对奥莉芙来说多少有点难挨，安妮最了解这种感觉了。她低头对奥莉芙笑了笑：

"我都知道啦，小甜心。下星期四，也就是六月一日，也就是十天之后，你就能看见外公外婆啦！"

"啊哈——但是不带你呀不带你！"

她们走进秀蒙丘公园，西比勒神庙高踞山崖一角，俯瞰整个湖面。安妮抬头望望，心里惦念着小克丽丝，她会在那儿等着她吗？今天会是团聚的日子吗？

"来吧，小能人儿，"安妮对奥莉芙说，"比比看咱们谁先跑到山顶。"

二十分钟后，半山腰上，安妮身后的奥莉芙已是步履蹒跚："我走不动了。"

"还有一点点路就到了，宝贝儿。"安妮虽然嘴上这么说，其实呼吸也沉了。

"不要！我要待在这儿！"

奥莉芙没精打采地拐了个弯，在山坡上挑了处草地一屁股坐下不走了。她伸手遮住阳光，向山下望去，三十米开外的湖边，一群小朋友在跳绳，还有几个在翻着筋斗："嘿，我们上次来过这儿！"

"没错，"安妮说着也来到她身边，"就是在这个位置，我们一起吃了午饭。"

"我今天还想在这儿吃饭。"

"但是，奥莉……"

"求你了，安妮。我喜欢这儿。"

安妮久久地回望神庙，叹了口气，她不愿在这种临别之际惹奥莉芙不开心。于是，她放下餐篮，铺开毯子，挨着小奥莉芙在草地上坐下来，屁股底下青草茵茵，松软而厚实。

"我会想你的，奥莉小甜甜。"她打开篮子，给奥莉芙递上一块花生巧克力三明治，小姑娘的最爱。奥莉芙没有接，仰脸躺在了地上，凝望着天空。

"这是世界上最好的地方。"奥莉芙说。

安妮也躺下来，头枕着手，两个人肩并着肩。"我也喜欢这儿。"天蓝如画，云卷云舒。"以前，在切萨皮克湾的海滨别墅，我有时候能这样躺上几小时，看看云就够了。"安妮深吸一口气，仿佛重回十三岁，清爽而带着泥土的芬芳。"在我妹妹眼里，这纯属是冒傻气。"

"你本来就傻，而且笨笨。"

"这么说就太让我受伤了，奥莉芙。"

见奥莉芙没回应，安妮用一只手肘支起身子：

"我想你大概不知道当一个朋友不小心说了伤害对方的话时应该怎么办。"

"我当然知道！他们会说'对不起'。"

安妮伸出另一只手放在奥莉芙胳膊上："然后对方就会说'没关系的'。"

两个人静默地躺在草地上，呆呆地望着蓝天。终于，还是奥莉芙率先打破了僵局："在学校里，老师给我们讲过一个关于莫肯人的故事，他们住在很远很远的大海边。"

"是有这回事，"安妮说，"莫肯人住在亚洲东南部靠近安达曼海的地方。"

奥莉芙看安妮的眼神犹如在看一个全知的天才："就是那儿！我长大以后也要去那儿生活。"

"真的吗？"安妮拔了一片草叶夹在两指中间，吹出轻缓的颤音，"为什么呢？"

"莫肯人相互分享一切，而且从不会为生活忧虑。"

"听上去棒极了。也许我可以和你一起搬过去。"

"还没说到最棒的呢，"奥莉芙说，"莫肯人的词汇中没有'再见'。"

安妮紧闭双眼，等待胸中澎湃的心绪慢慢平复，在心里，她默默地许下了一个诺言：无论如何，她一定不会再离开这个小家伙了。

当天晚上，在托马斯讲完了睡前故事后，安妮也向奥莉芙献上了晚安一吻。她晃进厨房正想找点吃的，被坐在客厅沙发上的托马斯忽然叫住：

"安妮，有空吗？"

她心里一惊："当然！"为你吗？永远有。

托马斯坐在沙发一头，腿上摊着一本大卫·巴达西的小说。谁能想到呢，今天他居然没有电话粥可煲。安妮坐在了他对面。

"我们这几天不在家，你一个人不会有问题吧？"托马斯把书页向下，扣放在一边，"我会把信用卡留给你，还有罗里就在隔壁。"

自从她那晚在玄关打了个滚，托马斯就已经认定她和罗里是一对儿了。"你和罗里这周末有什么安排？不如约他过来一起吃晚饭？"不行，她得把这件事掰回来，罗里当然是风趣幽默体贴温柔的罗里，但他们还是朋友，普通朋友，仅此而已。她也还是她，待字闺中，芳心未许，如果他愿意的话……

"我一个人没关系的。"

托马斯点了点头："我们会想你的。"

安妮死咬着嘴唇才勉强没失态地大笑起来："我也会想你们的，你，还有奥莉芙。"

"我想告诉你的是，我对你真的十分感激，你的出现对奥莉芙来说真是最美好的事。她终于又开心起来了，尽管多数时候还是要装出一副不开心的样子。"

安妮笑了："我很喜欢她。"

托马斯调整了坐姿，这回，整个人正对着安妮："我现在满脑子想的都是秋天来了怎么办，失去你一定会令我伤心。如果你想换个环境，除了哈弗福德，乔治城大学也很不错。"

换个环境……多可爱的想法。她一度很钟情哈弗福德，当然那都是在被勒令停学之前。再想想，假如她真的找不到克丽丝汀，也就无所谓两个人的学校是不是挨得很近了。

托马斯耸耸肩膀："我知道这几乎没什么可能，不过还是想说出来试试。"

等一下……他是在邀请她陪他荣归乔治城吗？安妮的心里放起了烟花。

"我还有机会申请吗？我的意思是说，现在都六月了。"

托马斯此刻脸上灿烂的笑容简直能敌过一切阴霾："我想没问题的。乔治城的招生要求不比哈弗福德高，你本来就是个很优秀的学生，不是吗？"

她躲开了他的目光。这下惨了！蠢到家了！！安妮面颊通红，闭上眼睛，咬牙说出了下面的话：

"不，我被停学了。"她转过身来看着托马斯，"停学的原因是我被指抄袭。但是我发誓我没有。"

托马斯瞪起眼睛："那你有没有向学院院长解释？"

安妮摇了摇头。"没有，客观上也没办法这样做。我只能说，在一次诗作比赛上，另一所大学的英文系教授，也是那次比赛的评委之一，认出了我的诗，"她连连摇头，仿佛想把整段记忆甩个干净，"巧的是，他的一名学生在同一个学期里也提交过同样的作品。"

"也就是说有人抄了你的诗。"

"我……也不完全是，"安妮盯着托马斯的眼睛，乞求他的信任，"你必须相信我，我永远也不会做出剽窃别人作品的事。"

托马斯闭口不答，良久，缓缓地点点头："我相信。总之，你先把申请填好。其他的交给我。"

第四部分

Quote Me

重拾人生

一路寻寻觅觅，终于在不经意的内心角落
寻回了缺失的宁静。

第四十八章
爱莉卡

星期三早上，我穿着全套紧身运动衣和跑鞋，一阵风似的冲出公寓大堂的玻璃门，拐了个弯朝着五十六街的复印店门跑去。耳朵里的耳机忽然被拔了出来，我深吸一口气，回头看到了卡特的脸。

星期一，我正式发出了辞职信，把所有的客户和目前在跟进中的案子统统通过邮件移交给了欧丽兹。在同一封电邮里，我对她表示了感谢，声称对她接下来一个人完成余下的工作充满信心。她在第一时间回复了我的电邮，询问我最快何时能够腾空办公室。唯一意外的是，事发至今，始终没有听到卡特的意见。

"究竟是为什么，布莱尔？告诉我你要什么。升值？加薪？我现在就给你提半个点总行了吧？"

我找回刚刚的节奏继续跑步前进，但他穷追不舍，并排跟着我，边向我喊话，边喘着粗气：

"专职司机？我给你派个专职司机好吗？只要你答应能像原来一样回来好好工作。"

我在公园入口处停了下来，转身问他："卡特，你说我给公司赚了多少钱？”

他眨眨眼：“鬼知道多少。几百万？当然是有的。而且只要你想，就一定能赚得更多。明年你就能进前十，我把话放在这儿了，信不信由你。”

我看着他的眼睛继续问：“那么，告诉我，卡特，这样下去什么时候是个头呢？”

“什么？”他的笑容有些尴尬，“没头，从来没有。这个道理我不说你也懂，布莱尔。”

我微笑着看着他，无意嘲讽，而是由衷的感激：“谢谢你，卡特。在我需要工作的时候，你给了我工作，为此，我这辈子都会心存感激。作为回报，我把我的全部生活毫无保留地献给了事业。但是现在，是时候回归生活了。我想我大概已经找到了缺失的宁静，应该去做点真的重要的事了。”听见自己这样说，我感到浑身一个激灵，仿佛一道电流蹿过："我在试着放手。试着成为女儿们期待中的样子，也是我曾经期待的自己。接下来我可能要冒点险，知道为什么吗？因为我值得拥有属于我的梦想。”我把手伸进口袋，掏出那张克丽丝汀多年前亲笔绘制的名片，“布莱尔地产公司会不日重新挂牌。”当我大声地说出这番话，我感到由衷地兴奋和开心，“开业当天，我要在店门口放风筝！”

“你这是撞鬼了吗？”

“没错，不过不是鬼，是被奇迹撞了一下腰。”

第四十九章
安妮

终于盼来了六月里的第一天，星期四一早，来接托马斯和奥莉芙去机场的黑色奔驰轿车和司机就已经在楼下巷口就位了。但是奥莉芙粉绿相间的行李箱还摊在卧室地板上。

"真棒，"安妮蹲在行李箱旁边，"你居然没忘了带牙刷。"

奥莉芙坐在床沿上，慢悠悠地给布娃娃梳起了头发："接下来就真的只剩你一个人了哦。"

安妮笑了笑，拉上行李箱的拉链："是的。不过我还可以没事约上罗里出去转转，以及，我会花很多很多时间想你的，小甜心。"

"我回来的时候，你还会在这儿，对吗？"

"当然。"

"保证？"

安妮把小家伙揽入怀中，拍了拍她的小脸蛋："是的，奥莉芙，我保证。现在，抬上你的屁股快点起来吧，爸爸还等着呢。"

雨点拍打着窗棂，室内一片昏暗。安妮瘫在沙发上，默数着距离托马斯和奥莉芙回家还有多少个钟头，她一个人要在这间失去了人声、失去了温度的公寓里熬过多少分钟。担心罗里可能没看见上一条，或者上上条，安妮拿起手机又追发了一条消息："在家吗？聚聚吗？"

她大可以出去找小克丽丝，但是最近以来，内心似乎一直有个声音在劝她放手。像奥莉芙一样，安妮希望相信自己的妹妹没有消失，只是她一时还看不见而已。然而，往往，对奇迹的期待被时间一点一点慢慢稀释了。

她把耳机耳塞插进耳朵，调高了音量，试图用别人的声音填补自己内心的空洞。接下来的五天呢，她一个人该做点什么？看样子日程表上只剩下一件事可做了：填写乔治城大学的申请表。

安妮从沙发上站起来，慢吞吞地挪向走廊。乔治城应该是个不错的新起点，新的学校，新的环境，没有人会再揪着她剽窃的事情不放。与以往全然不一样，也就意味着让人感到兴奋，她的妹妹一定会同意这一看法。最重要的是，学校的位置离那个越来越让她不舍的小家伙很近，当然，别忘了还有她的甜心老爸。

安妮向左一个转身准备径直回到自己的房间，但是在奥莉芙卧室的门口鬼使神差地回了头。

她发现托马斯的卧室大门敞开，心跳骤然提速。这很是不同寻常，难道是临走时忘记关上了？

安妮向门口轻轻靠了过去，走廊地板吱呀作响，吓了她一跳！她一边告诫自己要镇定，一边踮着脚继续向前，尽管她也不知道家里除了她之外一个人也没有，踮脚有什么意义。然而，越是靠近门口，心跳得越快。

安妮趴在门上向屋内张望，还是第一次有机会窥探托马斯的私人空间：床铺整齐，浅白色的靠垫和咖啡色的枕头，角落里一把安静的单座皮沙发。安妮猛然回头，生怕身后还跟着一双眼睛。但是，当然了，整间房子现在只剩她一个人了，未来五天也是如此。

安妮向前一步，一脚踏进了托马斯·巴雷特的私人地盘。光着脚踩在木地板上还有一丝凉意，她在写字台前转了转，桌面上扔着几张收据，除此之外别无其他。她转向他的衣柜，回头张望了一番，这才轻轻地拉开了衣柜的两扇对开门。

托马斯的衣服一件一件齐齐整整地挂在衣架上，一半是裤子，一半是衬衫。她闻到了专属于他的肥皂的味道，干净而清新，轻轻浅浅，似有还无。她用手一件一件抚过他的每一件外套，把头深深地埋进他的衣服中间，用力呼吸，闭上眼睛，想象自己把脸埋在他颈窝里样子。

突然，一只手抓住了她的肩膀。

"噢！"她尖声大叫，急急转身，吓得掐住了自己的喉咙。

"你在干吗？跟踪我吗？"安妮拔出耳朵里的耳机线。

罗里一脸通红："抱歉，安妮。我收到了你的消息，前前后后一共三条。以为你急着找我。但是敲了门却没人应。"

耳机在她的手心里撕心裂肺大声嘶吼，怪只怪刚刚音量开得太大。她按了"暂停"键扭头问罗里："那你怎么进来的？"

"巴雷特先生给过我一把备用钥匙，以备不时之需。"

也就是说他都看到了？罗里看见她像条狗一样在托马斯的衣柜里嗅来嗅去了？安妮有点气鼓鼓的："难道就不能打个电话吗，哥们儿？"

罗里看了看周围，空间甚为逼仄，好像这才意识到两个人还站在托马斯的衣柜里，忙问："你在干吗，安妮？"

安妮瞪着眼睛看着他，无言以对。总不能对他说自己只是在未来老公的衣柜里到处嗅着玩吧？她扭身走向门口，直接忽视了罗里的提问："快出来，我们不该进来的。"

但是罗里保持没动，单挑起一条眉毛，笑得甚为诡谲，甚至还露出了讨人喜欢的小酒窝："你是在偷窥！"

安妮败下阵来："是的，行了吧？"

"你难道……"罗里脸上的笑意忽然消失，正色问道，"你难道爱上巴雷特先生了？"

有那么一瞬间，安妮几乎要把一肚子心事向他和盘托出了：是的，她无可救药地迷恋上了托马斯·巴雷特；是的，她大概会在秋天转学去乔治城；是的，她也许在未来的某一天会和奥莉芙以及托马斯以家人相称。但是，在罗里优柔的眼神中，安妮觉得，他也许并不想听她告诉他她爱上了旁人。安妮所幸顺势打了个哈哈：

"说什么呢？疯了吧你！"

"是的！"罗里两只手捂着脑袋，"如果我不搞清楚这件事多半真的会疯。"安妮的两条胳膊被他死死扣住，"安妮，告诉我，你对我究竟有没有丝毫好感？"

安妮感到喉咙梗塞而且唇干舌燥："我喜欢你，罗里。真的。但是……"

罗里伸出一根手指放在她唇上，截住后半句话："别说了。如果让你把话说完，我也许就一点希望也没有了。"

就像我一样，如果我坚持寻找小克丽丝，我也许就一点希望也没有了。

"我这就走。"罗里倾身在安妮额上轻轻吻了吻，眼里满是痛苦。安妮不忍地别过脸去。

她静静地站在原地，直到听见他关门出去的声音，才哭出泪来。安妮第一次感受到心碎，却发现原来心碎可以如此剧烈，哪怕此刻心碎的苦主还并非她。

第五十章
爱莉卡

不管怎么说，摸爬滚打地产界这么多年，我至少练就了一个本事，那就是看一眼就能把对方的身世故事猜个八九不离十。接连两天，我都在观察坐在哥伦布大道乔咖啡馆临窗座位的那个男子，他一脸浓密的络腮胡子让我总觉得分外眼熟。与他同桌的，是一个深色肤色的美人。窗子外面是起早遛狗的行人和车水马龙的城市，窗子里面的一对鸳鸯眷侣对坐浅笑，他用手替她梳拢散发，在她温柔的注视中起身去吧台替她续杯。两个人都是三十岁出头，俨然一对爱侣。

我的暗中窥视突然被手机收件箱提示音打断，"痛失爱女"，新的信件的主题让我一下紧张起来。终于！时隔这么久，尽管我一直在给安妮写信，这还是庆功宴后第一次收到她的回信：

> 爱是玄之又玄的事情：不愿为真心而冒险的人却把自己的心置于险地。

我把这行字翻来覆去又读了两遍。依旧没太搞清楚她想说什么。我不太觉得自己在格言剪贴簿或者别的什么地方读到过这句话，但是自己的女儿自己最了解，安妮很像是能写出这种醒世箴言的人。我于是在键盘上敲回一句给她：

说得真好，亲爱的，但是我不敢肯定我全然理解你的意思。

接下来，我把下巴垫在手上盯着手机屏幕看了整整五分钟，她却没再回复。大胡子先生再次吸引了我的注意力：他看上去实在眼熟，但是在哪儿见过呢？一定见过，哪儿呢？他们昨天带了张地图，但看样子又不太像游客。今天，他们两个人挤在一台笔记本电脑前。啊哈，我知道了：他们在找房子！

我一下想起来了，这个大胡子不就是克莱恩菲特大厦的前台接待员吗？二月第一次去鲍尔探长办公室时我们见过的，当时的我完全没把他要置业的事放在心上，甚至还拒绝了他。

一直自责于背信弃义地挖了艾米丽的墙脚，今天还是这几个月以来的第一次，我萌生了卖房的冲动。但是这也绝对是第一次，事业与生活不再以竞争关系并列而置，而是前者成为后者的补充。与其把房子卖给不具名的亿万富翁，我当然更愿意花精力帮眼前这对勤恳打拼的男女寻觅一个称心的住所。

我在心里盘算起来，很多必要条件也许他们两个可能都还没想到。两个人都是身强体健的样子，多半有健身的习惯，理想的住所距离公园绿地当然最好在步行可达的范围之内……看打扮，不是落伍的人，挑房子肯定也要眼光时髦一点，不论是地段还是户型……如果能在哈莱姆区找到一个公寓开间多半能合意。

我感到心跳逐渐提速，这就是为什么我会爱这一行的原因吧。在起身上前自我介绍之前，我从钱包里掏出名片夹，从这两天刚刚打印好的一沓名片中抽出一张，上面有我的电邮和手机号码。

我看着手上自己的名片，坚持沿用了克丽丝汀多年前的设计。希望借此我也能成为一个让爱女真的为之骄傲的妈妈。想到这里，我清了清嗓子，踏步向前：

"你们好，冒昧打扰了。我记得您是在克莱恩菲特大厦工作的，对吗？"

"以前是的。"窗口边的男人说。

"我叫爱莉卡·布莱尔，去年冬天有幸见过一面。当然也许您不记得了。"

男人站起身，伸出手："我叫南森，这位是我太太，娜塔莎。"

"嘿！"他身边的女人也跟我打了个招呼，随即指指南森，"他现在是诺克斯山医院的正职护士了，上星期刚刚毕业。"

"恭喜了！"我对南森说，"你们是在找房子吗？"

"是的，现如今的房价真是贵得离谱啊！"南森的一把胡子下露出浅浅一笑，"哦，我想起来了。你是房产经纪人，对吗？但是你好像并不接待新客户。"

"情况有变。我最近刚刚辞掉上一份工作。很乐意带你们看看房子，或者谈谈合同。但是有一个条件：我不收佣金。"

这对男女互相交换了一个眼神。

"那是为什么呢？"娜塔莎率先发问。

"我的上一份合同中有一条长达六个月的竞业条款。期限一到，我就可以挂牌开张属于自己的事务所了。"我把名片放在两人中间的桌面上，"请收下，也许未来用得上。当然，如果你们愿意，我很乐意为你们在纽约置业帮忙做点什么。"

下午四时，电话铃响起的时候，我刚刚到家。屏幕显示电话是托马斯打来的。

"是你呀！"我在大堂里缓下脚步。

"从美国本土发来贺电！"他说。

我迟疑了片刻才想起他此刻已经身在美国，与我相距不过四个钟头的车程。

"研讨会如何？"

"只能给八十分，"他说，"最多九十分。"

"一定是你要求苛刻且难以取悦，我看不然至少有九十五分吧。"

"时隔这么久再见以前的同事当然感觉不错。你呢？你今天过得怎么样？"

"相当不错。我遇见一对年轻夫妇，准备帮他们寻觅一套理想公寓，或者至少一套小开间吧。"

电话里的他笑了："真赞。你自己呢？和你自己的房产经纪见上面了吗？"

我用肩膀和半张脸夹着手机，腾出手翻开今天拿回来的房源信息手册："见到了。她给了我六处备选。其中两个表面看起来很是不错，不过总觉得哪里不对。"随手写在手册封皮上的马里兰州的电话号码让我发笑，"反正还有六个月，可以慢慢想想，不用立马拿主意。"

"多花点时间想想的确明智。"

"你猜怎么着？《纽约时报》还是会来采访我。尽管我告诉他们我已经从洛克伍德房地产公司辞职了，但他们坚持采访会如期进行。也就是这个星期日。"

"那敢情好啊！如果你需要临时助理，我当天倒是有空。只要有机会能见到你的话，我就无所谓。"

他的话里七分玩笑，三分认真。自打托马斯提议两个人见个面到今天已经好几个星期了。我仍然和他保持通话，但是始终拒绝把关系再进一步。在我看来，不论是这段长距离电话友谊还是潜在的情感关系都不是理智之选。

双方突然陷入了长长的缄默。我想换个话题，可一时又实在想不出什么有趣或者轻松的可聊。

"听我说，爱莉卡，我想我可能吓到你了。也许我在把我们的关系推向你不情愿的方向。"

是的，我简直想要尖叫。你真的吓到我了，或者说吓坏我了。我已经在努力放手了，已经在尝试放下过去了，可我真的不知道自己是否还配重新快乐起来。

"说实话，"他仍没放弃，"我真的很喜欢你。你是格温死后唯一一个我愿意聊天的人。我能感受到自己每天白天的开心无非是盼着晚上与你的这通电话。"

一种难以遏制的冲动袭来，我想要见见他，见见这个因为安妮而偶识，而彼此相知、相互坦诚的朋友。但是，我配吗，配得上快乐吗，配得上被爱吗？他会接受吗，一个非但不完美、时而臭脾气的女人？我敢吗，即使会伤心，即使会心碎，还敢再爱一回吗？以及，最重要的一条：克丽丝汀会希望我为爱奋不顾身吗？

就在这时，我想起了早上在咖啡馆收到的那封信："爱是玄之又玄的事情：不愿为真心而冒险的人却把自己的心置于险地。"

我终于领会了来自女儿的忠告：如果不敢为爱而爱，就只能任由自己心灰意懒。不论是安妮还是克丽丝汀，都不愿看见一个提前枯萎的妈妈吧。

我把手机重新拿在手上："谢谢，不过我真的不需要星期日助理。"

"我很抱……"

"但是，星期六怎么样？前提是你有空的话。"

挂了电话，我整个人僵在一半：瞧我这是干了什么？即使是安妮鼓励我为爱而爱，也至少应该先知会她一下。明天晚上就要和她目前的雇主共进晚餐，她却还蒙在鼓里。一旦被她发现，我背着她偷偷查岗的事情也会败露。她一定会更生我的气！

我打开电脑邮箱，给她写了封邮件，这也许是目前我与她之间唯一的沟通渠道了，前提是她肯点开我写给她的信。我把写好的邮件同时抄送给了"奇迹"：

嘿，亲爱的：

有很重要的话要和你说。希望你能破例理理我，视频电话或者网络电话都可以，总之"当面"聊聊。

我咬着嘴唇，担心这样措辞会不会让她误以为是克丽丝汀？还是必要说明一下好：

顺便透露一下，不是关于你妹妹的事。

永远爱你的妈咪

第五十一章
安妮

　　安妮在桌上点起一根蜡烛，夜风中，烛光闪烁。她坐在小小的阳台上，望着静谧的雷恩巷，在粉红色的日志本上誊抄最钟爱的格言。剪贴簿上的绝大多数段落，她早已烂熟于心。希望有一天，当奥莉芙读到曾祖母露易丝、外祖母泰丝和母亲爱莉卡·布莱尔三代人的人生格言，也能获得与安妮一样的安心。

　　她停下笔，望着舒朗的夜空，没有星星，像此刻的她，单调而空虚。能让她笑出来的人此刻一个也不在，包括罗里。对了，他还好吗？安妮一想到上午他悲伤的眼神，就会难过。

　　她有点想家，想妈妈。自从在凯特姨妈那儿听说妈妈在行业竞赛中真的闯进了前五十强，她就有点想要放弃母女间的缄默守则了。她开心吗？有人陪她庆功吗？她知道安妮也在为她骄傲吗？

　　安妮想起一段远去的往事。大概爸妈那个时候离婚不久，安妮和克丽丝汀也才双双升入哥伦比亚文法预科学校——挑了这么一所曼哈顿昂贵的私立小学也是爸爸的主意。安妮记得她和小克丽丝都入选了秋季合唱团，父母有机会受邀出席下午的演出，现场还提供饮料和蛋糕。

她和小克丽丝以及小克丽丝叽叽喳喳的新朋友们站在一起，听见她们以刻薄的语调挖苦不知道谁家的可怜鬼。透过华丽的门廊，安妮急于在人群中找到自己的妈妈，家长们鱼贯而入，锦衣华服，让十一岁的安妮备感不适。抛开她身上的校服，她傲人的成绩单，她显贵的姓氏，她深深知道，一个如她一样又胖又黑的女孩是无论如何也不可能真正融入这样一群人当中的。

终于，妈妈出现了。安妮感到由衷安慰，丝毫不在意她是不是因为迟到而错过了整场演出，她一定是因为新工作太忙了才来晚的。但是都没关系，重要的是，她来了！

"安妮！克丽丝汀！"妈妈试图拨开人群，艰难地向她们靠过来。她深棕色的头发湿漉漉地贴在脑袋上，一定是太着急出门忘了带伞。但是在安妮眼中，森林绿色的套装让她看上去格外光彩照人，即使那套衣服不过是麦克斯百货商场里的清仓打折货。

"那女人是谁？"其中一个女孩问道，声音中满是不屑。

安妮转身看着她，护母心切。她绝对无法容忍女孩们以那样的眼神居高临下地看着自己的妈妈同时交头接耳："快看她的包：革的！"

"是你俩的妈妈吗？"海蒂·帕特里克笑着问。

安妮想说正是，却被克丽丝汀抢了先。"不，"声音波澜不惊，"保姆而已。"

妈妈显然已经听见了克丽丝汀的答话，不由自主地倒退了两步。可她很快调整好表情，带着受雇于人的卑微与敬重再次走上前来。二十分钟后，她们终于离开了学校。路上，克丽丝汀一个人拖在后面。三个人谁都没再提起过这件事。

安妮揉揉喉咙，希望亲口告诉妈妈，她为妈妈的工作感到骄傲。在后悔之前，她解锁了通讯录的黑名单，把妈妈的名字从中剔了出来。几秒钟之后，手机响了。

安妮打开了妈妈最近一封邮件。落雨了，蜡烛灭了。思家的情绪掩不住了。

此时此刻，她只想回家，回到妈妈身边。

第五十二章
爱莉卡

我睡袍也来不及换，挨个房间巡视了一圈，把咖啡桌上花瓶里干瘪的花叶统统拔了个干净，点起蜡烛。现在是星期六傍晚六点三十分，房间内外一切停当，已经为明天《纽约时报》的采访和拍摄做好了准备，当然，还有我和托马斯今晚的历史性一约。

心里揣着一头小鹿，我得赶紧换个衣服。我打开 iPad 支在梳妆台上，两分钟后，已经一边试装一边打起了视频电话。可惜对面不是安妮，我的邮件再次石沉大海，她依旧没有回复。但是现在不是该伤神的时候，沙发上的凯特和凯特大腿上的露西已经同时上线了。

"你确定我这样穿没问题？"我向后退了一步，将将身上的无袖白色连衣裙，问她。

"这要看你想不想要这个男人的心，"凯特说，"如果不想，那就还是换一件吧。"

"算我欠你的，事关重大，"这句话我大概说了不下一百遍了吧，"要不是你，我还没发觉自己一直以来居然过得这么狼狈，更别提今天的约会了。"

"其实道理你比谁都懂，"凯特说，"只是需要时间。"

我对着摄像头比了个中指，反而惹得她大笑起来。

"我猜你现在已经找到爱情的真谛了。当然，今晚的这位也许只是情欲，不过对你来说没什么坏处。"

"认真点，凯特。我也许会孤独终老，就像……"原本想说"就像父亲"，话到嘴边，反而有点犹豫，天知道他老人家真的孤独吗？诚然，他的确暴躁而固执，但他身边一直不乏朋友，哪怕他不是时时讨人欢心，至少常常被人关心。

"你和麦克斯的进展如何？他回来你开心吗？"

凯特给我讲了两个人一起远足，一起骑车，一起聊天的种种。"他打算在圣诞节的时候给我套上戒指。"

但是也就一个月之前，这个时间点还被期待发生在夏天。她得小心啊，小心她的心。麦克斯显然是在玩弄她。我深吸一口气，想起外婆露易丝在妈妈死后对我说过的话："你知道吗，小莉？心伤累累的人也许才是最大的赢家。"果真如此吗？难道女人的心碎也如男人战场上的伤疤，每一道有每一道的功勋章？难道不该躲闪，反而该迎难而上吗？

"我为你感到开心，小妹。"我最后说。

门铃响起的时候，我依然受惊不小，酒杯里的红酒差点泼出来。"妈的！"我赶紧前后左右检视了一圈，不幸中的万幸，酒没洒在白裙子上。"说曹操曹操到！"

"勇敢上吧，"凯特平静地说，"今朝有酒今朝醉。咱俩明天再聊。"

我一只手扶着门把，一只手捂着胸口，默数到五，试图表现得没那么急切，这才拉开门。

一张英俊的笑脸出现在门口，略显紧张地攥着一束杂花："送给你，"他说，"可惜它们对四小时的火车之旅并没表现得有多享受。"

我看了眼裹在包装纸中间的大杂烩，打蔫的郁金香和耷拉脑袋的向日葵，花哨的蓝染康乃馨和软绵绵的红玫瑰。

他皱皱眉头："是我让奥莉芙替我挑的。"

像冰块遇见骄阳，我的心彻底化了。

假如对今天晚上的最初估计不过是一次杀回情场的自我治愈之旅，那么绝对值得上五星好评。托马斯·巴雷特的英俊并不棱角分明，而是润物无声，恰好是我中意的那种。一杯红酒过后，我慢慢放松下来。

八点，我们转战至马雷亚，中央公园南端的一家安静的意大利餐厅。我们选了临窗的座位，在烛光中双双落座。托马斯点了瓶酒。

他摇摇头："真不敢相信我现在就坐在你对面。你比我想的还要美。"

我脸颊发烫，只好把眼睛转开："哪有。"

"真的。"他微笑着，举双手示意投降，"好吧，我坦白，我看到过你的 张照片。"

"什么？你滑头！"听我这么说，他干脆笑出了声响，我也一样。当然，依旧自责，觉得不该开心，但是今天，我尽量不让这样的情绪影响自己，如果是克丽丝汀，也会希望我开心吧。

他说话的声音，那么温柔："说实话，爱莉卡，你长什么样子其实并不重要。我依旧会坐在这儿傻笑，享受和你在一起的每一分钟。"

这话当然受用，心里的小鹿变成了翩跹的蝴蝶，上下翻飞。也许是酒精作祟，也许是烛光摇曳，也许是托马斯的深情注视，总之，我感受到安然和快乐。仿佛破碎的心伤被缝补如初，就像凯特说的那样。

我们聊起安妮，两个人朋友圈唯一的交集，也聊书，聊电影，甚至聊时政。话题不知道什么时候就换成了奥莉芙和他选择在华盛顿州安家的原因：

"我希望她能离格温的父母近一点。乔治城看起来是个不错的地方。对我而言，兼具城市的繁华与郊野的宁静。"

"听上去像是毕加索与诺曼·洛克威尔的相遇？"

"没错。我还跟安妮聊了大学申请的事。"他笑着说，"当然，我承认我有私心。奥莉芙越来越黏她，我也希望她们的感情能尽量长久。"

"但是安妮还是会回哈弗福德的……不是吗？我……我不知道她在考虑转学的事情。"

"说起来，我也并不是很确定。"他眼神飘忽，好像有点替我不好意思。这是当然，不论我做了多大努力改变自己，对于自己女儿的心事和动向却始终无从把握。

"在这段母女关系中，我实在还有太多太多要补偿的。等她回家以后，我一定要让她，不，求她原谅我。"托马斯一脸疑惑，但我摇摇头，今晚并不打算旧事重提，"总之，说来话长。"

"你培养了一个十分优秀的女儿，爱莉卡。等到安妮放弃缄默守则，我确信你们两人会重新成为彼此最亲密的朋友。"

整个晚上，我们不知道喝了多少杯。晚餐结束，还共同分享了一杯佛罗伦萨手工冰激凌，甚至共用一把勺子。这一简单举动之中的亲密意味让我整个人轻轻为之一动。

十一点的时候，我们再次转场到了一家室外咖啡店。托马斯点了卡尔瓦多斯，法国诺曼底地区出产的苹果白兰地。绵软的爵士小夜曲从室内飘到室外，两个人啜着酒杯，注视着身边结伴赶赴夜场的青年男女。像往常一样，我留意着他们当中的每一张脸，内心中仍存有一丝希望，也许克丽丝汀就在他们中间，我渴望看见她的笑靥，渴望听见她的笑声。幸而，我已不再是去年冬天那个绝望的妇人，面对这一张张丝毫不曾体悟人间疾苦的年轻面庞，我也能微笑，也能看淡，不再执念于为何厄运砸中的不是他们当中的谁或谁。

"有人和我说过这样一句话，"托马斯说，"当你想起一个人时，想到他的笑靥，而不是眼泪，就证明你的心伤已经痊愈了。"

"说得真好。"

他点点头："我很高兴你终于肯见我。你真的无法想象被你拒绝是一件多让人沮丧的事。"

我大笑。"我不是为了拒绝而拒绝你啦。"但是转而，我也认真起来，"我只是觉得自己不……不配再得到什么。我对自己失望。保持距离也许还有机会让我在你眼里保持特别，但是真的一旦面对面，可能所有的预想就都幻灭了。"

"真的？"他半开玩笑，"你是说你怕自己不完美？"

"去年秋天，我做了很错很错的事。"我胸如擂鼓，语速骤然变快，生怕自己随时可能后悔，但暗暗希望不要。

"火车脱轨事故发生的那天，明明一早答应了克丽丝汀开车送她和安妮返校，然而我居然把工作看得比孩子们重要。还对克丽丝汀的狂躁症视而不见。我安慰自己，一旦她回了学校，就会正常起来，何况还有安妮陪她。"我抬头望着他，"你也许有所不知，我自己的妈妈……就是精神上出了问题，我因此根本不敢正视自己女儿可能也会得病，所以干脆假装无事。"

泪眼模糊了我的视线。然而我并没有因为羞愧而逃走，而是直直地望着他。令我感到安慰的是，面前的一双眼睛始终温柔，没有丝毫责备。

"所以你觉得发生那样的事故都是你的责任？"

我捂着嘴，半晌才勉强再次开口："是的。我父亲……他让我明白了一个道理，生活中的很多事其实并没有必然的因果联系。我也在努力领悟这些年早该明白的许多道理：原谅自己，只有这样，才能好好跟安妮说句对不起，才能让她真的原谅我。"

時間已经接近午夜，两个人还意犹未尽地，沿着中央公园闲荡。他很自然地牵起我的手，自然得就像黑夜的边际一定是黎明破晓一样。

"我八月就会回国。到时，我想让你见见奥莉芙，她会爱上你的。"

我尽量保持表面的平静，尽管内心波翻浪涌。"八月，安妮也该回家了，"我迈过人行道上的一条隙缝，"真等不及快点告诉她我和你见了面。她会开心吧。"

"我想会的。"两个人并肩而行，即使好一会儿没人再开口说话，也毫不感觉尴尬。"你是故意在避开每一道砖缝吗？"他忽然问，故意慢了几步，落在后面，观察我的步态，"还真是！"他笑了起来，伸出一条胳膊揽住我，"跟我从前一样迷信。"

"你？堂堂生物化学领域的大教授？居然说自己迷信！"

"的确迷过相当一段时间。"

我走到他身旁，专注地看着他："别告诉我说你研究了一百个像我一样的案例和另一百个跟我相反的案例，终于发现，二者之间母亲罹患肩颈问题的概率并无差异。"

他一把把我拉近，拨开黏在我脸上的碎发："有没有人说过你简直就是个聪明的小傻瓜？"

我笑了，分外享受他的手拂过我脸颊的感觉，感觉到自己扑通扑通的心跳，却没办法让它跳慢一点："那么敢问博士先生，您现在还迷信吗？"

"格温死后，我也就自暴自弃了，"他把双唇轻轻印在我额上，"这么多年来我避开数不尽的裂缝和黑猫，却未能避开那样的结局。"

灯影中，两个人安静地走在琥珀色的公园小径上，身边一栋又一栋百万豪宅默默向后退却。"假如生活没那么艰难，多好，"我说，"假如在肩膀上撒过盐的人就能收获一个安稳无忧的一生，多好。我不知道你是怎么撑过来的。如果克丽丝汀是被人醉酒撞死的，我不知道我能不能放过对方。"

"的确是个熬人的念头。"

"后来你找过他吗？"我小心地问。

"是'她'。"他纠正了我，我抬起头，发觉他下巴在轻微地抽动，觉察到他在努力抑制自己的情绪。突然，他转身正对着我，眼中含泪："我的太太才是那个醉酒驾车的人。"

我们在公园无花果树下的长椅上双双坐下。托马斯给我讲了事情的经过：那天下午，他在学校接到太太的电话，嘱咐他去日托所接奥莉芙回家。"她说她忘了自己约了美甲师。天哪，我当时气坏了，"他说话的时候，神情仿佛不在我身边，还沉浸在苦痛的回忆中，"我当时在写科研经费的申请，要赶在下午五点前发出去，显然在我看来比她的指甲重要多了，所以语气颇不耐烦，甚至近乎挖苦。我不能，不，应该说是不愿意，放下工作去跑一趟。她才是待在家里不用上班的全职家长，所以我告诉她自己看着办，就挂了电话。"

他两手交叉，肘垫在膝上，一直深埋着头："事后，我反复回想起当天和她的这段对话，为什么就没听出她声音中的异样呢？倘使我知道她又开始酗酒了，我一定会放下所有的事，第一时间陪在她身边。"

"但是你并不知情，"我说，"而就算事后知情了，你也不能为了你当时没做甚至没机会做的事而难为自己。"我不知道这番话是说给托马斯,还是我自己。

他抹了把脸。"她发现自己怀上奥莉芙后就戒酒了,我天真地以为,过去的事情就算过去了。"他叹了口气,望向我,"抱歉,我本意也不想毁了这美好的一晚。"

"并没有,"我轻揉他的背,"我很高兴你能把这件事说出来。"

"那些藏在房子角角落落里的礼物,就是格温贴着'万毋开启'的那些,还记得吗?"

"对,你跟我讲过。"我想起和他在几个星期前的越洋电话。

"其实并不是给我的,而是她自己的。大大小小的伏特加酒瓶,绝大多数都已经喝得快见底了。"他再次埋下头,"上帝啊,我是个多粗心大意的丈夫!花了太多时间、太多心思在所谓的事业上,从来没有好好检视一下自己的婚姻。难怪她只能借酒浇愁。"

"可惜,"我说,"现在倒是应该开一瓶'万毋开启',然后一醉方休。"

我和他相视一笑。折磨了自己无数个日日夜夜的真相一旦被坦然地说出口,感觉竟如此神奇,如此释然。相信托马斯此刻也是一样的心境吧。多亏"奇迹"、安妮、凯特,甚至是父亲,内疚的镣铐终于松动。明天,明天我就去求凯特给安妮打电话,求她原谅我。也许是该卸下镣铐的时候了。

我们一起向我的住所走去,一路上,他都用胳膊揽着我的肩,像两个相识已久的老友。在楼下,他把我的手放在他的手中,认真地说:"爱莉卡,我今天真的很开心。真的,你和我想象中的样子简直一模一样。"

难道世界上还有比这句话更动人的吗?几个月前那个一塌糊涂的自己让人不堪回首,我默默地在心里再次谢了谢"奇迹"。

"我明天上午就要回华盛顿了,"他说,"走之前还有机会跟你喝杯咖啡吗?"

　　我望着他深情的棕色双眸，我想我是喜欢这个人的，这个一样经历了太多悲情的男人，这个与我有太多相似的男人，这个不日就会回国的男人，这个让我知道我还配得上有梦的男人。

　　《纽约时报》的采访是在中午。我的大脑飞速运转，我认识他多久了？两个月三个星期零五天？这就以身相许是不是未免轻率？

　　真的轻率吗？

　　我深吸一口气，略带犹豫地笑笑：

　　"现在就上楼喝杯咖啡怎么样？"

　　在我们穿过公寓楼大堂的同时，我飞快地检察了自己：内衣是不是穿了一套？腋毛这几天刮干净了吗？床单呢，床单换新了吗？除此之外，应该没什么问题了吧。

　　我用钥匙打开房门，连灯都没开就径直进了屋。这个时候的托马斯反而显得动作吞吐。他脱下鞋，认真地把两只靴子摆在一边。跟着我穿过客厅的时候，轻轻脱下外套挂在椅背上，这才靠上来，把我揽入怀中。

　　他的嘴唇准确地找到了我的，我合上双眼，感到一阵眩晕，全身上下令人欢悦地颤抖。他柔软的双唇，他衣服上淡淡的肥皂清香，他舌尖上苹果白兰地的余甘……

　　"你确定你想吗？"他停下来，认真地盯着我的脸，"我不想让你觉得强人所难。"

　　强人所难？那就快来强迫我啊！"相信我，"我说，"我知道自己在干什么。"

第五十三章
安妮

　　几乎自打出生就住在纽约的安妮也忍不住要抱怨，不管什么时候，每次回来，这里永远灯火通明，永远让人焦躁而不安。现在是纽约时间的凌晨一点，也就是巴黎时间上午七点，也就是说，因为航班误点，安妮已经有超过二十四小时没合眼了。但是现在的她比以往任何时候都要精神。来接机的优步司机载着她从哈莱姆河穿桥进入曼哈顿，她一路趴在车窗玻璃上，盯着窗外，十分钟不到，已经能看见中央公园了。白天里熙攘的小径，此刻安静地平躺在街灯温柔的光晕中。路过动物园的时候，路边人行道上还零星有一些晚归的人。安妮顺着一张一张面孔看过去，依旧怀揣着万一之希望找到那个漂亮的金发少女……以及她怀里的新生儿。

　　几分钟后，他们驶出中央公园，开进公园西路。安妮不禁轻声叫了起来。快到家了！

　　但是她还是一个人回来的，身边并没有小克丽丝，内疚之情油然而生。是她在离开的时候默默许下过诺言，要带着妹妹一起回家。她无从知道妈妈是否还在生她的气，还是已经原谅了她，她当然更想知道，许久以来，妈妈是否真的学会了让自己哭出来，才好让自己释怀。

安妮抬起头，挺直肩膀。过去三个月与奥莉芙朝夕相处，给了她一个全新的视角，一个母亲的视角：身为母亲，就永远不会放弃自己的女儿，不管……不管她是不是自己亲生的。

司机把车停在了路边，她从没发现这座方方正正的公寓大厦居然如此顺眼。她在大厦正门浮夸的雨搭下下了车——这里以前是马车卸客的地方——提上行李，谢过司机，转身冲上了台阶。

安妮掏出钥匙旋开家门，走进屋去。扑面而来的是家熟悉的味道：妈妈惯用的柠檬清洁油，花瓶里新鲜花草的淡淡芬芳。她太怀念这一切了。

"妈？"她把背包挂在衣挂上，把钥匙随手也挂在一旁。她才不管现在是不是凌晨一点呢，她一心只想冲进妈妈的卧室，跳到她床上，已经等不及见到妈妈的脸。

没开灯，屋内一片昏暗，路灯的光亮从窗口透进来。她一不小心踢翻了门口的一双鞋：羊皮踝靴？一双男士羊皮踝靴！

噢！天哪！家里有个男人？世道真是变了！

她轻手轻脚跑进客厅扭开了台灯：咖啡桌上一瓶酒，两个玻璃杯！她拎起酒瓶：空的！简直令人难以置信。看来凯特姨妈说的没错，她妈妈早就挥别过往，大踏步向前进了。也是好事，真的，甚至可以说是安妮一直以来默默祈祷的。也许这样妈妈也就不再生气责怪安妮了，也许这样两个人才有机会重新面对彼此、重新开口说话，也许这样她才有机会道歉。

她顺着台灯的光亮看向走廊：妈妈卧室的房门底下透出一线光亮……什么？妈妈就在她卧室里？和一个男人一起？安妮感到头晕，但是能怎么办呢，她毕竟是她妈妈。

安妮一屁股坐在沙发上，看情形只有她一个人尚蒙在鼓里。那么，这个男人会是谁？他……会戴套吗？要是他只是个到处拈花惹草的登徒子可怎么得了？要是她妈妈对于二十一世纪的男女约会守则一无所知怎么办？

问题在于，安妮自己还不是一样一无所知。

房间的另一头，米色的椅背上搭着一件男士外套。安妮走上前去，把外套拎在手上。是一件咖啡色的亚麻开衫，托马斯好像也有这么一件。她忽然小鹿乱撞，思绪飘向了华盛顿，不知道教授先生现在在干什么？八成睡着了吧。不知道他今天有没有片刻想起过她？奥莉芙呢，会想她吗？他呢，他会不会？

她把鼻子凑到近前，外套上有一种类似托马斯的味道。

甚至可以说跟托马斯的那些衣服闻起来一模一样！

安妮扔了外套，有点头晕。她摸索着走到门口，怀疑自己是不是随时可能昏倒。

安妮蹲下身子把一只靴子提在手上，心跳骤然加重。快告诉我是我瞎想！然而鞋尖上赫然有一圈淡粉色的印渍，是奥莉芙的草莓冰激凌。

安妮一只手捂着胸口，一只手按着额头……不！不可能！……一时间天塌地陷……不可能是他！他明明是去了华盛顿，况且他根本不认识她妈妈！

但是……那件外套……还有这只鞋……难道他真的此刻和妈妈同处一室？并且还是在共饮了一瓶红酒之后？！

她一步一步，审慎地走向走廊的尽头，妈妈卧室的门就在面前……

第五十四章

爱莉卡

我合上双眼，用心感受托马斯双唇的温度，任由他炙热的吻落在我的颈窝。但是，什么声音？是客厅的门吗？我的手顺着他坚实的背脊一路向下，试图忽略卧室门外的脚步。爱谁谁！春宵一刻，选这种时候入室抢劫未免太下三烂了吧！

"爱莉卡？"托马斯的手刚爬上我的大腿，忽然停下来，"门外是不是有人？"

我万般不情愿地跳下床，拽了他的衬衫裹在身上："等我去侦察一下。"

"不，你留在这儿。我去。"

他赤膊走到卧室门口。我难道不应该害怕吗？此时此刻，门外可能站着一个什么人，可惜我满脑子都是他宽厚的臂弯，他性感的腰窝……

就在他伸手抓到门把的一刻，门忽然从外面被推开了。

我的第一反应是自己产生了幻觉："安妮？！"

"安妮！天哪，是安妮！！"

我从床上跳起来，冲上去一把把她抱在怀里："宝贝儿，你真的回来了！"

她极不情愿地挣脱出来，脸因为愤怒而涨得通红。被她撞见我衣衫不整地……和一个男人挤在床上，这个男人还不是别人，而是她现在的雇主。而我呢，非但没有事先知会她，还在这种时候当着她的面做出这种出格之举……

"你猜，安妮，"我尴尬地试图挤出一个微笑，"谁来了？"

"你怎么可以做出这种事？还有你，"安妮双唇颤抖着，扭头冲着托马斯大声质问，"你怎么会在这儿？"她捂着嘴，脸上泪水涟涟。

"安妮，亲爱的，我很抱歉。"托马斯拉了拉安妮的胳膊，但是也被甩开了。

"别叫我'亲爱的'！至于你，"她瞪着我，"你以为自己在他眼里有什么特别之处吗？你知道每天他有多少电话要应酬……"她声音渐弱，表情忽然痛苦万分，"哦！上帝啊！那些电话都是打给你的！"

的确，她被这段不合时宜的感情一直蒙在鼓里。的确，在毫无防备的情况下看到眼前这一切让人多少有点崩溃。但是为什么安妮要发这么大火？

我一瞬间恍然明白了什么：

原来不只是我，我自己的女儿也情陷托马斯·巴雷特。

"安妮！"我追着安妮跑出卧室，一边慌忙把胳膊塞进托马斯衬衫的两条袖子，"快回来！都是我的错。我应该事先告诉你的。我真的想过。托马斯和我是朋友。"

"朋友？胡扯！"安妮抱着自己的脑袋，仿佛随时可能爆炸，"你这么做不过是因为恨我而已！"

我听见自己心碎的声音。

托马斯也赤膊追至客厅，赶紧把挂在椅背上的外套穿在了身上："是我，都怪我。对不起，安妮。我从没想过这样做会对你造成伤害。求你相信这真的不是我的本意。"

安妮哭了出来。女儿的哭声让我心有所动，她需要我，而这一次，我一定一定要留在她身边。

我看向托马斯："请你先离开吧。"

"别，爱莉卡，听我解释……"

"快走！"

托马斯摇摇头，搁下一句："我真的万分抱歉。"

我听见他的脚步声从客厅绵延至门廊，我听见开门的声音，然后是关门的声响，然而我始终不敢抬头去看。

安妮的愤怒喷薄而出："我在巴黎期间你是不是一直都在和他通电话？"

"对不起，宝贝儿。他是我了解你的唯一渠道。"

"那么小克丽丝呢，你有没有找过她？"

"不，没有，对不起，安妮。我们必须要接受这件事，她死了，对……不起。"

她也穿上了鞋，我追她一直追到门口，眼睁睁看着她抄起背包和钥匙……

我感到胸闷气短，我的女儿打算再一次离我而去，再一次将我拒之于心门之外。我用力扯住她的手。"我爱你，"我捂着嘴止住啜泣，"我是爱你的啊，我的安妮。"我断断续续地反复重申着对她的爱，我的安妮，我的奇迹。

"那你就应该在和他上床之前想明白！"

她重重地摔上门，头也不回地走了。

第五十五章
安妮

安妮坐在出租车后座上用衣袖抹着眼泪。可怜自己真是傻到家了！她望着窗外，希望此刻罗里能在身边。罗里永远知道在这种时刻如何安慰她，如何让她宽心。她掏出手机，输入他的名字，但是想了想又作罢了。现在这种时候才想起他的重要未免为时已晚，何况很明确，罗里期待的不只是朋友这么多。"米已成炊。"罗里多半会这么说吧。所以，她最终把电话打给了父亲。当她出现在父亲家门口时，他已经捧着一大抽纸巾恭候多时了。

她放肆地啜泣着，话不成音地竭力解释了整件事情的经过。身为人父的布莱恩一边用手帮她顺气，一边小心地安抚："慢点说，别着急。你是说你妈妈抢了你的男朋友？"

"对！又不对！我……我不知道。她也不知道。总之不管！这件事就是不对，不合适！"

"不合适的应该是二十岁的小姑娘偷偷爱上自己的老板吧？敢问这位大叔今年贵庚啊？"

安妮攥着拳头扭到一边："和……和你差不多吧。可是你知道吗，他真的好体贴，好耐心，会认真听我说的每一句话，还会把这些话真的当回事！"

她发现自己的爸爸这下脸色一沉。

"噢，爸！我不是说你……"

布莱恩高举双手表示投降："我听明白了。他正好是你一直希望有的那款父亲的形象。"

"不！才不是！"但是不管她如何分辩，内心里不得不承认他说的不是完全没有道理。

第五十六章
爱莉卡

一小时后，我才勉强把自己从门厅的地板上捞起来。我摇晃着跌进浴室，把水龙头掰至最大，用洗脸的方巾把脸上的妆蹭了个干净。终于，镜子里又恢复了那张平白无奇，缺乏血色的素脸，一个失去了女儿的妈妈应该有的样子。

凌晨五点，我站在壁炉前，一边回应着凯特，一边一张一张地把盒子里刚刚印好的名片一一丢进炉中，看着火苗蹿上来，又矮下去。

"天哪，我怎么这么蠢？应该早早告诉她，而不是瞒着，我明明知道这样不对。你看，又是这样，我永远不能在该慢下来的地方适时地慢下来等等。"

"这你事先又不知道。何况，他们俩才不合适，他至少有四十岁吧？"

"和这没关系。问题在于我没有早点告诉安妮，"我往火里又填进一张名片，"我真是个糟糕透顶的妈妈，一个糟糕透顶的人！"

"我倒是觉得这段桃花还没完，说不准哪天又找上门来。不过，说真的，小莉，看开点。一晚上干柴烈火的不是挺乐在其中的吗——虽然最后还欠东风一把，没着起来。我想说的重点在于，别让不重要的细节左右了你，别太纠结了。"

"你那是没看见她当时的表情，凯特。这回我彻底失去她了。内疚一点不少，反而一晚上翻了十倍。我再也没办法把她哄回来了，"我盯着手上的又一张名片暗自出神，"我怎么就这么不开窍呢？把做梦当现实的都是傻子吧！"

名片盒被我狠狠摔在地板上，卡片散落了一地。"你说我是怎么了，小凯？"我呜呜啜泣起来，"为什么我的爱总会伤及别人的心？现在倒好，两个女儿，一个都没有了……"

凯特的回应显得格外严肃："我们都见过自己妈妈自暴自弃的样子，也都知道那意味着什么后果，小莉，不管怎样，拜托你别干出一样的傻事。"

空气凝滞了。不知道过了多久，我渐渐缓过神来，而与此同时，我感受到自己体内涌动起的一股力量，坚定而有力，热烈而顽强。我站起身，深吸一口气。

妹妹说得对。妈妈因为精神失常而弃我们而去，然而这既非她的本意，也绝非因为我做得不够好，而是因为在那一刻，她失去了希望，也就失去了为了她的生活和家人而坚持下去的力量。

但是我的希望尚在。

"我得赶紧走了，凯特。安妮需要我。"

第五十七章
安妮

星期天，从睡醒的那一刻开始，安妮就开始了无休止的懊悔。她把靠枕扔在一边，狠狠揉了揉酸涨的眼睛。窗外的阳光顺着窗缝钻了进来。几点了？差五分钟十二点？！显然，她的生物钟和她的现在整个人的状态一样，感到无所适从。

走出房间走进客厅的刹那，她愣住了，妈妈竟然就站在窗口，眼窝深陷，一双眼睛也熬得通红，头发乱蓬蓬地堆在头上，怕是也顾不及梳。她难道在这儿站了整晚？

"早安，安妮。"

她一想起妈妈穿着内衣衣衫不整地从床上一骨碌爬起来的样子就气血上涌，扭头就往自己房间里跑。她听见妈妈紧追在身后的脚步声，感到自己的胳膊被她死死地拽在手中，只能急转过身：

"放开我！"

"就不！"妈妈的拒绝掷地有声，不容置喙，"你是我的女儿，却拒我于千里。我明白，你需要时间平复，不理我也是我活该。但是，安妮·布莱尔，如果这一次你还想这么一走了之，至少先听我把话说完。"

安妮叹了口气，闪过她妈妈，把自己扔进了沙发："我不想听你解释。"那她还这么顺从地坐了下来，岂不是非常打脸。大概安妮也意识到自己心口不一，扭过身去，把头埋在了枕头里。

"安妮，亲爱的，是我不好。"妈妈的手轻柔地落在了她肩上，安妮闻到她身上熟悉的香粉味道，"我早就应该郑重地跟你道个歉，却一直拖到了今天。现在，我仍希望求得你原谅，为此愿意做任何努力来弥补，任何事情，只要你能接受。"

"走开。"安妮想起奥莉芙把自己埋在沙发靠枕里的样子，多半跟她很像。她知道她现在的举动看上去傻极了，但是那又怎么样？此时不容她尽情耍小孩子脾气，更待何时！"我知道你讨厌我，"安妮抬起头，看看妈妈，"你怪我没有看好小克丽丝！"

从妈妈的表情看，大概没料到她会进出这么一句："不，宝贝儿，不是这样的，"她连连摇头，下巴几近抽搐："不，不不！是我不好，是我。我从没想过怪你，真的。"

安妮这回一屁股坐了起来："克丽丝汀出事后，你连看都不看我一眼，也不跟我说话了！"

"那是因为我一直都在自责。"妈妈用自己的袖子替安妮抹了抹脸上的眼泪，挨着她坐下来，"我爱你。我那时……以及现在，都一直在害怕也许你不会再爱我了。"

"什么？为什么？"

"你当然知道为什么。是我没有守约，我不该让你们两个单独坐火车的。我……我真的早就该向你道歉，求你原谅。"

安妮眉头紧锁："小克丽丝根本无所谓你送还是自己走。倒是我，那天一直在给你施压。"

"是的，因为你知道克丽丝汀她……她的狂躁症……"

安妮这下再次看了看自己的妈妈，点了点头。

"我没把你的提醒当回事。你那天早上一直在暗示我，我却一点也没听进去。"

安妮拽了个枕头抱在胸口当作盾牌，声音细弱得几乎不见："那是因为你以为我会一直陪在她身边，你嘱咐我看好她，我却没做到。"

"这件事从一开始就不对。你也不过是个孩子，我才是家长，不该把压力转嫁到你身上。"安妮的脸被妈妈轻轻捧起，在两人四目相对的一刻，安妮发现她满眼关切与郑重。"保护克丽丝汀不是你的责任。我很抱歉是我让你误以为此。不，你还是个孩子，是我的女儿。"

妈妈说话的神情和语气让安妮隐隐觉察到，一定她自己也经历过类似的自责。哪天得跟她聊聊，但是现在不是时候。

从客厅另一侧，妈妈的提包里传出一阵手机铃声。

"快接啊，准是他，"安妮这时候这样说显得滑稽又幼稚，但是就是憋不住，"我才不在乎呢！"

"应该不是托马斯打来的。不过他的确有打过电话，在昨晚。"

"真赞。我真是由衷地替你俩感到高兴！"

"我和他说清楚了，我说我再也不会见他，也请他不要再来电话。"妈妈微笑着捏捏安妮的胳膊，"现在，我们一起回家，然后共进早餐怎么样？我给你做巧克力松饼。当然，你想直接吃午饭也无妨。我们可以有一整天的时间大聊特聊，不够的话，把今天晚上和明天也都算上！只要你想知道，我答应你我坚决不放过和托马斯交往的任何细节，全都会对你双手奉上。"

"你……"

"没！我对天发誓，宝贝儿，我俩真的谁也没睡谁。"

"天哪，老妈！我要问的不是这个！"安妮气呼呼地别过脸，但是心里却有一丝说不上的安慰，"我想问的是你之前有没有想过要告诉我，关于……

关于你和他的事。"

"当然。我给你写了邮件，让你给我回电话。"

安妮闭上眼，火气消了大半："原来是为这。你在信里显得，嗯，很绝望，这也是为什么我昨天赶回来的原因。"

妈妈笑了："我一直想着要先让你知道才好。而且特别傻地觉得你真的会高兴知道。"

安妮咬着嘴唇，是啊，她原本应该高兴才是。托马斯和妈妈堪称绝配。但是起码截至目前，她还没有那么大方。

"那你为什么不给他打电话，"奥莉芙·巴雷特的言传身教让安妮决定把小孩子脾气发扬到底，"也许你才应该去巴黎给他们家继续当帮工！"

话未说完安妮就被妈妈拉进了怀中。

"就饶过我和托马斯·巴雷特的第一次也是最后一次亲密接触吧。我会把他拖进黑名单的，不过还得你先教教我怎么拖。好啦，我的大宝贝儿，我们回家吧，以后，我保证，我就属于你一个人。"

电话铃不合时宜地再度奏响。这一次，安妮不容妈妈发动，率先冲上去，接听了电话："你！好！啊！"安妮放肆地大叫，确信对方必是托马斯·巴雷特无疑。

不知道对方说了什么，她竟然把电话递给了妈妈：

"是《纽约时报》的人。"

第五十八章
爱莉卡

生活往往在那么一些时刻，把它的真相毫不隐晦亦毫不吝啬地摆在我们面前。为此，我们当下的决定不再需要担惊受怕，也不再单纯出于一厢情愿，而是可以确凿而笃定地告诉自己，我这样做，是对的。换了是露易丝外婆，一定会说，这样的时刻其实无时不有、无刻不在，只是需要我们花点心思去观察，才可能发现。

我接过手机，电话另一头的明迪·诺顿强压怒火，刻不容缓地告诉我《纽约时报》已经在我家楼下的大堂里晾了快半个钟头了。

"抱歉，明迪，真的抱歉极了。但是我今天没法接受采访。"安妮从客厅另一边递来一个大惑不解的表情。

"你是说你想临时取消？！"明迪原地爆炸，这也不能怪她，我多半搅黄了她今天一整天的安排，可能还会害她不能及时截稿。

"话说，"我心念一动，马上在通讯录上检索到了一个人的名字，"我有个主意：你们不妨给艾米丽·兰格打个电话。她很契合你们专访的主题。"

"她也是五十强之一？"

"不，不过曾经一度是的。我也是她领入行的。而且，她的事务所不仅做生意，还花了不少气力做慈善。可以说，她不但是个很棒的经纪人，而且，"我刻意停顿了片刻，"还是个杰出女性。"

"但是我怎么知道她有没有空临时救场？"明迪说。

"堂堂《纽约时报》的专访，相信我，她没空也会挤出空的。"

"好吧，"明迪终于松口，"但是，爱莉卡，你太让我失望了。这篇文章分量很重，而你又是我们之前一直很器重的采访对象。"

"我明白，所以真的感到万分抱歉，"我朝安妮莞尔一笑，"但是，我的女儿也需要我。她对我来说，比什么都重要。"

我挂了电话。安妮跑过来：

"《纽约时报》要采访你？"

"难以置信吧？我竟然忘了和他们约好今天登门。"

她狠命摇着我的胳膊："快打回去！我们二十分钟就能赶到家。人家可是《纽约时报》啊，妈！你要火了。"

我感到心花怒放，因为我的女儿让我知道她为我而骄傲，这难道不是我一直期盼的吗？那我就更得成为一个让自己也骄傲的人。

"心领啦，亲爱的！不过，相信我，艾米丽·兰格更配得上这样的场面。"

"但是你不是一直都在埋怨她？"

"没错啊，浪费了那么多年的时间揪着一点点个人恩怨放不开手。其实呢，艾米丽不过是事出有因而没能守约，"我朝安妮眨了眨眼睛，"人总有说过的话难以兑现的时候吧？"

安妮终于露出了笑脸："哇，把《纽约时报》的专访拱手让人未免太高风亮节了吧！"

我挠挠下巴，就像父亲每次说这句话之前那样：

"人这辈子总得做点像样的事情来。"

第五十九章
爱莉卡

无论身心，伤后的康复需要时间，需要照拂，然而因为有爱，奇迹可待。安妮和我一起在公园散步，一起穿着睡衣在家看电影，一起头抵着头互诉衷肠。她告诉我，小克丽丝遍寻无果，让她感到失落而挫败。但她始终相信妹妹还活着，八月就会回来。

还有罗里，以及她的初吻。我们彻夜不眠，说说笑笑，哭哭闹闹，重新成为无话不谈的朋友。当然，她和我始终都对其中涉及托马斯的片段感到莫名尴尬。那天晚上之后，一个星期中一连两次，我拒接了托马斯的来电。因为既然答应了安妮，这一次，我务必做到。

尽管安妮并不为妹妹的死而怪罪我，但我还是想让她知道，我不是不在意的，而是不想再让她怀疑我对她们的爱意。今天，两个人一起在阳台种花的时候——我俩现在管这种花叫"克丽丝汀之星"——她忽然问我：

"你还在找她吗，妈？"

"不论走到哪儿，都惦记着找她，"我不得不承认，"也许这个习惯只能一直保持下去了。"

"她会回来的。"见安妮如此笃定，我反倒有点隐忧。

我直起腰，展了展背脊。"安妮，你知道我有多感激你发给我的那些电邮吗？"我抱住她，"毫不夸张地说，我简直是靠那些格言才续命至今的。"

她退后一步，表情严肃而惊讶："我从没给你写过什么电邮啊，老妈。我发誓。"

我盯着她的眼睛，许久，才想起手上还沾着花土，拍了拍，但愿安妮别看出我连手指都在颤抖。

星期一下午，我正在钻研食谱。安妮上气不接下气地冲进厨房：

"她回家了！小克丽丝回来了！"

我一把拉住橱柜稳住身子："你说什么？"

她大笑着，把手机推到我脸上。是布莱恩发来的短信：

你得赶快过来一下，安妮。也带上妈妈。

我的心都提到了嗓子眼："噢，安妮，你不会觉得是……"

"就是！"她抱住我在厨房中央转起了圆圈，"就是我想的那样。小克丽丝说过，一到夏天她就会回家。"她雀跃着，"我们得赶紧过去，看样子她现在已经在爸爸家了。"

她几乎是拖着我一路穿过走廊，狂奔出了门。我的心里有一万个问号，也有一万个念头，首当其冲的是，拜托老天爷，别让安妮失望啊。

坐在出租车后座上，从我家到布莱恩家的全程，安妮都在兴奋地喋喋不休："她也许是怕吓到你，所以先去了爸爸家。还记得她赖在艾莉家夜不归宿那次你发了多大脾气吗？"

"我那回真是担心死了。那个小浑蛋居然轻描淡写地说了句'哎呀,忘了告诉你了'就想过关!"我在安妮的痒痒肉上挠了一把,这样做总能让她憋不住笑出来,果然,我于是也跟着乐了。我只能说,尽管理智未失,但是我的心里也燃起了一股希望:万一真如安妮所料呢?

然而,万一不是又该怎么办呢?

"现在就给你爸打个电话,我们快到了,"我再次提议,"问问他那条短信到底什么意思。"

"没门。小克丽丝想要给大家一个惊喜,我可不能扫她的兴。"

我望着她,从她的表情中发现她是由衷相信妹妹尚在人世。经历了这么多、这么久,而她竟始终坚持着她的信念,让我既是欣然,又是担忧。我的女儿始终相信世界上总有奇迹发生。也许她能这样是件好事,或者说,但愿是好事吧。

在布莱恩开门的一刻,尽管他什么都没说,我就已经知道,是安妮会错了意。我转过身,安妮已经泣不成声。

"不!"她大叫着,泪水喷薄而出。

我听见心碎的声音,这一次,又是她的。

我抱住她,她整个人伏在我肩上,像个孩子似的,任我用手在她背上画着圈,反复揉搓。"有我呢,安妮,"我轻轻地对她低语,十分钟前就该说的话犹豫到现在,"我在这儿,哪儿也不去。"

我和她,跟着布莱尔,穿至餐厅。他指了指桌上的一个纸板箱。我紧握住安妮的手,鼓起勇气看了眼贴在箱子外面的两串字母:NTSB,TDAD。

尽管有些时候,首字母缩写让人完全摸不着头脑,然而这一次,不容多想，我知道，这八个字母就是国家运输安全委员会交通意外善后救灾的意思，错不了。粗体黑字像捶在我心口的一记闷拳，是克丽丝汀的遗物，可是妈的，为什么没有如约送至我的住所，而是偏偏先送到这里来了？我看了眼上面的邮戳，显然，这箱东西至少在这儿躺了两个星期有余了。我对布莱恩怒目而视。

"对不起，"他说，显然看出了我的责难，"我一直没注意到这个箱子。"他眼里噙着泪，深深低下了头。

我长舒一口气，借此，几十年的积怨似乎也随着这口呼出去的恶气而烟消云散了。家庭的破碎必不是布莱恩一力造成的，我也有责任。我把全部身心都放在一双女儿身上，忘了自己，也忘了他。布莱恩的不悦，被我看在眼里，却没有放在心上。至于我的痛苦，被我深深地锁在心中，从不轻易示人，就像克丽丝汀出事后一样。

我碰了碰他的手臂，终于说出了迟到多年的那句："其实，我也是，对不起。"

我、安妮、布莱恩三人并坐在沙发上，安妮坐在中间。克丽丝汀的手机现在就躺在三人面前的茶几上，旁边搁着她的护照、手表，和布莱恩送给她的十三岁生日礼物，一枚银质蒂芙尼吊坠。布莱恩一样一样从纸箱中拿出她的背包，她的手提电脑和充电器，然后是最后一样，那本金色封皮的家庭格言剪贴簿。

"哦，天哪！"安妮惊呼，"原来她真的一直带在身边！一定是我在回去拿我的那本时，她就先找到了她的，所以才一个人那么快就跑掉了。"

我把手伸向那个金色的本子，尽管心里已经有了答案，但还是把本子从第一页到最后一页快速翻了一遍：没有找到一个铅笔字。

我抬起头，目光锁住安妮。

"噢，糟糕！"她遮住脸，"我很抱歉，妈妈。不过我可以解释。事实上，你看到的那些其实都是我写在上面的。"

我按着下巴，尽力保持平静，方才说出话来："我早都知道了。"

"你知道？"

我点了点头："是你的那些话启迪了我。可是，告诉我，安妮，为什么你会希望我认为是你妹妹呢？"

"我觉得如果你当真以为是小克丽丝写的，也许会更愿意听，"她把脸扭向一边，"我是说，说到底，她才是你的女儿，你亲生的女儿。"

"哦，安妮，"我伸出双手把她的脸扳正，直直地看着她的一双眼睛，"你就是我的女儿，我的。明白吗？听着，安妮·布莱尔，你才是我重新振作、改变自我的原因。"

"真的？"

我把她拥入怀中，也许是用力过猛，怀里的她大哭出来。布莱恩也抱上来。三个人，抱在一起，伤心也好，失意也罢，这一次，彼此以真挚的爱意坦诚相对，不再自怨自艾，不再自怜自哀，不再抗拒，不再错怪。克丽丝汀走了，但是克丽丝汀永远也不会离开。

良久，安妮率先跳出包围圈。环视左右，摇头晃脑地说："嘿！听见了吗？"

"什么？"

"小克丽丝的声音！她对咱们仨这种凄凄惨惨戚戚的样子大概实在看不下去了，问咱们有完没完，打算什么时候振作起来？"

人生中的第一次，我终于明白了什么叫让过去的过去，不是否定过去，而是放下过去，然后，所有人，我、她和他，生活继续，未来的也许依旧充满未知、不乏意外，但是从今往后的每一步，只会更坚定、更笃信。痛快哭，也放肆笑，伤心刻骨，因为爱意铭心。

第六十章

安妮

姐妹之间的小秘密就留给姐妹吧，有些话，安妮也许这辈子都会藏着不说。她的父母也许永远也无从知道安妮没有和克丽丝汀登上同一趟列车的真实原因。安妮愿意让他们像过去的十个月里笃信的那样，继续认为是她因为那天早上忘带手机而折返回家，才幸免于难，继续认为她停学一年是因为心伤难愈地主动选择而非因为什么所言非实的学术剽窃而出于被迫。她不说，他们就不会知道，"借鉴"了她的原创诗作的不是别人，正是小克丽丝。小克丽丝从安妮的笔记本中摘了这么一篇诗作当成自己的作业交差的时候，可能根本也没多想。谁会料到在接下来的一个学期的诗歌比赛中，安妮也偏偏挑中了同一篇呢？又有谁会聊到这次诗歌比赛的跨校评委中，小克丽丝的文学教授偏偏就位列其中呢？和小克丽丝本人一样，安妮的父母也无须再知道更多了。

另一个秘密来自韦斯·戴文，安妮永远也不会把小克丽丝怀孕的消息说出去，哪怕他们真的还有眼泪尚未枯尽，她也不想给这个家再徒添伤悲了。

最后，她也放弃了说服妈妈，那些匿名电邮的作者真的不是她。现在再来说这些有什么意义呢？那些电邮也好，那些格言也罢，使命终偿。让妈妈获得了原谅的力量和放手的勇气，让妈妈对生活中的奇迹还有期待，这就够了。

安妮把这一切的一切，连同一个关于她自己的小秘密，深深锁在了心底……

十二天前，安妮在与奥莉芙道别的同时，也许下了在家等她回来的诺言。自此之后的每天清早，当她从自己熟悉的卧室中醒来，都会情难自禁地想到远在三千六百英里之外的那个翘着小脚盼着她的小姑娘。这样的念头像一块沉甸甸的巨石一直压在她胸口，也许这就是一则未能信守的诺言的重量吧。

她写信给她，顺便寄去礼物，比如那本终于完工的粉红色的剪贴簿。但是安妮心中了然，所谓礼物，不过是爱意缺位时的临时替补。

一个和煦的六月傍晚，安妮趴在床上，将近一年时间以来第一次下决心提笔写诗。忽然，手机屏幕上冒出一个绿色的泡泡：收到新消息——是罗里！她心下一紧，自从那日在托马斯衣橱里尴尬一别，迄今还是两个人之间的第一次通信：

> 我拿下了厨艺大赛，也就是说我的胡椒酥皮鸭佐意式樱桃醋就要正式登陆杜卡斯餐厅啦！

安妮放声大笑，激动地从床上跳起来："哦嚯——"她在自己的卧室里转起了圈圈，好像得奖的倒是她本人：

> 严重恭喜！待会儿我给你发邮件细说，太多话要告诉你，短信字数完全不够我发挥。

安妮说着支开电脑，手指在键盘上上下下飞舞，攒了一肚子的话终于找到了出口：

致亲爱的厨神罗里，料理界冉冉升起的明日之星：

　　远在大西洋彼岸的我太为你骄傲了！能看见我远远向你伸出的手吗——来，跟我击掌！能听见我发自肺腑的衷心祝贺吗？说真的，我这么懒的人，一收到你的短信都要忍不住无休无止地手舞足蹈起来，到现在都累得腿酸。就知道你准赢！当然，你赢了我倒是不太嫉妒，我对你最大的嫉妒始终是因为你这个食肉动物加奶酪甜食爱好者怎么就能干吃不胖呢！

　　安妮边写边笑，不过安妮再笑起来已经完全没有自黑自嘲的意思。她现在成熟多了，也能更泰然地接受自己微胖界人士的定位，没办法，也许对美食的爱和嗜甜的天性是与生俱来的吧。但是外表只是一个人千面之中的一面，别忘了，她可不仅仅是个相当有文采的诗人，还是个在生活中能够独当一面的大人了。两个月的旅行生活让她脱胎换骨，成长为小克丽丝期待中的独立新女性。安妮想到妈妈，想到奥莉芙，还有罗里，她发觉终于有一天，她成了那个人见人爱的甜心。

　　我很怀念和你侃大山的日子，罗里。上个星期，我们终于启封了装着小克丽丝遗物的纸箱。我也得到了我一直以来都在找的答案。她真的走了，罗里。尽管我到这时才明白过来。我想我应该能够与我的悲伤和平相处，妈妈也是。我们两个现在几乎可以说是一切安好。唯独一事上悬而未决……

　　安妮紧闭双眼，决定把托马斯和妈妈的事也坦率地告诉罗里：

……原来，我根本没有染指爱情，不过是不小心窥见了爱情万一之面貌罢了。当然，我相信，属于我的爱情总会在未来的某一天翩然而至。然而这样的顿悟尚不足以弥补我荒诞的错误。我简直就是个傻瓜，感到无颜再见托马斯，又无比惦念奥莉芙。每每想到因为我的不辞而别，剩她一个孤零零的，我就感到揪心。当然，也许她没了我，反而过得更开心呢。就像我严重高估了托马斯对我的感情，也许小家伙从来就没有我想的那么离不开我。告诉我，罗里，她还好吗？问起过我吗？

安妮写到伤心处，落下泪来。

哦，罗里。太多过错和错过让我懊悔了。

她盯着屏幕上最后这一行确定无疑从自己的十指尖蹦出来的字：究竟她懊悔的是什么呢？懊悔从一开始就不该去巴黎？似乎不是。懊悔对托马斯和奥莉芙的一片真心？从来不是。原来她懊悔的是她对罗里不该有过的态度，她不知道现在才发现是不是为时已晚。

她的十指迟疑着，掂量着怎么说才恰当：

说了这么多关于我的事。还没谢谢你，了不起的罗里·塞力格，是你让我不再感到漂泊，不再担心无处是家。万望珍重，直到下次我们再见。替我亲亲奥莉芙，再转送一个大大的拥抱！

比心！

安妮

她在按下"发送"键前的最后一秒迟疑了，还是删掉了落款前的最后一行。

三分钟之后，安妮收到罗里的回复，虽然只有短短三句：

对曾经拒绝过你的人袒露心扉需要更大的勇气。幸好我做到了。接下来，看你了，安妮。

太阳西斜，天空呈现瑰丽的粉橙色。透过落地玻璃门，安妮看见阳台躺椅上的妈妈抱着小说，心思却早不知道在哪儿，神情怅然若失。她在惦念托马斯吗？应该不会。她自己说的，和他也不过认识没多久。何况，安妮才不愿意觉得她才是该为妈妈此刻的表情负责的人。

在安妮推门的刹那，妈妈的表情很快变成了笑脸："你看，亲爱的，夕阳真美。"

"我得回去。"

她的话让妈妈受了一惊："回哪儿去？巴黎？"

安妮点点头："毕竟工作做了一半还没结束。"

妈妈起身抱住她："说的在理。应该好好跟那个小家伙道个别，不过，"妈妈松开手，把她左看右看，"你独自出门能行吗？"

安妮笑了，扬着下巴。"当然，根本不在话下。倒是你，"角色好像换了过来，"这样一来家里又剩下你一个人了。"

"别担心，宝贝儿，我好着呢。"她在躺椅上让出一块给安妮，自己也坐了下来。

334

安妮的心揪了起来，嘴上说好的她，神情中却充满落寞。假如能怂恿她去约会，或者撮合一个本来就认识的朋友给她……这个由来已久的想法在安妮脑袋里又冒了出来。

"哎，妈？记不记得那天，小克丽丝出事的那天，你下午给我打电话的时候……"提及小克丽丝依旧有意料之内的艰难，"你说你和人约了午饭？那个人是谁啊？"

妈妈挥挥手："那天我带客户看房回来遇见了一个以前在麦迪逊二十一世纪地产公司的前同事，约翰·斯隆。你很早以前也见过的，不过可能你不记得了。"

"那你后来再约过人家吗？"

"没。他倒是给我打过几通电话。但是发生了那件事之后，我完全没办法再面对他。"

安妮坐直了身子："但是你现在比那时候坚强多了，不是吗？给这个约翰·斯隆打给电话，也许还能再续前缘呢？"

妈妈笑了："我会考虑的。"

"求你了，老妈，别考虑，答应我打一个。明天就打！"

"好了，安妮，"妈妈只能又把她抱在了怀里，"我现在的生活已经要什么有什么了。我们两个在一起，就已经是幸福美满的一家了。"

"我们俩那是当然。"安妮仰望着天空，和妈妈相互依偎在一起。躲在一朵云彩后面的月亮探出淡淡的半个身子，妈妈温柔地摩挲着她的胳膊，"有一件事，我一想起来就停不下。"

"什么事？"

"你说托马斯那天坐火车回华盛顿真的一路上就空荡荡地只穿了一件外套吗？连个背心都没有！"

躺椅上的母女两人笑作一团，亲昵得还像以前一样。

第六十一章
安妮

安妮瞬间就发现了罗里的变化：背挺得更直，讲话更有底气，走起路来也更带范儿了。特别是当他注视安妮的时候，也不再会莫名脸红。看来，赢下厨艺大赛对罗里而言还有一个收获，就是找到了自信。

安妮的航班飞抵戴高乐机场的时候，罗里已经在海关外等候多时了。安妮冲上前去，一脑袋栽进他的拥抱。"欢迎回来，安妮，我的好朋友。"

他的耳朵看上去比以前还大，安妮打赌，她不在的这两个星期，罗里一定在偷偷减肥。但是不管怎么说，安妮从没像今天这样觉得眼前的这个男孩这么可爱，甚至还有点……性感。罗里首先献上双面吻颊礼，然后激动地又把一连串动作重复了一遍。习惯性抱着胳膊的安妮这一次倒是乖乖地把两条胳膊放在了两边，任它表现。

"你今天看起来跟以前有点不一样。好像，更坚毅了。"

安妮知道他想说的是自信，心中窃喜，原来他在她身上也发现了和他一样的变化。"说的没错！一点也不开玩笑，我可以说是比上次你见到的时候好了不止一百倍。"她轻轻地在他脸上啄了一口。"谢谢你特地来接我。以及，谢谢你一直以来好朋友式的陪伴。"

"天哪，安妮，好朋友式的？"

安妮哈哈大笑："好吧，那就最好的朋友式的好啦！"

罗里点头表示这还差不多，扬起下巴补充："同时还是最帅的那种。"

安妮倒是摇头了，佯装要推开他："没听说过我们英语里的那句话吗——快别往自己脸上贴金了！"

轮到罗里乐出来："我还真没贴够——我的鸭子现在可不是一般的鸭子，而是杜卡斯的招牌鸭子！全巴黎顶级的餐厅……"

安妮举起手迎上了罗里的击掌："那就正式向你发出邀请，就今天晚上。我在美国的时候已经提前预订好了位子。说起来还有点不好意思，我狐假虎威地借用了你的大名才搞定了餐厅经理。看不出你在杜卡斯的知名度居然那么高。所以，今天晚上八点整，我和你，就点你的胡椒鸭子，还要拍照发朋友圈。最重要一点，我来请客！"

罗里笑得有点别有意味，或者说很是勉强。

"怎么了？你不想去？"

"当然想。不过我能不能带上洛尔？我们今天本来约好……"

"洛尔？"安妮没等他说完，"哪个洛尔？"

"我的那个同学，我们第一天晚上在双叟咖啡馆碰见过的那个。是你说让我继续追，别放弃，真是没说错，安妮。我们拍拖刚刚一个星期，已经有点难舍难分了。你，我的美国朋友，真是太赞了！"

安妮的心骤然跌落，尽管脸上还维持着刚刚的微笑："呃……我，我真是太赞了。"

罗里颇为自然地握住安妮："你回来了，我真是太高兴了！"

难道这就是所谓初恋？痴情伪装成友情，在开始的时候让你傻傻分不清，却在结束的时候让你痛得铭心。

回到雷恩巷的时候，时间已经临近正午。按照以往惯例，星期六，托马斯和奥莉芙此刻多半正坐在厨房餐桌前，一边分享花生巧克力酱三明治，一边商量下午挑哪个公园去转转。公园，安妮的心里一阵悸动，正是她和奥莉芙渐生喜欢的地方。

"我就不陪你进去了。"罗里说着转身回了自己的住处。

"谢了，罗里，回见。"

"要不我们换个时间再去杜卡斯吧。"

安妮点头表示同意："也好，那就再约。"也好，换个时间，也好让我好好消化一下你突飞猛进的感情进展。为什么这辈子唯一一个对我示好的男孩竟然才分开两个星期就已经声称跟一个又高又美又瘦的女孩"难舍难分"了呢？且不说那个又高又美的女孩比我瘦了不止一半。

"喂，罗里？"安妮抢在他关门之前，"答应我，一直做朋友好吗？"

"以童子军的荣誉起誓。"罗里举起右手。

安妮按响了门铃，静静等在门口，一颗心却不安分地乱撞。她感到自己随时可能逃跑，甚至决定回来本身就是个错误。难道她还没从上一次不请自来的造访中学到点教训吗？要是奥莉芙现在已经有了新保姆怎么办？她听见脚步声在向她靠近，门开了。

托马斯的眉毛因为诧异而扭在一起。"安妮？"但是随即脸上就绽开了笑颜，"是安妮！"

也许是她的错觉，但她恍惚觉得托马斯在期待她身后还有别人。难道他以为她妈妈会跟她一起来吗？她留心观察，果然在他脸上找到了转瞬即逝的失望，幸而很快被他掩饰掉了。简直和她妈妈的行径如出一辙。

托马斯把她拉进门，送上大大的拥抱，这种父亲式的关怀竟然让她曾经傻傻地幻想过更多。

从厨房的方向传出奥莉芙的尖叫："安妮？！"接着是椅子的声响，再接着是一串砰砰砰的脚步。奥莉芙在转弯处差点一个趔趄，但是在看到安妮的刹那忽然僵住了。

安妮深吸一口气，早就做好了接受奥莉芙疾风骤雨式发泄的准备。她走上前，蹲下身子，目光与她平视，两双眼睛之间仅仅不到一尺的距离却似乎让两颗心远隔千山。"嘿，小甜心。我回来了！"

奥莉芙高傲地抱起胳膊："走开，才不要当你的小甜心。你都不住在这儿了。"

安妮又凑近了些："都怪我，奥莉小宝贝儿。在你和爸爸走了之后，我一个人感到孤单极了。所以就回了家，没想到却反而让自己伤了一通心。"她小心地没有把自己心碎的原因归咎于任何旁人，因为尽管她不想承认，但所谓的伤心似乎都是自找的。她发觉自己爱上的并不是托马斯，而是托马斯所意味的一切，美满的家庭，温馨的归属。而这一切，她现在终于也有了。安妮偷瞄托马斯："不过我现在已经感觉好多了。"

"那我也宽慰多了。"托马斯脸上带笑，为这笑脸，安妮不知道心里默默祈祷了多久。

奥莉芙小脚一跺："可是，你早就应该知会我一下啊！"因为激动，而不小心破音，让安妮的心也为之一悸。用生气掩饰伤心，安妮也经常这么做。

"你说的没错，奥莉小宝贝儿。我不该瞒着你。我太自私了，只顾着自己，却做错了事。"两个人现在几乎快要贴在了一起，安妮顺利地握住奥莉芙的小手，"嘿，记得吗，当一个朋友不小心伤害了对方应该怎么办？"

"我当然知道！你个笨蛋——他们会说'对不起'。"

"没错，"安妮捧起奥莉芙的小脸蛋，"你能原谅我的不辞而别吗？奥莉芙，对不起。"

奥莉芙抬起眼皮看了看安妮，厚厚的眼镜片下面一双水汪汪的泪眼。她咧嘴挤出一个勉强的微笑，似乎那颗遍尝苦涩的小心脏又康复了起来："然后对方就会说'没关系的'。"

接下来的两天，安妮忙于买东西、洗衣服，以及为他们几个星期后的归家之旅而打包行李。不管她走到哪儿，奥莉芙就跟到哪儿，再也不肯落下半步。

"再有七个星期，也就是八月七日，"安妮边与奥莉芙拼着拼图，边说，"你就得挥别巴黎回家家啦。"

奥莉芙背过身子："不回，就不！我要待在这儿。"

"真的？你不想回美国啦？美国不好吗？"

"不好，一点也不好！"

"这样啊，那我想我可能就再也没机会见到你了呢。"

奥莉芙一下抓住了重点，扑闪着眼睛问安妮："可你本来就离我住得很远，不是吗？"

安妮从口袋里掏出录取通知书："我要搬去乔治城啦。"

奥莉芙吃惊地瞪大了眼睛："你……你是说我住的城市？"

"对啊。我昨天晚上已经跟你爸爸聊过啦，我不想再给你当保姆了，不过，我很想跟你做朋友。"

奥莉芙一个激灵："为什么你不能给我做保姆了？"

"因为你很快就不需要保姆了呀。秋天，你会成为一年级的小学生。外公外婆住得离你也很近。我呢，大概也要忙于学业了吧。不过我们还可以常常见面。"

奥莉芙噘着小嘴，嘟囔了几句。接着滑下椅子，轻轻走到安妮身边贴上来："但是我还想要个保姆。"

"我也很喜欢给你当保姆，"安妮把小家伙抱到腿上，"不过我要是接着像这样每天管着你，要不了多久你就该嫌我烦了。"

安妮看见奥莉芙眼底的伤感一点一点退去，终于一点也看不见了。小家伙用鼻尖蹭着安妮，开启了新的话题："我希望你也喜欢看尼克动画。我在家的时候天天看，我有一台自己的电视机。"

安妮笑着看着她，亲了亲她的额头："我当然喜欢尼克。而且，我还喜欢你。"

第六十二章
安妮

时间一入九月，日头就一天短过一天了。尽管安妮对巴黎、酥皮点心以及"哥们儿"罗里的思念有增无减，但是才来了一个星期，就已经把乔治城当家了。此刻，她坐在克普利大厦紧凑的宿舍写字台前，距离她的新朋友胡安娜·里奥斯的早餐之约还有五分钟。她抓起电话，拨通了位于威斯康星麦迪逊的二十一世纪地产公司的办公室。

"我找约翰·斯隆。"她向前台接线员报出了名字。

"稍等，即刻为您转接。"

安妮攥着听筒，焦急地等待电话被接起的一刻。她已经为此瞻前顾后好几个星期了，这一招必须管用。

"我是约翰·斯隆。"一个声音出现在听筒中。

她觉得一颗心扑通扑通快要跳出嗓子眼了。事关生死存亡，她必须说服这个因为那场突如其来的灾难而错失了与妈妈的午餐之约的男人，再给他们俩一个机会。哪怕一次就好。

安妮感到喉咙发紧，声音颤抖："哦，你好，斯隆先生。我叫安妮·布莱尔。我妈妈，爱莉卡·布莱尔，是你的朋友。"

"哦，是的，没错，安妮，"他的声音变得关切起来，"爱莉卡怎么了？"

安妮兴奋地挥着拳头，太棒了，既然关心就说明有戏！"她……她很好。您有时间聊两句吗？"

"当然。"

安妮把妈妈过去一年中的种种一股脑倒给了斯隆，以及她想要帮妈妈重拾爱情的伟大计划，也许爱情是她现在生命中为数不多的缺憾之一了。她没留任何停顿地一口气说完了所有的话，然后紧闭双眼，揭开了最大胆也最重要的来电主旨：

"所以，一个不情之请，可不可以请您再试试打电话约她出来？"

对方犹豫了："我现在已经不是单身了，安妮。我对我现在的感情很是重视，不过……"

"不过，你还是可以给她打个电话约一面的，对不对？哪怕就一次也行。"

斯隆尴尬地笑了笑："好吧，安妮，这也是我的荣幸。你母亲是个很优秀的女性。"

安妮长舒一口气，重重地道了谢谢。

她挂了电话，但愿有一天，她可以不再为拆散了妈妈和托马斯这天生一对而自责。

第六十三章
爱莉卡

克丽丝汀最钟情的十月一晃也就到了。一年之前，我告诉凯特会在这个十月撒掉克丽丝汀的骨灰。在这一年中，我始终不曾死心，希望十月永远不再来，或者在十月到来之前能把女儿找回来，希望这一切不过是一场噩梦，而噩梦总能安然醒来。事实上，我希望中的大半真的实现了。我确实找回了女儿，尽管不是一开始念着要找的那个。安妮也是，在不懈寻找妹妹的过程中，收获了与另一个"妹妹"的感情，填补了情伤。最好的结局就是现在，我们——安妮和我，不但找到了彼此，也找回了自己。

这是一个阳光和煦的星期五下午，我坐在乔治城大学操场边的长椅上边跟凯特聊电话，边等着安妮下课回来，旁边不远就是克普利宿舍楼。

"麦克斯和我明天中午就能到你家，"凯特说，"莫莉说她和孩子们会在仪式后赶到。"

"这样最好。"

"我简直迫不及待要见识一下你在湾区的豪宅，这种季节一定美极了。"

"我也迫不及待要带你四处转转。这里对我而言就是东海岸的麦基诺，我现在大多数时候都待在那儿。"

"真好，这样一来离安妮就近多了。说到安妮，她透露说你和威斯康星的旧情人最近很是热络，男主角星期六晚上也会一起来吃晚饭，对吗？"

"约翰·斯隆哪里是什么旧情人，"我辩白，"一个远在千里之外的老相识罢了。我也不知道怎么就稀里糊涂答应了他周末来访。"

"我可跟你说，异地恋真的爱起来才叫天雷地火。别急着抗拒，我和安妮可都很支持。"

"我自己的宝贝女儿巴不得她妈妈早日深陷爱河。"

"她还在为坏了你和托马斯的好事而自责。"

"我知道。我试过很多次，告诉她没关系。还不是我自己一时鬼迷心窍，跟这个人其实说白了也没认识几天。"而且我现在目不旁视，对校园偶遇没有一丝一毫的期盼。

"你这一年经历了太多事了，"凯特的声音温柔了下来，"父亲说的没错，去年冬天安妮还在我家的时候，他就说过，让你回心转意，除非奇迹发生！"

脖子上的汗毛忽然竖起来了："父亲真这么说？"

"呃，你最近跟他聊过吗？"

"我把仪式的安排都在电邮里向他交代过了。但是他没回我。"

"那就给他打个电话，正式邀请一下。"

"不要。他如果因故未能到场，我也愿意表示谅解。"

人群中，我看见了安妮，"安妮下课了。咱俩回头再聊，爱你。明天见。"

我站起身，朝我的心肝宝贝儿热烈地挥了挥手。她穿了条钴蓝色的连衣裙，从没见过她像现在这样活力四射。"你可真是美极了！"我在她脸上亲了一记。

"你也是啊。"

"瞧啊，"我拉起她的手，十指尖尖，染着紫罗兰色的指甲油，"你现在不抠指甲啦？"

"对啊，难以置信吧？快让我跟你讲讲胡安娜的表兄，路易斯。他是人类学专业的。人好极了。我把他的照片发给了罗里，连罗里都承认他帅。还有更棒的，胡安娜说，她表兄对鬈发女孩一向情有独钟。"

"好小子，有眼光！"我和安妮手臂揽着手臂，相伴向她的宿舍走去。

"你决定入职了吗？"

我笑了。艾米丽·兰格后来为《纽约时报》采访的事特意打电话谢过我，之后的一个星期，我们约了顿午饭。我为自己之前不讲江湖义气的举动认真地向她道了歉，也原谅了她以前对我的伤害。她的表情终于也释然了，所以，在吃甜点的时候，她提出让我去她的事务所工作。

"不，"我告诉安妮，"她这样做固然是好意，但是我已经告诉她了，我还是要把布莱尔地产公司开起来。"我留意着安妮的反应，"我在伊斯顿物色了一个不错的办公地点。"

"伊斯顿？真的吗，妈妈？太好了！"

"我不想公司开得太大或者节奏太快。一部分盈利会拿出来捐给国家精神疾病联盟。"

"赞！你对星期六晚上的约会准备得怎么样了？激动吗？"

安妮简直两眼放光。

"激——动。"我说，希望能让她信服吧。

晚上和安妮两人大啖了一盘鲜虾，听她絮絮讲了不少与乔治城新朋友间的趣事，当然也提到了奥莉芙。我毫无困意地眯眼躺在床上，窗子敞着，飘来海浪阵阵拍打堤岸的温柔声响。我从安妮，想到克丽丝汀，想到明天的仪式、布莱恩、凯特、麦克斯，以及莫莉和她的孩子们，还有约翰·斯隆。为什么总感觉少了什么?

凌晨2点23分,我还是睡不着,干脆起身按亮了手提电脑。我打开收件箱,期待"奇迹"的安抚,一个不知身在何处、不知姓甚名谁的人在过去的一年中一直守护着我,像天空中的北极星,在暗夜指引着我。

我最近换了朋友的语气一直与她保持通信。不管对方是不是安妮,或者凯特,或者别的什么人,尽管我自己并不相信世界上真的有神明之类的存在,但是在内心深处,我始终有一丝觉得,也许这些信是妈妈或者外婆跨越三界捎来的嘱托。不论写信的人到底是谁,她确确实实安抚了我无数个无眠的夜晚,正如今天一样。

亲爱的奇迹:

明天我会把克丽丝汀的骨灰撒入切萨皮克湾。我不必担心一个人,因为有在过去一年甚至更长时间里爱我、支持我的人陪伴左右。然而,我忽然萌生了一个连自己都没想到的想法,希望我的父亲也能在场。对,就是那个永远不知道什么时候该讲什么话的顽固派,那个不但自己不会讲话还常常让我不知道该说点什么的老头子。可不管他什么样子,我都希望他能出现。

我和他几乎相互生了一辈子的气,直到现在才渐渐明白,就像把一块顽石翻过来,才会发现顽石也有光滑平整的一面,不管是他,还是我,也都有这样的一面。

我感到喉咙中一阵酸涩。

我希望我能当面跟他说声谢谢,告诉他,其实他已经为两个女儿做了最大的努力。就像我自己一样。但是时间和距离也许已经把那扇心门死死地关上了吧。事到如今，任何再试图挑起这个话题的举动都显得尴尬而不合时宜。多希望生活能再给我一次重新来过的机会。

听到新邮件提示音响的时候，我都快睡着了。我打开床头灯，一把拽过手机，看到这样两行：

　　一年三百六十五天，每天睡醒了都是新的！

我一个激灵：一年前的那个九月的傍晚，我在和凯特通电话时，父亲就说过一模一样的话。

也就是说，原来"奇迹"就是父亲，父亲就是"奇迹"？

那要怎么解释隐藏 IP 地址这件事呢？父亲大概还没这本事。我花了几分钟考虑了种种可能，终于锁定了嫌疑人：父亲没有的本事，多半乔纳会有，何况这两个人过去几乎每个下午都待在一起。

终于，碎片拼凑出了事实的真相。父亲一定是手握凯特的格言剪贴簿，摘了那些话给我。而每封电邮"痛失爱女"的四字标题这样解释也就顺理成章了。原来我才是"爱女"所指，不是克丽丝汀，也不是安妮。我自己的父亲始终在祈祷能有奇迹把他一度失去的女儿带回身旁。我捂着嘴，胸腔中爆发出一阵撕心裂肺的哭号。原来父亲如此爱我。

我含着泪敲响键盘：

　　爸，原来是你。我现在终于明白了你让我回到麦基诺的真意——去正视那些我终此一生都在逃避的真相。

　　是你救了我，爸，尽管我知道你我之间的关系始终有点微妙，也许一直都会这样。但是我想告诉你，我也爱你。

　　我停下手。父亲无疑仍是个生性易怒的人。也许把情感表露得这么直接，反而会令他无措。既然他选择了以匿名电邮的方式表达心声，我为什么还要戳破这件事让他尴尬呢？

　　我删掉了刚刚的整段，重起一行：

　　　大哲学家，谢谢您！

好像当时我也是这么回敬他的。

第六十四章
爱莉卡

星期六上午的天空被阴云压得很低，好像随时可能落下雨来。我已经准备好了所有晚餐需要的食材，今天主打蟹饼，克丽丝汀的最爱。此刻，我坐在露台上啜着咖啡。身旁的花瓶和花瓶里的兰花是韦斯·戴文寄来的。安妮占着电话线，不知道在和罗里聊什么。

我竖起耳朵，听见汽车引擎的声响，然后是轮胎轧在车库门前碎石车道的声音。我从椅子上跳起来，是凯特和麦克斯来了，真是准时！

我冲下台阶，蹦跳着跑到车前。凯特刚踏出车门就冲上来送给我一个结实的拥抱。

"你好啊，小妹。"我抱着她转了一圈。

"小莉，真不得了，换了发型？漂亮极了！你看起来气色真好，也年轻了不少——当然，比我还是差得远，不过已经快撵上以前的你了！"

惹得我狠狠拍了拍她的胳膊。这才想起来她旁边还站着一个身材颀长的男人，一头金发狂放而不羁。他一只手揽着凯特的脖子，另一只手伸向我："小莉，你好，我是麦克斯。"

"久仰大名！真高兴终于见面了。"如果他真的能让凯特高兴，我当然也高兴。但是如果他敢让她伤心，我也愿意陪她疗伤。

在我身后，好像还多了一辆车的声音。我转过身，看见车门推开，一双结实的靴子落在了地上——是父亲！

"爸？"我惊喜得捂嘴不敢相信，"你也来了？！"

"我觉得克丽丝汀多半不会介意我来扫兴。"

我笑着摇头。"她非但不会介意，还会大为高兴。"我有点哽咽，一把抱住他，"我也是。"

✈

布莱恩稍后也到了，还带来了一个恬静而爱笑的女伴。换作一年前，他的这种作为一定会把我气疯，难道他不知道这是家庭聚会吗？但是我对家庭的定义也有了改观，对家人的态度也随着发生了转变。布莱恩走马灯似的换女友，以及父亲逢星期六必酩酊大醉的放纵不羁，无非都是他们为了弥补内心缺憾而做出的尝试罢了。我本该早点看清，因为我自己何尝不是在以无休无止的工作在做着同样徒劳的尝试呢？幸而，我最终还是明白了，心中的缺失唯有以爱弥补。

仪式开始后不久，雨也下起来了。我们七个人在海滩上围成一圈，相互分享关于克丽丝汀的美好过往。讲着讲着，她好像从往事中走出来，又站到了我们身边，那些令人忍俊不禁的逸事，比如她为了把漩涡研究明白而差点一脑袋栽进水里的片段，依旧能勾起每个人的嘴角。

"我始终不愿认为她是死了，"安妮说，"在我看来，她不过是在一场历时二十年的精彩派对之后，睡眼惺忪但心满意足地爬上床睡着了而已。"

她的话让我流泪，让我笑。不论发生什么，我知道，也不能改变我对两个女儿的爱。

安妮从衣服口袋里掏出一张纸。"我写了首诗，"她清清嗓子，"久不动笔，有点生疏了，还望各位见谅——《致克丽丝汀》——"

我抱着她的肩膀，静静听她为她诵读，任泪水肆意：

跷跷板一边的她

或上或下，时高时低

在高处时开心

在低处时失意

我想当她的玩伴

对坐在她面前

她开心时，陪着她大笑

她失意时，把她泪擦干

忽然一天

她不辞而别

跷跷板还在原地

昔日的人儿却已不见

当跷跷板找到了平衡

不再颠簸，也不再失意

终于，跷跷板上的女孩

也找到了属于她的平静

我们轮流扬灰入海。父亲抬起手的刹那，一阵风正好迎面吹来，不偏不倚，手中克丽丝汀的骨灰蒙了他一脸。"我现在浑身上下都是克丽丝汀！"他的幽默让氛围轻松了不少。是的，我们谁不是浑身上下的每一个细胞都牵挂着克丽丝汀呢？不管什么时候，牵挂都不会断。

仪式的最后，布莱恩为克丽丝汀和在场的每个人送上祝祷，愿各自欢喜，各归宁静，也愿一家人常常有再相聚的时刻。我们把想说给克丽丝汀的话写在风筝尾巴上，然后放飞了风筝。七个风筝并肩高飞，我觉得我的女儿不管现在在哪儿，都将安然。

雨势渐强，布莱恩走过来道别。"留下一起吃晚饭吧，"我挽留，"你们两个都留下。"

"谢谢你，爱莉卡。不过我们真的还有事要赶回去。但还是谢谢你能邀请我。"

我没有撑伞，冒雨向回走，眼睛上蒙着一层水雾。尽管能感觉到父亲就在身边，但是他始终没能伸出胳膊揽着我，或者给我个安慰的拥抱。相反，他脱下自己的法兰绒外套丢给了我。

"谢谢。"我把他的外套遮在头上，感觉被烟草味道吞噬。两个人一前一后踏着湿漉漉的草地疾走。我仿佛听见水面上某处飘来的声音："真不敢相信，我居然真的撑过了这一年！"

"你的妈妈也会为今天的你感到骄傲的。"

这是他这辈子对我说过的最接近表扬的一句话了。泪水瞬间填满了我的眼眶。但我不敢回头看他，不知道是怕他不好意思，还是怕自己难为情。

"若不是靠着那些写在剪贴簿上的话，我也没本事坚持到今天，"我听见自己声音中的颤抖，"那些电邮几乎救了我的命。"

"胡说，"他打断我，"你明明一直可以。"

你明明一直可以——《绿野仙踪》里的女巫格林达也是这么告诉桃乐茜的吧？

我主动揽起他的胳膊，他紧张了一会儿，最后还是放松了，用粗糙的手掌轻轻拍了拍我的手背：

"你是个好女儿。"

我捏着他的手，说不出话来。

后悔没有早一点像桃乐茜一样敲敲鞋跟，回到他身边。

时间接近六点，蟹饼和蒜香面包的味道充斥着整个厨房。凯特、莫莉和我呷着红酒，聊着天，已经布置好了晚饭的餐桌。

"不用等了，"我放下手中的蛋黄酱，又查了一遍手机新消息列表，"约翰看样子不会来了。我们这就招呼大家开饭好了。"

"急什么，"凯特说，"人家说了六点到就会六点到。"

我心里百般不情愿，踱向窗口。窗外，父亲、乔纳和萨曼莎站在岸上，把石子远远地扔向水面，激起一朵一朵水花，却到处也不见安妮的影子。

"我从一开始就不应该答应让他今天过来。太……"

门铃及时响起，我忽然紧张起来。

"快去开门。"凯特捏了捏我的手。

我急忙捋捋头发，安妮忽然不知道从哪儿抱着个巨大的包裹蹿进餐厅："特别的礼物给特别的你——"她在桌子上腾出一块地方，搁下了手中的东西。

"给我的？约翰人呢？"

"我哪儿知道。"

父亲和孩子们也陆陆续续回来了，餐厅一时热闹了起来。"瞧，这是什么？"小莎莎率先发问。

每个人都抱着胳膊站在原地等着我拆箱。我掀开盒盖瞄了一眼里面的内容——

一件咖啡色的男士外套。

我心如鹿撞，肩上不知道被谁轻轻拍了一下。

"爱莉卡……"

他的声音！我转过身，还以为是自己的幻觉，但是千真万确是他，就是他。他提起外套，把它套在了自己身上。

大小刚刚好。

"哦，天哪，"我轻轻地仿佛对自己说，"你来了。"

身后的父亲第一个笑起来，接着是凯特，好像还有闪光灯。我扭头看见一脸兴奋的安妮。

"你，是你安排的？"

她点点头："不只是我哦，连约翰·斯隆先生都有友情客串。"

轮椅上的乔纳也仰起脸。泪水模糊了我的视线，我任由自己倒进托马斯宽阔的怀抱。

他把我紧紧搂在胸前："我没办法一刻不想你，爱莉卡。"

我合上双眼，泪水在脸颊上滑过。

"嘿！"一个小姑娘的声音，"还有我呢？"

我这才低头瞧见这个脸蛋红扑扑的小家伙，她鼻梁上粉红色的眼镜框，和缺了一颗的门牙："奥莉芙！真高兴终于见到你了，小宝贝儿！"

"那么我们到底什么时候才能开饭？"奥莉芙的问题让所有人都大笑起来。

"就现在，"我说，"好啦，让我们都就座吧。"

我端出了蟹饼帮每个人分食，可还是忍不住每隔一秒就要看看托马斯和奥莉芙，始终不敢相信他们此时此刻竟然和我，和一家人同在一起。分到安妮的时候，我亲了亲她，悄悄在耳畔对她道了谢。

父亲趁斟酒的工夫换到了长桌上首第一个位置，我顺理成章地坐在了托马斯身边。

很快，觥筹交错，推杯换盏之际，餐厅内荡漾起了欢声笑语。我望着眼前的一切，试图把这一晚深深地烙在记忆中，不敢忘却。

就在十四个月以前，我还以为世界崩塌了，人生完结了。然而，一切并未如以为的那样黯淡收场，而是在风雨过后转了个弯，哪怕算不上地覆天翻，我也已经截然不是以前的我了。尽管每到欢乐的时刻，我的心里依旧会牵念着克丽丝汀，也会因为这份牵念而心痛。我希望这欢乐之中也有她的身影，不论新面孔还是旧相识，我希望她也能分享他们的快乐。

我拭干眼角的泪珠。桌子底下，托马斯捏了捏我的膝盖。

我一张一张望过去，望着这些可爱人儿的可爱的脸，凯特和父亲，安妮，托马斯和奥莉芙，莫莉和乔纳，以及萨曼莎。当我以为自己跌入深渊就要粉身碎骨的时候，是他们伸出手把我稳稳接住。

我想起妈妈的话，那句伴着我走了漫长一路的话：

"有些事情看似重要，有些事情才是真的重要。"

桌子对面，奥莉芙指着安妮的碟子笑道："啊哈！我有两勺冰激凌，可惜他们只给了你一勺！"

安妮无奈地摇摇头："小姐，注意礼貌。"

但是我却好像听见她说："有些，真的重要。"

诚然如是。在家人和朋友的陪伴下，我历经万难，从悲痛到谅解，从接受到爱，从爱到更多的爱，一路寻寻觅觅，终于在不经意的内心角落寻回了缺失的宁静。

（全文完）

图书在版编目（CIP）数据

小岛西岸的来信 /（德）洛丽·施皮尔曼著；张琳
璐译 . — 长沙：湖南文艺出版社，2019.1
ISBN 978-7-5404-8835-2

Ⅰ.①小… Ⅱ.①洛…②张… Ⅲ.①长篇小说—德
国—现代 Ⅳ.①I516.45

中国版本图书馆 CIP 数据核字（2018）第 195006 号

著作权合同登记号：图字 18-2018-255

QUOTE ME by Lori Nelson Spielman
Copyright © 2016 by Lori Nelson Spielman
Published in agreement with The Bent Agency, through The Grayhawk Agency Ltd.

上架建议：畅销·外国文学

XIAODAO XI'AN DE LAIXIN
小岛西岸的来信

著　　者：［德］洛丽·施皮尔曼
译　　者：张琳璐
出 版 人：曾赛丰
责任编辑：薛　健　刘诗哲
监　　制：蔡明菲　邢越超
策划编辑：刘宁远
特约编辑：李乐娟
版权支持：辛　艳
营销支持：傅婷婷　张锦涵　文刀刀
版式设计：利　锐
封面设计：棱角视觉
出版发行：湖南文艺出版社
　　　　　　（长沙市雨花区东二环一段 508 号　邮编：410014）
网　　址：www.hnwy.net
印　　刷：北京盛通印刷股份有限公司
经　　销：新华书店
开　　本：880mm×1270mm　1/32
字　　数：297 千字
印　　张：11.25
版　　次：2019 年 1 月第 1 版
印　　次：2019 年 1 月第 1 次印刷
书　　号：ISBN 978-7-5404-8835-2
定　　价：46.80 元

若有质量问题，请致电质量监督电话：010-59096394
团购电话：010-59320018